जलते बुझते लोग

जलते बुझते लोग

अमृता प्रीतम

राजपाल

₹ 299
ISBN : 9789350643310

JALTE BUJHTE LOG (Three novellas)
by Amrita Pritam
मुद्रक : जी.एस. ऑफसेट, दिल्ली

राजपाल एण्ड सन्ज़
1590, मदरसा रोड, कश्मीरी गेट, दिल्ली-110006
फोन : 011-23869812, 23865483, 23867791
website : www.rajpalpublishing.com
e-mail : sales@rajpalpublishing.com
www.facebook.com/rajpalandsons

दो शब्द

उठती जवानी की रगों में जाने क्या-क्या सुलगने लगता है, और जाने खुदा, एक तकदीर ज़ेहन में किस तरह खेलने लगती है—इसी का अनुमान कुछ उतर पाया है—इन तीनों लघु उपन्यासों में—

जलावतन—तन के थोड़े-से बरसों में, मन की अन्तर-सतह में उतर जाने की वह कहानी है, जो जलते बुझते अक्षरों में लिपटी हुई है—

जेबकतरे—यह एक उदास नस्ल की वह कहानी है जिसमें किरदारों के पैर ज़िन्दा हैं, पर पैरों के लिए रास्ते मर गए हैं—

कच्ची सड़क—उठती जवानी में किस तरह एक कम्पन किसी के अहसास में उतर जाता है कि पैरों तले से विश्वास की ज़मीन खो जाती है—यही बहक गए बरसों के धागे इस कहानी में लिपटते भी हैं, मन-बदन को सालते भी हैं, और हाथ की पकड़ में आते भी हैं—

ये तीनों लघु उपन्यास उन किरदारों को लिए हुए हैं, जो उठती जवानी में चिन्तन की यात्रा पर चल दिए हैं। और इन तीनों का इकट्ठा प्रकाशन—समय काल का एक अध्ययन होगा।

—अमृता प्रीतम

क्रम

पहला पहर

सुबह का पहला पहर रोज़ मेरे हाथ में एक कुदाल-सी पकड़ा देता है और मैं इस कुदाल से अपने-आपकी खुदाई करने लग जाता हूँ...

इस वक्त भी मेरे हाथ मिट्टी से सने हुए हैं, रोज़ सन जाते हैं...

सने हुए हाथों से लोग इस धरती में से बीती हुई सभ्यता के निशान खोजने हैं, पत्थरों के बर्तन, चाँदी के सिक्के, मिट्टी की मूर्तियाँ...और या आने वाली सभ्यता के यानी सोने की खानें या तेल के सोते...। पर मैं अपने-आपकी खुदाई में से सिर्फ़ अपना वर्तमान ढूँढ़ रहा हूँ—जो बाहर होता हुआ भी बाहर नहीं है। सोचता हूँ शायद यह मेरे अन्दर होगा...

पिछले साल तक सब कुछ बाहर लगता था—मुझे भी, पापा को भी। जब एम.एस-सी. करने लगा था, पापा ने अपना भविष्य भी मेरे साथ जोड़कर बहुत कुछ सोचना शुरू कर दिया था...

उनका सोचना अब भी जारी है...सिर्फ़ मेरा रुक गया है...

शायद वर्तमान एक खाई बन गया है, मैं किसी ख़याल को परे तक ले जाने भी लगता हूँ तो यह इधर इस खाई में गिर पड़ता है...

शायद वर्तमान खाई नहीं है, खाई कोई और चीज़ है और वर्तमान उसमें गिर गया है...

एम.एस-सी. तकरीबन कर चुका हूँ, कल आखिरी पेपर था। थोड़े-से दिनों में उसकी सनद मिल जाएगी, पर इस सनद को अगर मैं दीये की तरह जला लूँ तो यह मेरा वर्तमान ढूँढ़कर नहीं दे सकती...

यह कब खो गया था, कहाँ खो गया था, कुछ पता नहीं...

गये साल उस दिन तक याद है, जब मेरे होस्टल के चार दोस्तों ने मेरे कमरे में आकर मेरे हाथ से किताब छीन ली थी...

"मैं केवल उर्फ़ कालीदास आज किसी मेघ का नहीं, रम का दूत बनकर आया हूँ, उठो दोस्त! आज ड्राईवेल पार्टी होगी।" केवल ने कहा था और मेरी मेज़

पर पड़ा हुआ सिगरेट का पैकेट उठाकर अपनी जेब में डाल लिया था।

नलिन ने मुस्कुराकर कहा, "लड़का है या हुक्के का पानी? तुझे यह भी पता नहीं ड्राई वेल पार्टी क्या होती है?" इस नलिन को सब दोस्त 'हेयर ऑफ़ हेनरी मिलर' (हेनरी मिलर का वारिस) कहते हैं। जावेद, जिसे सब शैले लखनवी कहते हैं, वह मेरे हाथ में पकड़े हुए सिगरेट को पीता और उसकी राख मेरे ऊपर झाड़ कर शे'र पढ़ने लगा था, "एक सिगरेट से लेकर एक इश्क तक हर चीज़ अमल है, यह बात अलग है कि कइयों को एक ही ब्रैंड चाहिए..."

मैं अपने बालों में से सिगरेट की राख झाड़ने लगा था, और जावेद ने शे'र पूरा करते हुए कहा था, "एक ही ब्रैंड की अकीदत आशिक होने की निशानी है।"

चौथा, रावल, न होस्टल में रहता है न कॉलेज में पढ़ता है, पर अपने घरवालों के लिए वह कॉलेज में भी पढ़ता है और होस्टल में भी रहता है—अपने-आपको 'रोड स्कॉलर' कहता है, वह मेरे कान को धीरे से पकड़कर कहने लगा था, "मिस्टर आउट ऑफ़ डेट! उठो, जल्दी करो। रम को बोतल की कैद से जल्दी छुड़ाना चाहिए..."

'ड्राई वेल पार्टी' का रहस्य मुझे होस्टल से एक मील दूर एक वीरान जगह पर एक सूखे हुए कुएँ पर जाकर पता लगा था। कुएँ की चरखी से रस्सी बाँधकर, रस्सी के एक सिरे से एक बड़ी भारी बाल्टी बाँध दी थी। इस बाल्टी में बारी-बारी एक कोई बैठ जाता था और कुएँ में उतर जाता था।

लड़कियों के होस्टल में से पाँच लड़कियाँ भी आई हुई थीं, सबके नाम याद नहीं—एक जो बहुत बातें करती थी उसे सब 'मिस स्टेटमैंट' कहते थे। एक जो बहुत चुप थी, उसे 'मिस मिस्ट्री' कहते थे। एक का कद छोटा था, उसे 'मिस शॉर्ट स्टोरी' कह रहे थे। और एक जो हर बात में दखल दे रही थी, उसका नाम 'मिस क्रिटिसिज़्म' था। पाँचवीं तरीज़ा थी। उसके लिए उन्होंने मुझसे पूछा कि उसका क्या नाम होना चाहिए? मैंने उस वक्त कुछ कहना था कह दिया था, "पोएम इन मेकिंग!"

हम सब एक ही बार कुएँ में नहीं जा सकते थे, दो जनों को बारी-बारी बाहर ठहरना पड़ता था—चरखी की रस्सी खींचकर अन्दर जाने वालों को बाहर निकालने के लिए।

पहली बार मैं और तरीज़ा बाहर रहे थे। बाकी सबको रम पीने की जल्दी थी। जावेद उ़र्फ़ शैले लखनवी ने कुएँ में उतरते हुए रम की बन्द बोतल को सूँघ कर और झूमकर कहा था, "गंगाजल से लेकर वोडका तक, यह सफ़रनामा है मेरी प्यास का..."

नलिन, जो हेनरी मिलर का वारिस था, उसने जावेद की कमीज़ का कॉलर खींचकर कहा था, "शैले लखनवी के बच्चे! रम को हाथ में पकड़कर वोडका का

शे'र पढ़ता है? यह सरासर रम की इन्सल्ट है। शे'र जोड़ना है तो रम का जोड़—"

शैले लखनवी को कहने के लिए कुछ न सूझा तो केवल कालीदास ने उसके कॉलर को छुड़ाते हुए कहा था—"अरे रम क्या और वोडका क्या—अंडर द क्लॉथ्स वी आर मेड इन इण्डिया!"

और फिर कुएँ में उतरकर वह गाने लगा था, "अंडर द क्लॉथ्स..." बाकी सब उसके साथ गा रहे थे, "वी आर मेड इन इण्डिया..." आवाज़ों से कुआँ भरा-सा लग रहा था। फिर कुएँ में रिकॉर्ड प्लेअर बजने लगा था। सारे डांस कर रहे थे। मैं कुएँ की मेंड़ के पास खड़ा सिगरेट पी रहा था...रिकॉर्ड प्लेअर में से उस वक्त आवाज़ आ रही थी, "आई हेव कन्फ़ीडेन्स इन सन-शाइन।"

मेरे पास खड़ी तरीज़ा ने पता नहीं क्यों पूछा था, "मिस्टर मलिक! आप एम.एस-सी. के बाद क्या करोगे?"

यह मेरा एम.एस-सी. का फ़ाइनल साल शुरू हुआ था, पर जो कुछ सोचना था, अगले साल सोचना था, मुझे उस वक्त तक यह पता ज़रूर था कि यह मेरी उम्र, मेरे सपने, मेरे पास हैं, मेरे सामने...मैं कुछ भी कर सकता हूँ...मुस्कुराकर कहा था, "कुछ भी कर लूँगा..."

पर यह पिछले साल की बात है...सूरज अब भी उगता है, पर सूरज की धूप में यकीन करने वाला—मेरे भीतर का कुछ—अब न सूरज की धूप में यकीन कर सकता है, न बादलों की छाँव में...

इस 'कुछ' को मैं एक पात्र की गीली और गर्म आँख से नहीं, एक दर्शक की सूखी और ठंडी आँख से देखना चाहता हूँ—पर अभी तक नहीं पता चलता कि इस 'कुछ' ने किस वक्त मेरी आँख बचाकर अपना जन्म बदल लिया था—यह जो कुछ इसने बदला है, यह चोले की तरह नहीं, सचमुच एक जन्म की तरह है...

मुझे याद है...उस दिन मैं कुएँ की मेंड़ के पास चुप खड़ा था, पर मेरे और तरीज़ा के दरम्यान यह चुप किसी तरह भी भारी नहीं थी—यह धीमे से हवा की तरह सरक रही थी...

तरीज़ा की जगह होकर मैं कुछ नहीं कह सकता, पर अपनी जगह यह ज़रूर कह सकता हूँ कि खामोशी की सरकती हवा में से मैं उस तरह ही ताज़ा साँस ले रहा था—जिस तरह कोई भी एक बेलगाव आदमी ले सकता है।

केवल, कालीदास और मिस स्टेटमैंट कुएँ से बाहर आ गए और अपनी जगह उन्होंने मुझे और तरीज़ा को कुएँ में भेज दिया। कुआँ पानी की जगह आवाज़ों से भरा था—मुझे अपना आप, जाने क्यों, वहाँ डूबता-सा लगा—जेब में हाथ डाला, एक सिगरेट खोजने लगा—उस वक्त एक सिगरेट की ज़रूरत जैसे कुएँ में लटकती उस रस्सी की तरह थी, जिसे डूबते समय कोई थाम ले।

जेब में कोई सिगरेट नहीं था। केवल मेरे कमरे से मेरा पैकेट उठा लाया था,

और शायद कोई सिगरेट अब भी उसमें बचा हुआ था, पर वह पैकेट केवल की जेब में था और केवल उस वक्त कुएँ से बाहर मेंड़ पर खड़ा था।...जावेद ने मेरी सिगरेट टटोलती उँगलियों में एक सिगरेट थमा दिया और अपने लखनवी अन्दाज़ में कहने लगा, ''इस समय रीजेंट नहीं हुज़ूर, जो सामने आया है पी लो!''

मैंने सिगरेट सुलगा लिया था पर मेरे गले ने इस नई और अजनबी महक को कबूल नहीं किया था। जावेद ने देख लिया था और मेरे पास होकर कहा था, ''यही आसार होते हैं किसी आशिक की आयी मरने के। मैंने तुम्हें आज बताया था कि एक ब्रैंड की अकीदत आशिक होने की निशानी है...'' और फिर जावेद ने जाने क्यों एक बार तरीज़ा की ओर देखकर दोबारा मेरी ओर देखा था—ऐसे जैसे अपनी पलकों से उसके चेहरे की कुछ नरमाई उठाकर उसने मेरी आँखों में डाल देनी चाही थी।

मुझे जावेद पर एक गुस्सा आ गया था और तरीज़ा से एक शर्मिन्दगी। रिकॉर्ड बज रहा था, ''डार्क मून ओ अप इन द स्काई, टेल मी वाई...टेल मी वाई—आई हैव लॉस्ट माई लव...'' मिस क्रिटिसिज़्म ने तरीज़ा का हाथ मेरे हाथ में देकर हम दोनों को अपने नाच में शामिल करना चाहा था। मैंने तरीज़ा का हाथ पकड़ लिया था, पर गीत की लय के साथ लचकती तरीज़ा के कान में धीरे से कहा था, ''मून इज़ द सिम्बल ऑफ़ नॉन बीइंग।'' (चाँद अनास्तित्व का प्रतीक है।) तरीज़ा हँस दी थी, ''अच्छा फ़िलॉसफ़र साहब!'' और मैंने जावेद की डाली हुई खामखाह की झिझक को उतारने के लिए तरीज़ा के सिर पर एक हल्की-सी चपत लगाई, ''तुझे ये सिली सॉन्ग्ज़ अच्छे लगते हैं? तू अभी बिलकुल छोटी-सी बच्ची है...''

कुएँ से बाहर आने की अभी मेरी बारी नहीं थी, पर रम का और जावेद के दिए हुए सिगरेट का ज़ायका मेरी छाती में नहीं उतर रहा था। मैं बाहर आ गया। तरीज़ा ने भी बाहर आना चाहा, मैंने इनकार नहीं किया। बाहर कुएँ की मेंड़ पर खड़ा केवल मेरे पैकेट का आखिरी सिगरेट पी रहा था। मैंने दूर तक नज़र दौड़ाई, सिगरेट की कोई दुकान नज़र नहीं आ रही थी—कोई छोटी-सी दुकान होती भी तो वहाँ से रीजेंट नहीं मिल सकता था।

तरीज़ा होस्टल की लड़की नहीं थी, डे-स्कॉलर थी। बाकी लड़कियों से वह इकरार ले आई थी कि वह अँधेरा होने से पहले उसे घर पहुँचा देंगी। मैं सिगरेट की तलाश में जाने लगा, तो मिस स्टेटमैंट ने मुझे कहा कि मैं तरीज़ा को रास्ते में घर छोड़ता जाऊँ। सिगरेट की कोई बड़ी दुकान नज़दीक नहीं थी, पर तरीज़ा का घर दूर नहीं था। तरीज़ा से रास्ता पूछकर मैं उसे उसके घर ले गया।

''मिस्टर मलिक, आप दो मिनट मेरे साथ अन्दर आ जाइए—हमारी कोठी की ऊपरी मंज़िल में जो हमारे किरायेदार रहते हैं मिस्टर पटेल, मेरा ख़याल है वह

रीजेंट पीते हैं—आप एक मिनट बैठना, मैं उनसे एक सिगरेट माँग लाऊँगी।'' तरीज़ा ने कहा था। और मैंने जवाब में कहा था, ''नॉनसेन्स!'' पर तरीज़ा के चेहरे पर एक छाया सी आ गई तो मैं खड़ा रह गया।

कोई पल जाने कैसे होते हैं, ठंडे चाकू की तरह इन्सान की ज़िन्दगी को काटकर दो टुकड़ों में कर देते हैं।...

तरीज़ा ने अपने घर के ड्रॉइंगरूम का पर्दा सरकाया, मुझे अन्दर जाने का इशारा किया, और खुद पीछे चली गई—शायद ऊपरी मंज़िल में रहने वाले मिस्टर पटेल से मेरे लिए एक सिगरेट माँगने।

कमरे में हरे रंग की हल्की-सी रोशनी थी, खिड़कियों के आगे मोटे पर्दे लटके हुए थे, इसलिए कमरा बाहरी रोशनी से नहीं भीतरी रोशनी से जग रहा था—जग रहा नहीं, सुलग रहा था।

क़मरे के जिस कोने में हरे शेड वाला लैम्प था, वहाँ रोशनी गाढ़ी-सी थी, बाकी कमरे की सब दीवारों पर रोशनी सिर्फ़ पुती हुई लगती थी—हल्की-सी, जैसे किसी ने दीवारों पर रोशनी की एक कूँची फेरी हो।

कमरे में दो बुत थे—एक मर्द का, एक औरत का। मर्द-बुत की उपमा के लिए मुझे जल्दी से एक लफ़्ज़ सूझ आया था—'रोमन फ़िगर' पर दूसरे बुत के लिए कुछ नहीं सूझ रहा था...

बहुत छोटा था जब माँ से कोई कहानी सुनते हुए कोहकाफ़ की परी की बात सुनी थी, पर परी लफ़्ज़ के साथ मेरी बाल-यादों में पंख लफ़्ज़ भी जुड़ा हुआ था, क्योंकि कहानी की परी अपने पंखों से उड़ती थी, कमरे में बुत की तरह बैठती नहीं थी। इसलिए मेरा ख़याल है, मैं दूसरे बुत को देखकर उस वक्त उसके साथ 'कोहकाफ़ की परी' लफ़्ज नहीं जोड़ सकता था। और कोई इसके अलावा और बड़ा लफ़्ज़ मेरी यादों के साथ जुड़ा हुआ नहीं था...

सुना हुआ था कि तरीज़ा किसी रईस बाप की बेटी थी—उसके मरहूम बाप की शोहरत अमीरी के लिहाज़ से सुनी हुई थी, पर उसके किसी हुनरी शौक के लिहाज़ से नहीं। हैरान था—ऐसे बुत बनवाने के लिए उसने कोई बुत-तराश कहाँ से पाया होगा।

दोनों बुत एक-से हसीन थे, सिर्फ़ एक फ़र्क था—मर्द का बुत सफ़ेद सिल्की मिट्टी से बना दिख रहा था, और औरत का टसरी रंग की मिट्टी का बना हुआ—इन्सान के कुदरती मांस जैसे रंग का।

कुछ हिला—मेरी आँखों के सामने कमरे में। पर मुझे लगा कि यह मेरी आँखों का अचम्भा था, जो आँखों से बाहर नहीं, आँखों के भीतर हिल रहा था, बाहर सिर्फ़ उसका साया था।

अजीब बात था कि साया सिर्फ़ एक बुत पर इकट्ठा हो गया था—औरत के

बुत पर क्योंकि सिर्फ़ औरत का बुत हिल रहा था। मर्द का बुत उसी तरह अडोल था...

मेरे हाथों को कुछ छुअन-सी महसूस हुई—मैं शायद कुछ चौंक गया था—देखा, मेरे पास खड़ी तरीज़ा हँस दी थी। वह एक सिगरेट मेरे हाथ में पकड़ा रही थी।

और फिर तरीज़ा की आवाज़ आई, "ममी! यह मेरे कॉलेज में पढ़ते हैं, मिस्टर मलिक...हम एक पिकनिक पर गए थे..." तरीज़ा उस तरफ़ देखकर कह रही थी, जो अभी मेरी आँखों के सामने मेरे ख़याल से एक बुत था...

मैंने शायद हाथ जोड़े थे या सिर्फ़ सिर झुकाया था, मुझे याद नहीं। शायद मैंने कुछ भी नहीं किया था—पर जो कुछ भी नहीं कर सका था, तो इस ना कर सकने में, जुड़े हुए हाथ भी शामिल थे, और झुका हुआ सिर भी।...

किसी बुत के अचानक किसी घड़ी होंठ मुस्करा पड़े हों, किसी ने नहीं देखे होंगे, मैंने देखे थे...

होंठ हिलते भी देखे। कमरे में धीमे से सरकते हवा के झोंके की तरह आवाज़ आई, "मिस्टर मलिक! आओ बैठो..."

नहीं, आवाज़ हवा के झोंके की तरह नहीं थी, एक ठोस चीज़ की तरह मेरी तरफ़ आई थी, क्योंकि मुझे लगा कि मेरे सारे बदन को कुछ छू गया था—छू गया नहीं, टकरा-सा गया। इतना कि मैंने पास पड़ी एक कुर्सी पर अपनी बाँह रख दी...

"प्लीज़ मलिक, दो मिनट बैठो!" यह तरीज़ा की आवाज़ थी और वह कह रही थी, "मैं सिगरेट ले आई, पर माचिस लाना भूल गई," और फिर वह मेरी तरफ़ नहीं दूसरी तरफ़ देखकर कह रही थी, "ममी, आज मिस्टर मलिक के साथ खूब गुज़री। इनके रीजेंट सिगरेट इनका एक दोस्त ले गया, और इनसे कोई और पिया ही नहीं गया..." और फिर वह दूसरी तरफ़ नहीं, मेरी तरफ़ देखकर कह रही थी, "ममी सिगरेट पीने का बुरा नहीं मानतीं, मैं माचिस लाती हूँ।"

माचिस मेरी जेब में थी, मैंने निकालकर हाथ में पकड़ ली। तरीज़ा रुक गई। पर मैंने सिगरेट जलाया नहीं—सिर्फ़ उस बुत की तरफ़ देखता रहा, जो अभी तक हिला नहीं था, शायद मैं उसके हिलने का भी इन्तज़ार कर रहा था...

पर यह दूसरा बुत हिला नहीं, सिर्फ़ मेरी आँखें उस पर हिलती रहीं—शायद उसे हिलाकर देखती रहीं...

"यह बुत आपको कैसा लगा है?" तरीज़ा की आवाज़ आई।

जवाब में कुछ कहने लगा था—शायद वह बात जो अभी-अभी गुज़री थी—पर मेरे होंठ ज़रा-से हिलकर रह गए?

"यह बुत आपको पता है किसने बनाया है?" तरीज़ा की आवाज़ आई।

जवाब में मैंने तरीज़ा की तरफ़ देखा—कहने लगी, "ममी ने...बहुत साल हो गए हैं। मैं तब छोटी-सी थी, जब ममी ने यह बुत बनाया था—ममी ने स्कल्पचरिंग सीखा था, पर सिर्फ़ एक बुत बनाया और फिर सब छोड़ दिया—"

मैंने उस तरफ़ देखा, जिधर तरीज़ा देख रही थी—वहाँ ना गरूर था ना पछतावा। कुछ था ज़रूर, पर मैं उसे कोई नाम नहीं दे सकता—'सम थिंग नेमलैस'...(कोई चीज़—अनाम)

मैं चुप था, पर चुप भी शायद एक ज़बान होती है...और वह ज़बान, मैंने पहली बार सुनी—सिर्फ़ सुनी, समझी नहीं...

समझने की कोशिश सी कर रहा था, कि मेरी ज़बान पर 'आठ' लफ़्ज़ आने लगा—कुछ तालू से लगा हुआ, कुछ ज़बान पर सरकता सा—

और फिर लगा कि मैं—सामने उसके गले में पहने हुए ड्रेसिंग गाऊन जैसी चीज़ पर उभरे हुए फूल गिन रहा था, एक...दो...तीन...चार...पाँच...छै.. सात...आठ...

एक बार गिनती खत्म होती थी, दूसरी बार शुरू कर देता था—आँखों को और सोच को शायद जल्दी से कोई सहारा चाहिए था...यह ड्रेसिंग गाऊन जैसा जो भी कुछ था, टसरी रंग का था, इन्सानी जिस्म की ज़िल्द के रंग का। जिस्म के साथ जिस्म का हिस्सा सा...इसी को मैंने थोड़ी देर पहले, उस मिट्टी के रंग में सोचा था जिससे मुझे यह बुत गढ़ा हुआ लगा था...और अब शायद जिस्मानी हकीकत पर यकीन करने के लिए मैं उसके गले में पड़े कपड़े पर के फूल गिन रहा था...

मैं अपने जिस्म को एक झटका-सा देकर कुर्सी पर से उठ गया। तरीज़ा उस वक्त शायद मुझे कॉफ़ी पीने के लिए कह रही थी, पर भीतर के लग रहा था कि मुझे अभी बहुत जल्दी वहाँ से उठ जाना चाहिए। अनजाने खौफ़ की एक लकीर-सी हिलकर मेरी कनपटियों तक जा रही थी—कि मैं अभी, यहाँ बैठा मिट्टी के बुत की तरह हो जाऊँगा...और इस बुत की तराशी आँखों की तरह मेरी आँखें भी खुली रह जाएँगी—पलकें नहीं झपक सकेंगी...

मैं कमरे से बाहर आ गया। याद है मैंने आते हुए कुछ कहा नहीं था—सिर्फ़ देखा था। सिर जब झुक जाएँ—वही अदब की निशानी नहीं होती, सीधे तने हुए भी अदब वाले हो सकते हैं—यह मुझे उस दिन पहली बार पता लगा था...

याद है—गर्दन के पास मुझे कुछ गरम-सा लगा था, अपने-आप उस जगह चला गया—सिगरेट में से झड़ी हुई यह छोटी-सी चिनगारी थी जो हवा से उड़कर परे गिरने के बजाय मेरी गर्दन के साथ लगकर मेरी कमीज़ पर गिर गई थी—

बाहर सड़क पर चलते हुए याद नहीं मैंने किस वक्त सिगरेट जला लिया

था—यह सिगरेट वही होगा जो तरीज़ा ने दिया था—मुझे सिर्फ़ उस वक्त पता लगा था जिस वक्त मैंने कमीज़ के गले के पास से एक चिनगारी झाड़ी थी और उस वक्त मुझे लगा कि मैं अपने जिस्म के साथ-साथ नहीं चल रहा था—जिस्म आगे चल रहा था, मैं उसके पीछे-पीछे था...

मेरे हाथों में कुछ नहीं था—पर इस 'कुछ नहीं' का जैसे वजूद था, यह क्या था, पता नहीं, उसे पढ़ना, समझना और सोचना चाहता, तो भी नहीं कर सकता था—अब तक नहीं कर सकता—यह किसी उस पुराने दस्तावेज़ सरीखा था जिसके कीमती होने का अहसास हो—पर जिसे पढ़ा या पढ़वाया ना जा सके...सिर्फ़ यह पता हो कि उसे सारी उम्र सँभालकर रखना है...

इसके वजूद का मेरे पास कोई सबूत नहीं था पर एक अजनबी खुशबू से मैंने इसके वजूद का अन्दाज़ा लगाया था—मैं अपने जिस्म की हल्की-से-हल्की गंध से भी वाकिफ़ हूँ, मेरा तौलिया चाहे बीसों तौलियों में मिला दिया जाएँ, मैं अपने तौलिये को सूँघकर ढूँढ़ सकता हूँ—और उस दिन पहली बार मुझे लगा था कि कोई अलग चीज़ मेरे साथ या मेरे भीतर थी। एक हल्की पर नई खुशबू थी जो बराबर मेरे साथ चल रही थी...

मेरे पैर चल भी रहे थे अटक भी रहे थे और शायद वह खुशबू मेरे साथ जाना भी चाहती थी, रुकना भी चाहती थी...

एक बड़ी दुकान राह के दायें हाथ थी—मैंने वहाँ से एक सिगरेट का पैकेट खरीदा—सामने रीजेंट पड़ा था—मैंने हाथ के इशारे से पैकेट माँगा। दुकान वाला समझा नहीं, रीजेंट की जगह कोई और पैकेट पकड़ा दिया। मैंने मना नहीं किया। वही पैकेट ले लिया जो उसने दिया था। सड़क पर आकर एक सिगरेट जलाया। कोई आधा सिगरेट पी चुका था—कानों में जावेद की कही हुई बात कसक गई, 'एक सिगरेट से लेकर एक इश्क तक हर चीज़ अमल है, सिर्फ़ यह बात अलग है कि कइयों को एक ब्रैंड चाहिए।'

उस वक्त मुझे लगा कि मेरे अन्दर कहीं कोई खौफ़ जैसी चीज़ भी थी—मैंने अनजाने ही सिगरेट का ब्रैंड बदल लिया था—शायद इस बात से बचने के लिए कि एक ब्रैंड की अकीदत आशिक होने की निशानी होती है और मैंने जल्दी से निशानी मिटा दी थी...

निशानी जो सामने थी, मिया दी। पर इन्सान का सिर्फ़ सामने की तरफ़ ही नहीं होता, पीठ वाला भी होता है—आँखें अपनी पीठ पर नहीं पहुँचतीं, और पता नहीं वहाँ कोई निशानी उतर आई थी—वहाँ, मेरी पीठ के पीछे कुछ हिलता, रेंगता सा लगता था। सामने के हिस्से को देख सकता था, टटोल सकता था, पोंछ भी सकता था, पर उसका कुछ नहीं कर सकता था जो मेरी पीठ के पीछे था...

जो कुछ था, अगर इसका नाम इश्क था तो इसने मेरी पीठ पर से वार करने वाली बात की थी...

नहीं, वार से मुझे शिकवा नहीं था, सिर्फ़ यह सोचता था कि अगर कहीं मेरी आँखें मेरी पीठ पर होतीं—मैं इस वार करते हाथों को देख सकता...

अजीब हालत थी—किसी के हाथों से कुछ नसीब हुआ था, पर हाथ देखने नसीब में न हुए...

माई गॉड...फिर मैंने जो कुछ देखा था...अजीब था...मुझे याद नहीं, पर मैं कमरे में आकर ज़रूर सो गया होऊँगा, इसी तरह खिड़की के पास कुर्सी पर बैठे हुए ऊँघ गया होऊँगा—और जो कुछ देखा ज़रूर सपना होगा...मेरी आँखें मेरी पीठ पर लगी हुई थीं,...पीठ गीली थी, सिर्फ़ गीली नहीं, पोली भी...और देख सकता था कि दो हाथ मेरी पीठ पर थे—एक अन्दाज़ में, एक सलीके से, वह मेरी पीठ को गढ़ रहे थे, एक गोलाई दे रहे थे...हाथों के दायीं ओर ज़मीन पर बहुत-सी चिकनी मिट्टी पड़ी थी, हाथ मिट्टी को उठाते और मेरी पीठ पर, जहाँ कोई जगह ऊँची-नीची थी, वहाँ मिट्टी की नई तह जमा रहे थे...मैं एक बुत की तरह गढ़ा जा रहा था—मैं बन रहा था, संवर रहा था, पर अपनी जगह से हिल नहीं सकता था...पीठ पर मेरे होंठ नहीं थे—बोल नहीं सकता था।

सिर्फ़ आँखें थीं—देख सकता था...

वाट ए ड्रीम...

सपने में मुझे आँखें मिल गई थीं पर होंठ नहीं मिले थे...

फिर जाग रहा था—देख सकता था—मेरे होंठ सलामत थे। पर सोच सकता था—समझ सकता था—कि होंठ सारी उम्र के लिए गूंगे हो गए थे...

इस बीते साल में तरीज़ा कई बार मिली थी—अचानक कहीं सामने आ गई नहीं—खास तौर पर मेरे कमरे में आकर। शायद उसने मुझमें कोई अन्तर देखा हो, शायद मुझसे कुछ पूछना चाहा हो, और फिर शायद उसने मेरे गूंगेपन को कबूल लिया था, कुछ भी पूछना छोड़ दिया...

''तू नहीं समझ सकती, तू अभी बच्ची है,'' सिर्फ़ उसने एक बार यह जवाब दिया था—सीधा मेरी आँखों में देखकर—फिर चुप हो गई थी।

''तू शायद बच्ची नहीं, पर मैं—मैं शायद बहुत बड़ा हो गया हूँ—'' यह मैंने कहा था, पर कहते वक्त मैंने तरीज़ा की आँखों में देखा नहीं था। जैसे अचानक यूँ बड़ा हो जाना एक रहस्य था, जिसे तरीज़ा से छुपाने की ज़रूरत थी...

''मुझे सभी बच्ची समझते हैं...'' तरीज़ा ने एक शिकवे के लहज़े में कहा था।

"सब कौन?" मैंने पूछा था।

"आपने अभी कहा था—तू अभी बच्ची है..."

"मैंने कहा था, मैं समझता हूँ पर सब कौन?"

"ममी भी मुझे बच्ची समझती है...ममी की अलमारी में एक खाना है, वह हमेशा बन्द रखती है, मुझे कभी देखने नहीं देतीं—पर मुझे पता है वहाँ क्या पड़ा है..."

तरीज़ा कह रही थी, जिस वक्त मुझे अपना आप एक कमरे में खड़ा हुआ नहीं, एक खंडहर में भटकता हुआ सा लग रहा था—किसी खंडहर को देखकर किसी इमारत का इतिहास खोजता—नहीं इतिहास नहीं, अपना वजूद खोजता हुआ...

मैं जैसे आप खंडहर था और अपना इतिहास ढूँढ़ रहा था। पूछा, "उस खाने में क्या पड़ा हुआ है?"

"मेरा ख़याल है, ममी कभी-कभी एक डायरी लिखती हैं। वह डायरी वहाँ पड़ी हुई है, पर वह मुझे पढ़ने नहीं देतीं..."

तरीज़ा के साथ सिर्फ़ इतनी-सी बात हुई थी। पर इतनी-सी बात भी मेरे लिए सुरंग की तरह बन गई, जिसके अंधेरे में मैं दिन-रात चलता रहता था—सुरंग की दीवारों को हाथ में टटोलता वह खाना ढूँढ़ रहा था, जिस खाने में अंधेरे का एक टुकड़ा पड़ा था...

छोटा था—घर में एक मेहमान आया था—माँ ने प्रणाम करने के लिए कहा था—प्रणाम कर दिया था—पर उसने अपने थैले में से एक काली स्लेट निकालकर, उसके ऊपर चाक से कुछ खींचा था—कुछ लकीरें और कुछ हिन्दसे थे—और फिर मेरे सिर पर हाथ रखकर उसने माँ को तसल्ली दी थी कि उसका यह बेटा बड़ा भाग्यशाली होगा—विचारशील।

यह माँ के यकीन की बात है, मेरी नहीं—पर अब मेरे यकीन की बात मुझे यह लगने लगी कि अलमारी के खाने में पड़ा हुआ अंधेरे का एक टुकड़ा उस काली स्लेट की तरह था जिसके ऊपर कुछ लकीरें और कुछ हिन्दसे लिखे हुए थे। और अगर मैं उस काली स्लेट को हाथ में पकड़ कर उस पर लिखा हुआ कुछ पढ़ सकूँ—मुझे मेरी तकदीर का पता लग जाएगा...

...बहुत दिन बीत गए एक रफ़्तार से चलते और एक मंज़िल की तरफ़ जाते पैरों की तरह नहीं, लड़खड़ाकर गिरते, उठते और चलते—

चलते दिनों के साथ मैं नहीं चल रहा था। मैं खड़ा था—सिर्फ़ दिन चल रहे थे। सोचता था—मैं काहे के साथ बँधा खड़ा था—शायद अपनी उम्र के बाईसवें साल के साथ बँधा था। यह साल मेरे बदन पर जवानी की तरह आया नहीं लगता था, एक ज़ंजीर की तरह लिपटा हुआ लग रहा था—और मैं इस ज़ंजीर

से छूटने के लिए सिर्फ़ हाथ-पैर मार रहा था...

छूटकर कहाँ पहुँचकर चाहता था—पता नहीं। यह भी पता नहीं कि जहाँ पहुँचना था, वहाँ मेरे लिए कोई जगह थी कि नहीं...

पते जैसा कुछ उस दिन लगा था—जिस दिन तरीज़ा ने कुछ फूल लाकर मेरी मेज़ पर रख दिए थे—और पूछा था कि मैं अपने जन्मदिन की क्या सौगात उससे लेना चाहता था...

उसने जन्मदिन की याद दिलाई थी—पर वह नहीं जानती थी कि यह याद मुझे मेरे बाईसवें-तेईसवें साल के साथ जोड़कर, मेरे कानों में एक ज़ंजीर की आवाज़ और ऊँची कर गई थी...

जानता था—बरस एक-एक करके बीतेगा—उसे रोज़ एक-एक रात की एक-एक गुफा से गुज़रना होगा—और फिर भी मैं कहाँ पहुँचूँगा...जहाँ भी पहुँचूँगा, सालों की गिनती मेरे साथ चलेगी...मैं सालों की गिनती को पीछे छोड़कर जाना चहता था...

"सौगात?" मैं चौंक-सा गया था।

"मेरा जी चाहता है आप मुझसे कुछ ज़रूर लें!"

मैं चुप था।

"क्या सोच रहे हो?"

मैं सोच नहीं रहा था—एक दीवार पर कुछ टटोल रहा था—नाखूनों से और बरौनियों से कुछ खुरच रहा था...

मन की हालत कई बार खतरनाक हद तक ईमानदार होती है—ईमानदारी की उस हद पर खड़े होकर मैंने कहा—"तरीज़ा, अगर मैं यह सौगात माँगूँ, जिसके लिए तुम्हें चोरी करनी पड़े?"

"बोलो, कितने पैसे चुराकर लाऊँ?"

"पैसे नहीं...डायरी..."

"ममी की अलमारी में से ममी की डायरी?"

मैं थककर कुर्सी पर बैठ गया था—थककर नहीं हारकर। उस चोर की तरह जो किसी बेगानी हद में पैर रखते हुए सर से पकड़ा गया हो...

तरीज़ा बोली नहीं। बोलने की शायद कोई गुंजाइश भी नहीं थी। उसने सिर्फ़ मेरी ओर देखा था। और मेरा ख़याल है—मेरे चेहरे पर सिर्फ़ थकावट थी और कुछ नहीं। एक बेगानी धरती पर पैर रखते समय एक घबराहट थी—पर अब जब रख ही चुका था, देखा-पकड़ा भी जा चुका था, तो घबराहट नहीं थी। सिर्फ़ एक उदासीनता थी कि क्या इस तरह पैरों का पराई धरती पर चले जाना और किसी की आँखों के सामने आ जाना ज़रूरी था?...मन की हालत, इस

खतरनाक हद तक ईमानदार न होती, तो क्या हर्ज था?

पता नहीं तरीज़ा किस समय चुपचाप चली गई थी। मन की हालत, जब तक मेरी छाती की हद में थी, बड़ी मासूम लगती थी। कोई इल्ज़ाम उसे लगाए नहीं लगता था। पर अब—इस हद से बाहर निकलकर, और पराये कानों को छूकर, उसने अपना कौमार्य तोड़ लिया था। और अब उस पर छोटे या बड़े इल्ज़ाम जैसा कुछ भी लग सकता था...

पता नहीं कितना वक्त गुज़र गया—सुराही में से पानी डालते हुए जब देखा कि गिलास मुश्किल से आधा भरा था, तब मुझे पता चला कि मैं बार-बार कुर्सी से उठकर पानी के गिलास पीता रहा था। थोड़ी देर पहले भरी हुई सुराही खाली हो गई थी...

एक प्यास दिखती थी, गिलासों से नापी जा सकती थी...पर एक प्यास जाने कैसी थी, सोच रहा था, दुनिया का कोई भी इल्ज़ाम उसे नहीं नाप सकता था...

मेज़ पर खटका हुआ, कमरे में हल्का-सा अंधेरा था, दरवाज़े में से आती तरीज़ा को मैंने नहीं देखा था, सिर्फ़ खटका सुनकर देखा, और मेज़ पर उसने जो कुछ रखा था, अब देख सकता था...

ओह गॉड...खुदा पता नहीं क्या चीज़ है, पर मुश्किल वक्त में से गुज़रते हुए, होठों पर आ जाता है--पता नहीं होंठों की हिम्मत बनकर, या सिर्फ़ रूमाल की उस कन्नी की तरह, जिसे कोई दाँतों में दबाकर अपनी सारी आवाज़ को रोक लेता है...

अपने आपको नहीं,—पर तरीज़ा को मैंने जिस हालत में डाल दिया था, उसे सोच रहा था...

"आई एम सॉरी," किसी गहरे साँस में मिले ये लफ़्ज़ शायद मेरे होंठों से निकले थे, और तरीज़ा ने सुन लिए थे, खिलखिलाकर हँस पड़ी, "अब सॉरी कहने से कुछ नहीं होगा—एन्ज्वाय योअर बर्थ डे गिफ़्ट, सिर्फ़ खुदा से इतनी खैर माँगना कि कल तक ममी को अपनी अलमारी का दराज़ खोलने की ज़रूरत न पड़े, नहीं तो मैं मर गई..."

हमने एक-दूसरे की ओर देखा—दो चोरों की तरह—और हमारे होंठों पर एक शर्मिन्दा-सी हँसी आ गई...

शर्मिन्दगी की किस्म शायद अलग-अलग थी—तरीज़ा का चेहरा मुझे कुछ सुर्ख-सा होता लगा और अपना पीला-सा...

"कल कॉलेज से लौटते हुए मैं यह ले जाऊँगी।" तरीज़ा ने कहा और जल्दी से चली गई।

अब कमरे में मैं था, और वह डायरी...

अपने जिस्म की नग्नता को इन्सान कई बार देखता है, पर मेरी ज़िन्दगी में यह पहली घड़ी थी, जब मेंने अपनी रूह की नग्नता देखी...

संस्कारों का लिबास चाहे नर्म लगे, चाहे खुरदुरा, पर हर एक रूह यह लिबास पहनती है। पर उस दिन मेरी रूह ने अपने बदन पर कुछ नहीं पहना हुआ था—मेरा बदन सिर्फ़ एक बिस्तरे की तरह था, जो उसने सोने के लिए बिछाया-सा लगता था...

डायरी बन्द—भिंचे हुए होंठों की तरह थी, उसको छूने की घड़ी किसी के होंठों के छूने की घड़ी थी...

होंठों को, और फिर अंग-अंग को...अक्षर पढ़े नहीं, सिर्फ़ छुए—

मेरा सब कुछ धड़क गया था, काँप गया था और लगा, 'कुछ' 'कुछ' में समा गया था...

इस कुछ का कोई काम नहीं, इसको एक मर्द और एक औरत के मिलन से भी जोड़ सकता हूँ—पर यह किसी मिलन की सुनी और जानी हुई हालत नहीं थी—शायद इसलिए कि वह निराकार थी—अशरीर-अबदन...

वैसे मेरे बदन पर भी इसके निशान थे पर बिस्तरे पर पड़ी हुई सलवटों की तरह—शायद इसलिए कि मेरी रूह ने मेरे बदन को एक बिस्तरे की तरह बिछाया हुआ था...

सारी रात 'मैं' था, 'वह' थी, और मेरे बदन का बिस्तरा था—मांस का बिस्तरा...

दूसरा पहर

उस दिन रात के गहरे अँधेरे में दीवारों पर कुछ हिलता-सा लगा था—वह रात अजीब भेदों से भरी हुई थी—कभी ज़ोर से एक पंख की तरह कुछ हिलता, कभी धीमे से उसाँस की तरह...

आँखें खोलने और मूँदने से कोई फ़र्क नहीं पड़ रहा था—अंधेरा बड़ा गहरा था। बिजली का बल्ब मेरी चारपाई से बहुत दूर था। हाथ हिलाने पर नहीं हिल रहा था—बहुत ज़ोर लगाकर सिर्फ़ सामने की दीवार तक पहुँचा था। वहाँ दीवार पर, मेरे कानों के पास भी कुछ हिला था—पूरे हाथ से नहीं सिर्फ़ एक उँगली से उसे छुआ—वह मांस के एक टुकड़े की तरह मुलायम और नर्म था—मांस जो एक टुकड़े की शक्ल में भी हो, और जीता भी...

गले में से एक चीख-सी निकलती लगी—गले में से नहीं, सिर्फ़ छाती में से—

क्योंकि गले तक वह सिर्फ़ पहुँची थी, फिर वहीं रुक गई थी...

आँखों की मदद से नहीं सिर्फ़ कानों की मदद से जान लिया—कुछ जीते-जागते सपने थे, जो दीवारों पर लगे हुए थे। उन्हें कील ठोंककर लगाया गया था, वे हिलते थे पर दीवार से उतर नहीं सकते थे...

पता नहीं कितनी देर तक मैंने यह देखा था, भोगा था। शायद पूरी तरह जागता नहीं था, पता नहीं, पर यह पता है कि पूरी तरह सोया हुआ नहीं था। सोचने पर शायद बहुत ज़ोर पड़ गया होगा। याद आया—डायरी में लिखा हुआ था—"बहुत बार रात को ऐसा लगता है कि मेरे कमरे की चारों दीवारों पर कुछ हिलता है—फड़फड़ाता है। मैं कानों को बन्द कर लेती हूँ—क्योंकि जानती हूँ कि यह मेरे सपनों के टुकड़े हैं जो मैंने अपने हाथों कीलों से ठोंककर अपनी दीवारों पर लगाए हुए हैं..."

उस रात यह मैंने पढ़ा था, जिया भी था—शायद उसकी जगह जिया था। उसने पता नहीं कितनी ही ऐसी रातें सज़ा की तरह काटी होंगी—पर उस रात शायद उसकी जगह मैंने उसकी सज़ा काटी थी...और शायद मेरे अन्दर और बाहर कहीं वह आप थी, जो अपनी कई रातों की तरह, यह रात भी भुगत रही थी...

जिस्म के कपड़ों की तरह, जिस्म भी बदला जा सकता है, उस रात मुझे इस ख़याल ने बड़ा सहारा दिया था। मेरा विश्वास है कि उस रात वह अपने जिस्म में नहीं, मेरे जिस्म में, रात की भयानकता को काट रही थी...

फिर मेरे कमरे में सुबह का एहसास हो गया था—आँखों से देख सकता था पर लगा चारपाई पर से उठ नहीं सकता था—उठकर सुबह के उजाले तक नहीं जा सकता था। खिड़की से थोड़ा-सा पर्दा हिल गया था। सामने दीवार पर धूप की एक पतली-सी लकीर आ गई थी। मेरे सारे बदन में सिर्फ़ एक चीज़ थी—मेरी आँखें—जो हिलती भी लगती थीं और जीती भी। बाकी किसी भी अंग में हरकत नहीं थी। और लगा मैं बिलकुल एक जगह पर बैठा अब सिर्फ़ बाहर के उजाले या बाहर के अँधेरे के रहम पर था...

'जान' जैसी चीज़ पता नहीं कहाँ थी। मैं एक बुत की तरह था, वह मुझमें पड़ती नहीं थी...माई गॉड! यह कैसी ट्रासमाईग्रेशन (देहान्तरण) थी—मैं अपने जिस्म में से निकलकर मिट्टी के उस बुत में दाखिल हो गया था, जो कभी उसने गढ़ा था और जिसे वह रोज़ देखती थी, सोचती थी कि इस मेरे तसव्वुर के बुत में हकीकत की जान क्यों नहीं पड़ती...यही लफ़्ज़ उसने ज्यों-के-त्यों अपनी डायरी में लिखे हुए थे।

डायरी के अन्दर के, पर पहले सफ़े पर, सिर्फ़ दो लफ़्ज़ लिखे हुए थे—ग्रेप्स ऑफ़ मैडनेस (दीवानगी के अंगूर)—यह जैसे डायरी का नाम था। दीवानगी के

यह अंगूर—उसके माथे पर—पता नहीं कब बीजे गए थे, ज़िन्दगी के कौन-से हादसे थे जिन्होंने ये बीज बोए थे, कुछ पता नहीं लग रहा था। मैंने सिर्फ़ उन्हें चखकर देखा था और लग रहा था कि उनमें से रिसता हुआ रस मेरे गले में से एक-एक बूँद करके मेरी छाती में उतर रहा था...

डायरी के सफ़े स्याही में भीगकर सूख चुके थे—पर ज्यों-ज्यों पढ़ रहा था, लग रहा था स्याही अक्षरों में से निकलकर अपनी पहली गीली शक्ल में मेरी आँखों के सामने फैल रही थी। अक्षर कभी दिखते थे, कभी नहीं। और डायरी में से निकलकर जो कुछ मेरे तक पहुँचा रहा था—वह एक गंध थी, शायद इंसान की रूह को आते हुए पसीने की गंध थी—

''मेरा जिस्म एक लहू-मांस के गमले की तरह है—
ख़याल कभी फूलों की तरह खिलते लगते हैं कभी मुरझाते...

दुनिया की हर अच्छी किताब को मैं घबराकर पढ़ती हूँ
मेरी आँखें हर एक वरके पर ऐसे जाती हैं,
जैसे एक बहुत ज़ख्मी मरीज़
एक एमरजैन्सी वार्ड की ओर जाता है।

लिबास एक अजीब चीज़ है—
जब जिस्म पर पड़ता है, सभ्यता बन जाता है,
जब रूह पर पड़ता है, तो महज़ बदनसीबी

सारे रंग मेरे अन्दर हैं, पर नर्म और पिघले हुए नहीं,
जो सहज ही एक-दूसरे में मिल जाएँ,
ये ठोस पत्थरों की शक्ल में हैं
एक-दूसरे से टकराते हैं—
एक-दूसरे को ज़ख्मी करते हैं और मैं—
इनके खून में भीगी रहती हूँ...

अजीब बात है कि सूरज को सारे खून माफ़ हैं। यह हर रोज़ दुनिया के हर इंसान का एक दिन कत्ल करता है—रोज़ इंसान की उम्र एक दिन छोटी हो जाती है, उम्र का एक टुकड़ा रोज जिबह हो जाता है...''

मुझे याद है—डायरी मेरे हाथों से छूट गई थी, शायद डायरी नहीं, मेरा अपना आप मेरे हाथों से छूट गया था और मैंने कातिल को ढूँढ़ लिया था, इससे

पहले मैंने कभी सूरज को इस तरह नहीं सोचा था...

उस दिन जब सूरज ढला था और उसके बाद हर दिन जब सूरज ढलता है, लगता है उसकी लाली में वह खून भी होता है जो 'उसके' उस दिन के कत्ल हुए जिस्म का होता है। वह भी शायद रोज़ ऐसा ही सोचती होगी...

सिर्फ़ उस दिन एक बात बड़ी अजीब लगी थी—(अब अजीब नहीं लगती, सहज हो गयी लगती है, शायद एक साल में उसकी आदत पड़ गई है) उस रात मुझे अपने बदन पर खून के कुछ छींटे पड़े हुए लगते थे—ऐसे जैसे सूरज के हाथों से गिरकर मेरे ऊपर पड़ गए हों...

खून के वे छींटे, रात को मेरे जिस्म में एक आग जला देते हैं—मैं एक थीसिस लिखना चाहता हूँ : 'सूरज सैडिस्टिक है'—यह ठीक है कि वह चीज़ों को जन्म देता है, उसकी तपिश के बिना घास का एक तिनका भी नहीं पनपता, पर यह हर चीज़ को सिर्फ़ इसलिए पैदा होने में मदद देता है ताकि उस चीज़ को धीरे-धीरे गलता और सड़ता देख सके...

डायरी को मैंने बहुत बाद हाथ में पकड़ा था, बहुत बार हाथ से छोड़ा था—कुछ था जो पकड़कर भी नहीं पकड़ा जा रहा था। कुछ था, जो छोड़कर भी नहीं छोड़ा जा रहा था।

एक सफ़े पर लिखा था—

"ये लाइनें किसी कहानी की हैं, उसके किसी पात्र के बारे में, पर ये मेरे बारे में भी हैं—'वह दर्द को कंजूसी से झेलती है, शायद वह नहीं'चाहती कि उसका यह निरन्तर दर्द कभी खत्म हो जाएँ...' "

साथ के सफ़े पर लिखा था—

"सब कुछ हकीकत के हवाले कर दिया है फिर भी एक टुकड़ा बाकी है जो किसी के हवाले नहीं होता, शायद यह भी मेरी कंजूसी है—अगर फ़राख़दिल होती, तो एक टुकड़ा भी पास न रखती...

पर 'मेरा' कहने के लिए मैंने एक टुकड़ा अपने पास रख लिया है, यह मेरा है, इसकी निरन्तर पीड़ा भी मेरी है...

और शायद यही 'मैं' हूँ"...

दोपहर के कॉलेज से वापस जाने वाली तरीज़ा आई थी, डायरी ले गई थी। पर डायरी के साथ बीते हुए घंटे मेरे पास थे...

"डायरी में से मैंने कुछ सफ़े फाड़ लिए हैं," मैं तरीज़ा को डायरी देते वक्त हँस-सा पड़ा था...

तरीज़ा की आँखों में एक खौफ़ काँप गया था। पर फिर उसने आँखें झपका

ली थीं, और उसे यकीन हो गया था कि डायरी के सफ़े पूरे थे...

तरीज़ा चली गई थी। नहीं जानती कि मैंने डायरी में से कुछ सफ़े फाड़ लिए थे—जितने पल भी मैंने डायरी के साथ बिताए थे, वे डायरी के वरकों की तरह थे। पल मेरे पास थे, इसलिए वरके मेरे पास थे...

पल थोड़े-से थे, वरके भी थोड़े-से हैं। पर लगता है मेरा जो कुछ है सिर्फ़ यही है। यह मेरा अन्दर है। बाहर जो कुछ है, वह सिर्फ़ इन वरकों पर चढ़ी हुई गत्ते की ज़िल्द है...

उसके दूसरे दिन कॉलेज जाते हुए रास्ते में जावेद मिला था—शैले लखनवी। मेरे कन्धे पर हाथ रखकर, और मेरे साइकिल के साथ-साथ अपना साइकिल चलाते हुए, उसने एक शे'र पढ़ा था—''जो बन्दे के साथ बीती है वह, खूब जानते हैं। पर 'कुन फिकुन' कहने के बाद खुदा जाने—खुदा के साथ क्या बीती''—मैंने उसे कुछ नहीं कहा था पर अगर कहना चाहता तो कह सकता था, कि खुदा के साथ जो बीती, वह मुझे पता है। खुदा को एक वह डायरी लिखनी पड़ी, जिसका नाम है 'ग्रेप्स ऑफ़ मैडनेस'—

'उसकी' बात कहते हुए मैं उसको खुदा की जात के साथ ही जोड़ सकता हूँ...

उस दिन भी लगा था, जिस दिन डायरी पढ़ी थी, आज भी लगता है कि अभी किसी नींद से जागा हूँ। तेईस साल सोता रहा और फिर अचानक जाग उठा—लगता है, इन तेईस सालों में जो कुछ देखा था, सब सपना था, पर अब जो कुछ देखता हूँ, वह हकीकत है...

हकीकत ज़ाहिरा नहीं—सिर्फ़ उसकी धुँधली और हिलती सूरत दिखती है—इस तरह जैसे मैं जागा होऊँ, पर अभी भी आँखें मल रहा होऊँ...

मुझे पता है, मैं कच्ची नींद से जागा हूँ, सिर्फ़ तेईस साल सोया था, और फिर जाग पड़ा। मुझे शायद पैंतीस-चालीस साल सोना चाहिए था...और फिर मैं जब जागता, मेरी उम्र 'उसके बराबर हो गई होती...'

पर मेरे अन्दर कहीं कुछ उसके बराबर है। जो बराबर नहीं दिखता, वह शायद मेरे अंगों से झड़ा हुआ है। यह चौदह-पन्द्रह बरस मुझे मेरा हिस्सा लगते हैं—बीते हुए—बरते हुए, भुगते हुए—सिर्फ़ किसी तरह अपने से झड़ गए दिखते हैं—जैसे किसी का एक हाथ मशीन में आ जाएँ और पाँचों में से एक उँगली कट जाए...

मन की नहीं, उम्र की एक अपाहिज-सी हालत है...

लगता है एक जंग से ज़ख्मी होकर लौटा हूँ, और हाथ या बाँह की जगह मेरी

उम्र के पन्द्रह बरस मेरे से कट गए हैं...

सामने मेरी खिड़की के चौखटे में आसमान का एक टुकड़ा जड़ा हुआ है—एक लैंडस्केप की तरह—सारे कैनवैस पर सलेटी रंग की एक कूँची फिरी हुई है, सिर्फ़ एक कोने में एक दूधिया बादल गुच्छा होकर पड़ा हुआ है...

कैनवैस में, मेरे मन की हालत की तरह, एक हरकत है। गुच्छा हुआ बादल धीरे से सिर उठाकर कुछ देख रहा है—शायद ज़ोर से एक गहरा साँस ले रहा है—और फिर अलसाया-सा औंधा होकर, जहाँ बैठा हुआ था वहीं ठिठक-सा गया है...

बिलकुल ऐसा ही दिन था—मैं बादल के इस टुकड़े की तरह पड़ा था, वह लड़की मिस स्टेटमैंट—आई थी. कमरे में चारों तरफ़ देखकर जब लौटने लगी तो दूसरी बार कुर्सी की तरफ़ देखकर खड़ी हो गई और फिर हँसने लगी, "मैंने समझा था, कुर्सी पर कपड़ों की गठरी पड़ी है," और फिर मेरी कुर्सी के पास आती हुई कहने लगी :

"आज हमने तरीज़ा को इतना टीज़ किया, रुला दिया..."

"तरीज़ा को ? क्यों ?"

"वह मेरे कमरे में अब भी रुआँसी बैठी हुई है..."

"पर..."

"पर-वर कुछ नहीं, यह इन्विटेशन और जल्दी से तैयार हो जाओ। आज तरीज़ा के घर पार्टी है।"

"तरीज़ा के घर..." मैं धड़क गया था—कुर्सी पर पड़ी हुई कपड़ों की गठरी धड़क गई थी—'तरीज़ा' के लफ़्ज़ से नहीं 'घर' के लफ़्ज़ से...

"इन्विटेशन पढ़ लो—" मिस स्टेटमैंट ने कहा।

कागज़ की तरफ़ देखा—टाइप किया हुआ था। "आई इन्वाइट यू टु सेलीब्रेट माई सीक्रेट लव ओवर ए कप ऑफ़ टी" नीचे तरीज़ा का नाम लिखा हुआ था—हाथ का लिखा नहीं, टाइप किया हुआ।

"नॉनसैन्स—" मैंने कहा, होंठों से भी, शायद आँखों से भी।

"हू इज़ दैट लकी पॉग ?"

"डोंट यू नो ?" वह खिलखिला के हँस पड़ी।

"मुझे नहीं पता।"

"आज पार्टी में पता लग जाएगा। उठो मिस्टर मलिक, जल्दी करो, देर हो गई है। असल में हमें छः बजे वहाँ पहुँच जाना था, पर यहीं छः बज गए हैं। यह इन्विटेशन आपको तीन बजे पहुँचना था, पर वहाँ तरीज़ा मेरे कमरे में आके दो बजे की मुसीबत डालकर बैठी हुई है।"

"वह इन्विटेशन खुद क्यों नहीं देने आई ?"

''मैंने एक काम तो उसका कर दिया था, कहा था कि इन्विटेशन मैं टाइप कर दूँगी। पर अब वह किसी को देने के लिए भी नहीं जाती, वह भी मुझे देने पड़े हैं...''

शरारत सामने थी—तरीज़ा की सहेलियों ने तरीज़ा से चोरी यह इन्विटेशन बना लिया था—और तरीज़ा गुस्से और शर्म में किसी के सामने नहीं पड़ती थी।

मुझे जाना था—न सहेलियों की शरारत से मतलब था, न तरीज़ा के गुस्से से, पर जाना था।

घर की हद में पहुँचते ही लगा कि आते हुए नलिन के कमरे में मैंने जो पानी का गिलास पिया था, वह सिर्फ़ पानी नहीं था। मेरे पैरों में एक कँपकँपी-सी उतर रही थी...

ड्रॉइंग रूम...हरी रोशनी आज भी वहाँ थी, पर सिर्फ़ एक कोने में, दूसरे कोने में नीली थी, तीसरे में लाल...उस दिन कमरे में सिर्फ़ एक ही बुत था...

भरे कमरे में मेरी आँखें भटकी हुई थीं...बुत की तरफ़ देख रहा था—नहीं, बुत के भीतर होकर, बुत में समा रहा था...

कमरे में बहुत-सी खड़खड़ाहट थी—पैरों की आवाज़ों की, प्याली की, म्यूज़िक की, पर एक हल्की-सी चेतना के सिवा मैं सिर्फ़ एक बुत था...

मेरे हाथ में किसी ने चाय का प्याला पकड़ाया—शायद उस लड़की ने, जिसे सब मिस मिस्ट्री कहते थे और फिर मिस स्टेटमैन्ट की आवाज़ आई, ''कम ऑन लकी डॉग? लेट अस सेलीब्रेट यूअर सीक्रेट लव!''

मैं कमरे में सबकी तरफ़ देखने लगा था—देख रहा था यह किसके लिए कहा गया था...

सारे कमरे की हँसी मुझ पर टूट पड़ी थी—सारे, जैसे शीशे के कंकरों की एक-एक मुट्ठी मेरे ऊपर फेंक रहे थे...

''यू...ऑल डेविल्ज़...'' तरीज़ा कह रही थी। उसकी आवाज़ खीझी हुई और थकी हुई थी। शायद यह बात वह दोपहर से कह रही थी। पर उसकी बात कोई नहीं सुन रहा था।

''हू इज़ द लकी डॉग?'' मैंने शायद फिर पूछा था।

''हाऊ इन्नोसेंट यू आर, यू बोथ,'' (तुम, तुम दोनों कितने नादान हो!) यह उस लड़की ने कहा था, जिसे सारे मिस क्रिटिसिज़्म कहते थे।

एक ठहाका था, बड़े गलों में से, बाढ़ के पानी की तरह कमरे में आ गया था—तरीज़ा की आवाज़ उस पानी में बह रही थी, मैं भी जो कहता, वह बह जाना था, इसलिए कुछ नहीं कहा।

''मलिक! हमारे सबके सामने तरीज़ा को एक अँगूठी दे दे, ताकि दुष्यन्त की तरह जब तू उसे भूल जाएँ तो यह शकुन्तला की तरह तुझे याद दिला सके...'' यह

बात केवल कालीदास कह रहा था, और कह रहा था, ''नहीं तो तुझे नया काव्य लिखना पड़ेगा।''

शैले लखनवी एक शे'र पढ़ने लगा था, जिस वक्त किसी लड़की ने कहा, ''भई, तरीज़ा की ममी को भी बुलाना चाहिए। तरीज़ा, तूने ममी को भी इन्विटेशन दिया है या नहीं? नहीं तो मैं अभी दे आती हूँ, वह किस कमरे में होंगी?''

जिस दीवार से लगकर मैं खड़ा था, लगा वह दीवार हिल रही थी...तरीज़ा उस लड़की को 'शटअप' कह रही थी और शायद कमरे का दरवाज़ा अन्दर से बन्द कर रही थी कि कहीं वह लड़की सचमुच ही बाहर जाकर कुछ कह न आए, कि नलिन सबमें से उठकर, दीवार की तरफ़ मेरे पास आ गया।

वह मेरे पास होकर धीरे-से मुझे कहने लगा, ''आई द हेअर ऑफ़ हेनरी मिलर एडवाइज़ यू...(मैं, हेनरी मिलर का वारिस, तुम्हें सलाह देता हूँ...)''

मेरी आँखें मेरे मुँह पर फैल गई थीं। वह मेरे कानों में कह रहा था, ''स्लीप विद द गर्ल, ऐंड गेट रिड ऑफ़ दिस मूड।'' (इसके साथ सोओ, और गम गलत करो!)

कमरे में रिकॉर्ड प्लेयर बज रहा था। दो जने डांस कर रहे थे। तरीज़ा ने बिलकुल नहीं सुना था कि नलिन ने मुझे क्या कहा था, पर मेरे मुँह पर आई हुई खीझ शायद उसने देख ली थी। नलिन जब उधर चला गया तो वह मेरे पास आकर कहने लगी, ''आई एम सॉरी मिस्टर मलिक, आज सबको एक भूत सवार हो गया है। अगर आप तंग आ गए हैं तो आइए आपको साथ के कमरे में छोड़ आऊँ। वह हमारी लाइब्रेरी है, ममी की लाइब्रेरी...''

फिर तरीज़ा मुझे लाइब्रेरी छोड़कर चली गई थी...सब दीवारों में आलमारियाँ थीं...किताबें, किताबें...मेरी उँगलियाँ काँप रही थीं—सारी किताबों के सारे वरके स्याह काले बालों की तरह लगे...मेरे पोर उन बालों को छू रहे थे...काँप रहे थे, छू रहे थे...

वट...ए...सैन्सुअल...मोमैन्ट...वट...ए थ्रिल...प्योर एक्सटेसी...नैकिड प्योरिटी... (कितने सुख, आनन्द और उल्लास का क्षण है हर्षोन्माद...अनावृतनिर्मलता...)

मूसा ने किसी पर्वत पर पता नहीं क्या देखा था, शायद वही देखा था, जो मैंने उस कमरे में देखा...

लगा मेरी कल्पना ने हकीकत का वेश पहन लिया था...आँखें झपकीं, फिर झपकीं। देखा एक हकीकत थी। सिर्फ़ उसने कल्पना का वेश उतार दिया था...

कल्पना की मुझे आदत थी, हकीकत की आदत नहीं थी, इसलिए सबसे पहली चीज़ जो मेरे बदन को महसूस हुई, वह एक गहरा कम्पन था...

'वह' कमरे को खाली समझकर कमरे में आई थी—उसने एक तरफ़ नहीं

देखा था, जहाँ मैं खड़ा था—परली तरफ़ पानी का भरा हुआ एक शीशे का जग पड़ा था, उसने गिलास में पानी डाला, कुछ पिया, और गिलास रख दिया...

जब वह कमरे में आई थी, मैं देख रहा था। जब वह मेरी तरफ़ पीठ किए गिलास में पानी उँडेल रही थी, तब भी मैं देख रहा था। पर जब वह मुड़ी, मेरी तरफ़ देखा, मुझे लगा मैं उसे महसूस कर सकता था, पर देख नहीं सकता था—देख रहा था, पर दिख नहीं रहा था...मेरी आँखों में शायद पानी की एक तह-सी आ गई थी।

एक शिद्दत थी, जो पिघलकर आँखों में आ गई थी...

"सॉरी, मैंने समझा था इस कमरे में कोई नहीं..." मैंने अपने कानों से उसकी आवाज़ सुनी। जवाब में कुछ कहा था, पर शायद कहा नहीं गया था—होंठ सिर्फ़ हिलकर रह गए थे।

कहने के लिए सिर्फ़ एक बात थी, "कमरे में अब भी और कोई नहीं, सिर्फ़ साथ के कमरे में पड़ा हुआ बुत हिलकर किसी तरह इस कमरे में आ गया है..." पर यही एक बात थी जो मैं कह नहीं सकता था।

"कुछ किताबें पसन्द आईं?" उसने फिर कहा, यह शायद मुझे संकोच से बचाने के लिए कहा था।

मैंने एक आलमारी की तरफ़ देखा, दूसरी की तरफ़, तीसरी की तरफ़, चौथी की तरफ़, ऐसे, जैसे यह इतनी हैं कि किस-किस का नाम लूँ...

"मैं यूँ ही इस कमरे में आ गई थी, खाली थी, नहीं तो अक्सर देर से आती हूँ। तुम इत्मीनान से किताबें देखो," उसने कहा और कमरे में से जाने लगी...

याद आया—किसी किताब में पढ़ा था—एक राजा ने अपनी बेटी के इश्क में दीवाने हुए एक नौजवान को बुलाकर कहा था कि तू मेरी बेटी को हासिल कर सकता है, पर उसकी एक शर्त होगी। पूरे एक घंटे के लिए वह तेरे हवाले की जाएगी, पर उसके बाद तुझे सूली पर चढ़ा दिया जाएगा, एक घंटा वस्ल की कीमत मौत से कम नहीं हो सकती...और मेरे अन्दर कुछ बिलख-सा गया—खुदाया! क्या तू आज मेरे ऊपर यह शर्त नहीं लगा सकता?

"पानी का गिलास लोगे?" वह दरवाज़े के पास थी, जिस वक्त उसने पूछा।

"मेहरबा..." याद नहीं, यह लफ़्ज़ मेरे होंठों से पूरा निकला था कि नहीं।

"मैं एक गिलास ले आऊँ," उसने दूसरी तरफ़ शीशे के जग की तरफ़ देखा और चली गई।

गिलास लाकर जग में से पानी उँडेला, मुझे दिया, और फिर चली गई।

पानी का गिलास मुझे उसके हाथों से मिला था—बूँद-बूँद मेरी रगों में उतर रहा था—शायद मेरी प्यास नाप रहा था...

खाली हुआ गिलास, लगा हँस रहा था...शायद बिजली की रोशनी से उसका

एक हिस्सा कुछ दमक-सा रहा था...

हाथ अनायास ही एक दूसरे गिलास की तरफ़ चले गए—जो उसका था, उसमें अभी भी आधा गिलास पानी था...

पहले गिलास को पकड़ते वक्त मेरे हाथ काँपे थे, इस दूसरे गिलास को छूते समय मेरे होंठ काँप गए...

इट वाज़ नॉट ए ग्लास ऑफ़ वाटर—इट वाज़ एक ड्रिंक ऑफ़ मैडनैस... नहीं—इट वाज़ ए सिप ऑफ़ ए सिप ऑफ़ एटरनिटी...(वह एक गिलास पानी नहीं था—वह दीवानगी का प्याला था..नहीं—वह शाश्वतता का, चिरन्तनता का घूँट था...)

तीसरा पहर

इस समय पता नहीं क्या वक्त है ? वक्त...वक्त...वक्त...लगता है वक्त के पास कपड़ों के सिर्फ़ तीन जोड़े हैं, भूत, वर्तमान, भविष्य। यह हमेशा वही है, सिर्फ़ किसी-किसी समय यह अपने कपड़े बदलता है...

यह कपड़े मुझे उसके वजूद और शख़्सियत का हिस्सा नहीं लगते। यह पहनकर वह एक स्वांग-सा लगने लगता है—पर वह पहनता है—शायद इसलिए कि लोगों को स्वांग देखने अच्छे लगते हैं...

मुझे भी उसने हँसाने की कोशिश की थी—हँसाने की भी और रुलाने की भी। पर कुछ नहीं हुआ, हारकर उसने सब कपड़े उतार दिए हैं—शायद धुलने दे दिए हैं...

वक्त मेरे साथ क्या कर रहा है ? या क्या करेगा ? या उसने जो कुछ किया था क्यों किया था ? लोग जब ऐसी सोचों में पड़ जाते हैं, वह मुस्कुराता है। शायद यही उसकी जीत होती है कि वह इस तरह किसी को हैरान और परेशान कर सकता है—इट इज़ ए सिली गेम, वैरी चाइल्डिश...(यह एक अहमकाना खेल है, बिलकुल बचकाना...)

पर होता क्या है—कुछ भी नहीं, कुछ लोग बहक जाते हैं, कुछ ढीठ हो जाते हैं। जो बहक जाते हैं वह घबरा के पूजा-पाठ करने लगते हैं, जंतर-मंतर पढ़ने लगते हैं, कोई माला, तसबीह फेरने लगते हैं या ज्योतिषी को हाथ दिखाने लगते हैं...जो ढीठ हो जाते हैं, वे बड़े आराम से व्हिस्की का गिलास पकड़ते हैं और रेडियो ऑन करके जंग की खबरें ऐसे सुनते हैं, जैसे फ़ुटबाल के या क्रिकेट के मैच की कमेंट्री सुन रहे हों—कितने हवाई जहाज़ गिरे ? कितने रन्ज़ ? फ़ौजें कहाँ तक पहुँच गईं ? किस जरनैल ने गोल किया ?...

जावेद बहुत बोलता है—उसे इस बात का भी बहुत दुख रहता है कि कोई उसे समझता नहीं। एक दिन वह मिलिटरी के किसी दोस्त से व्हिस्की लाया था—और उसकी शिकायत व्हिस्की के मंच पर चढ़कर और ऊँची हो गई थी—वह शायद एक लड़की को नहीं, लड़कियों की सारी जात को उलाहना दे रहा था :

मैं एक बैरंग चिट्ठी हूँ।
ज़रा ख़यालों का वज़न ज़्यादा था
और खुदा ने टिकट कुछ कम लगाई थी
सो इस दुनिया में मुझे किसी ने डाकखाने से छुड़ाया नहीं!

पर डाकखाने से छुड़ाई गई चिट्ठी का क्या बनता है? हर चिट्ठी अन्त में रद्दी की टोकरी में चली जाती है या ज़्यादा से ज़्यादा किसी मेज़ के खाने में...

नामों का क्या है—वह पंडित की पत्री में भी खो जाते हैं, अखबारों में भी, इतिहासों के सफ़ों में भी...

कामयाबी क्या चीज़ है? यह सिर्फ़ एक बाज़ीगरी है। जितना भी कोई अच्छा बाज़ीगर है, वह उतना ही कामयाब है...

व्यवहार,...कैरियर...एक दूसरे की जेब में से पैसे निकालने का दूसरा नाम है! जो कोई किसी की जेब में से बहुत पैसे निकाल सकता है वह उतना ही सफल समझा जाता है...

नलिन बहुत कम बोलता है, पर जब बोलता है, कई बार काम का बोलता है। कई बार डिस्गसटिंग (अरुचिकर) भी होता है, पर कई बार अच्छा लगता है। लिखता कुछ नहीं, सोचता है—'सिर्फ़ तब लिखूँगा जब मेरा लिखा हुआ बैन (ज़ब्त) होने के काबिल हो सकेगा'...कभी-कभी सचमुच वह हेनरी मिलर का वारिस लगता है...

एक दिन उसने कमाल किया था—कॉलेज का प्रोफ़ेसर नैशनलिज़्म पर लेक्चर दे रहा था—वह बोला नहीं, सिर्फ़ फैली-फैली आँखों से देखता रहा, प्रोफ़ेसर की तरफ़ भी और सुननेवालों की तरफ़ भी।

प्रोफ़ेसर चला गया, वह फिर भी बैठा रहा। जब किसी ने बहुत पूछा, तो वह उठकर, प्रोफ़ेसर की जगह पर खड़ा हो गया और कहने लगा—"मैं तुम्हें नैशनलिज़्म के सही अर्थ बताता हूँ।" उसने सिर्फ़ चार लाइनें कही थीं, पर सब काँपकर रह गए थे। वह सिर्फ़ मुस्करा रहा था, और कह रहा था :

वेल्कम, सेज़ द मदर
माई हार्ट इज़ ऐन ओवन

बेकिंग स्पिरिचुअल ब्रेड
कम ऐंड ईट ऑफ़ यूअर फैलो चिल्डरन...

(स्वागत, माँ कहती है—मेरा दिल एक चूल्हा है, जिसमें आध्यात्मिक रोटियाँ पकती हैं। आओ और अपने साथी बच्चों का आहार करो।)

पंक्तियाँ पता नहीं किसकी थीं, पर वह छाती में से निकालकर पढ़ रहा था और उन पंक्तियों ने नैशनलिज़्म के जिस्म पर पड़ा हुआ रेशमी चोगा फाड़ दिया था—चोगा भी नहीं—नर्म मांस की चढ़ाई हुई उसकी 'स्किन' उतार दी थी—और वह अपनी पूरी भयानकता के साथ सामने खड़ा था...

लगता है—वक्त की तरह, दुनिया की सफलता, शोहरत, कौम-परस्ती और देश-परस्ती के पास भी रंग-बिरंगे कपड़ों के कुछ जोड़े होते हैं...

सब बनी-बनाई कीमतें, उतारे और पहने जा सकनेवाले कपड़े होते हैं। कपड़े एक बाहरी दिखावा है, बाहरी और बनावटी भी। इसलिए यह एक ट्रैप (जाल) है। नरेन्द्र ट्रैप में फँस गया था, उसे मरने की जल्दी पड़ गई थी—नहीं तो जल्दी करने की क्या ज़रूरत थी, जबकि हर एक की उम्र का एक दिन रोज़ मर रहा है। उम्र के सारे दिनों को इकट्ठा करके एक दिन में मार देना हिटलर का कान्सेन्ट्रेशन कैम्प है!...

नरेन्द्र ने शायद हिटलर बनकर देखना चाहा था, हिटलर भी और गैस चैम्बर में पड़ने वाला मनुष्य भी...इस तरह के दोहरे तजरबे से ही शायद वह अपने ट्रैप से बदला ले सकता था...

सैक्स शायद बहुत बड़ा ट्रैप है, क्योंकि इन्सान उसे अपने वजूद का सबूत समझकर बरतता है। नरेन्द्र के मन की हालत पता नहीं क्या थी, बाहर से वह बड़ा चुपचाप और शान्त दिखता था। कॉलेज में उसने डिस्टिंक्शन ली थी, पर छुट्टियों में घर जाकर स्यूइसाइड (आत्महत्या) कर लिया। बात का कोई सिरा आपस में जुड़ता नहीं। सो सिरा शायद यही था, जो सब कहते हैं कि उसे यह ख़याल हो गया था कि वह जिस्मानी तौर पर...

जावेद ने, नरेन्द्र की मौत पर, नरेन्द्र की तरफ़ से एक नज़्म लिखी है :

गंदले पानी में कुछ बुलबुले उठते हैं
मैंने डिक्शनरी देखी है—इनका नाम आशाएँ हैं
मैं खूब हँसा हूँ—और अभी मैंने इस डिक्शनरी को फाड़ दिया है।

सुनकर माथे की नसों में दर्द होता है। पर सोचता हूँ—अस्तित्व इसके बगैर भी तो हो सकता था—कम्पलीट और इण्डिपेण्डेण्ट (पूर्ण और स्वतंत्र) हालाँकि 'कम्पलीट' नाम की कोई चीज़ नहीं। पर जो बाकी के अधूरेपन को पूर्णता कहा जा सकता है, तो इसको भी कहा जा सकता है। और वह स्वतंत्र हर तरह से ज़्यादा था—इतना कि औरत के अस्तित्व से भी स्वतंत्र था...

पता नहीं किसी-न-किसी तरह की मोहताज़ी इन्सान के लिए क्यों ज़रूरी होती है—औरत और इश्क को भी सबने इसी सूरत में स्वीकारा है...

मुझे कभी किसी से इश्क नहीं हुआ, न हो सकता है। इश्क जिन अर्थों को अपने साथ लपेटकर चलता है, अगर वह इश्क के जिस्म से झड़ जाएँ तो फिर उसका नाम पता नहीं क्या होना चाहिए। मैंने सिर्फ़ वह अनाम चीज़ देखी है। उसका मेरे साथ घटित होना, अपने आप में स्वतंत्र है—इतना कि जिसके द्वारा घटित हुआ है, उसे बताने की ज़रूरत भी खत्म हो गई है...

कोई गुलामी स्वतंत्रता को जन्म नहीं दे सकती, सिर्फ़ स्वतंत्रता स्वतंत्रता को जन्म देती है। इसी हालत ने शायद इस हालत को जन्म दिया है कि वक्त अब चाहे अपने तीन जोड़ों में कोई जोड़ा पहन ले, मुझे फ़र्क नहीं पड़ता...

अपने आप की खुदाई में से मुझे जो कुछ मिला है, देख सकता हूँ—उसकी जड़ वहाँ तक गहरी है, जहाँ तक 'मैं' हूँ...तो मैं न भूत के कफ़न में लपेटा जा सकता हूँ, न भविष्य के छलावे में।

तरीज़ा ने एक तरह से इस खुदाई में मेरी मदद की थी—चेतन तौर पर नहीं, पर अचेतन तौर से उससे हो गई थी। वैसे एक दिन आई तो वह मुझसे मदद लेने के लिए थी—बड़ी घबराई हुई अपने कपड़ों में ही सिकुड़ रही थी। खिड़की में से आती हवा से उसके कपड़े हिलते थे और कपड़ों के ज़ोर से वह हिलती लगती थी।

"मिस्टर मलिक..." वह माचिस की तीली की तरह एकबारगी भड़ककर बोली थी, फिर अडोल-सी जलती खड़ी रही थी।

उस वक्त समझ में नहीं आया था, पर अब समझ में आ रहा है, वह मुझसे कुछ भी पूछने से पहले एक जलती तीली की तरह सोच रही थी कि अगर वह आगे होकर मेरे अन्दर की किसी बत्ती को छू गई तो बत्ती जला लेगी, पर जो वह किसी गलत जगह पर छू गई तो कुछ-न-कुछ फूँक देगी...

शायद फिर वह जलाने और फूँकने के फ़र्क को समझने के लिए और सब्र नहीं कर सकती थी, या उसके डर से आतुर हो गई थी, उसने एकबारगी जो कहना था कह दिया। कहने लगी :

"होमो क्या चीज़ होती है ?"

"वा...अ...ट ?" मैंने उसे कुछ बताने की जगह पूछ लिया।

"यही लफ़्ज़ था, जो मैंने सुना था। मुझे कुछ पता नहीं लगा, पर जिस लहज़े में कहा गया था, वह बहुत खराब था। ममी को पूछना चाहती थी, पर पूछा नहीं। वे आगे ही बहुत परेशान थीं।"

"किसने कहा था, किसको कहा था," मैं इतना पूछ नहीं रहा था, जितना सोच रहा था।

तरीज़ा की आँखों में आँसू आ गए थे—उसने न छिपाए थे न पोंछे थे। मेह में भीगी बिल्ली की तरह वह मेरे पास गुच्छा हुई जा रही थी।

चुप खड़े रहना और उसे ऐसे देखे जाना कुछ गैर-इन्सानी लग रहा था, मैंने हथेली से उसका मुँह पोंछा—उसकी आँखें भी—जैसे भीगे बालों को निचोड़ा जाता है।

"आप मुझसे नाराज़ तो नहीं ?" उसने एकदम पूछा। मुझे पता नहीं लग रहा था कि उसे यह पूछने की ज़रूरत क्यों पड़ी थी। पर यह पता लग रहा था कि उसे कुछ दिलासे की ज़रूरत थी।

"वा...इ...ई ?" समझ नहीं आ रहा था कि मैं उसे कोई दिलासा कैसे दे सकता था।

"उस दिन सारी शरारत उनकी थी, मेरा कोई कसूर नहीं था," जब उसने यह कहा तो मुझे हँसी आ गई। मुझे पता था उस दिन तरीज़ा की तरफ़ से चाय का जो इन्विटेशन दिया गया था, वह उसके लिए भी शॉकिंग था। पर इस वक्त पर उस दिन की बात छेड़ती हुई वह एक छोटी-सी बच्ची लग रही थी। मैंने उसका हाथ पकड़कर उसे कुर्सी पर बिठाया।

"बिल्ली-सी, यह तूने कैसे सोच लिया कि मैं तुझसे नाराज़ हूँ ?"

"बाद में मैंने ममी को भी बता दिया था। वह इन्विटेशन भी दिखाया था। ममी ने हँस भर दिया।"

मेरा साँस मुझे कुछ अटकता-सा लगा, पर एक पल। दूसरे पल मैंने उसे अपनी नहीं तरीज़ा की परेशानी से जोड़ दिया।

पूछा—"पर अभी तू रोई क्यों थी ?"

"मेरे एक अंकल हैं, पापाजी से छोटे। आपको पता है न, मेरे पापा की डेथ हो गई है ?"

"पता है।"

"बिजनेस मेरे पापा का था, पर उसमें अंकल का भी शेअर था। अंकल ने अपने शेअर से ज़्यादा बहुत कुछ ले लिया है। बिजिनेस भी सब सँभाल लिया है, फिर भी वे मेरी ममी को तंग करते हैं। कल वे फिर आए थे...कल मेरी ममी बड़ी

खीझी हुई थीं..."

"अगर वे चाहें तो किसी अच्छे वकील को..."

"वकील की ज़रूरत नहीं, ममी कहती हैं अंकल कानूनी तौर पर कुछ नहीं कर सकते।"

"फिर?"

फिर बाकी बात शायद बड़ी नाज़ुक थी, और उसी नाज़ुक जगह को मेरा सवाल छू गया था। तरीज़ा का मुँह एकबारगी लाल हो गया।

एक झिझक भी, पर झिझक से भी बढ़कर तरीज़ा के मुँह के रंग में एक गुस्सा था। इसी गुस्से से खौलकर उसने कहा, "जब ममी नहीं चाहतीं, तो अंकल का क्या हक है उन्हें तंग करने का! ममी ने कई बार उन्हें घर आने से मना किया है, पर वे फिर आ जाते हैं।"

"पर वे चाहते क्या हैं?"

"ममी कहती हैं कि वे हमारी जायदाद छीनना चाहते हैं।"

"यह वे किस तरह कर सकते हैं?"

तरीज़ा बहुत देर बोली नहीं। फिर बोली तो लगा—वह नहीं बोल रही थी, सिर्फ़ उसके होंठ कुछ टेढ़ा होकर एक बल-सा खा रहे थे—"ही वांटस टु मैरी माई ममी एण्ड ओन एवरी थिंग।" (वे मेरी माँ से विवाह करके सब कुछ हथियाना चाहते हैं।)

मेरा सिर झुक गया—सिर मेरा नहीं था, मर्द की जात से सम्बन्धित था, इसलिए एक मर्द का सिर था।

"कल वे जिस वक्त बोल रहे थे, मैं अपने कमरे में थी, पर आवाज़ इतनी ऊँची थी, मेरे कमरे में आ रही थी। पर इस बात का कुछ नहीं। मुझे पता है वे सारी उम्र भी लगे रहें तो भी ममी को नहीं मना सकते। पर कल वे पापा के बारे में कुछ कह रहे थे..."

"पापा के बारे में?"

"वे ममी को कह रहे थे कि ममी सारी उम्र ज़िन्दगी से डिप्राइव्ड (वंचित) रही थी, क्योंकि पापा होमो थे। यह होमो क्या होता है?"

देर हो गई उसकी डायरी पढ़ी थी—उसमें सब कुछ उदास था, पर सब कुछ चुप था। इसको मैंने उस तरह ही ले लिया था, जिस तरह यह था। इससे ज़्यादा कुछ मैंने जानना नहीं चाहा था। पर अब यह जाना गया था...

यह जानकर—मेरी आँखों में जमी हुई जानने की एक अचेत-सी तह—शायद हिल गई थी।

'उसका मुँह' और प्रत्यक्ष-सा हो गया। अब डायरी के भरे सफ़ों में भी उसे देख सकता था और खाली सफ़ों में भी। पर यह नहीं कह सकता था कि उसे ऐसे देखकर और उदास नहीं हो गया था। लगा आँखों में जो कुछ प्रत्यक्ष हो गया था, वह बड़ा अप्रत्यक्ष बनकर मेरे भीतर उतर गया था...

तरीज़ा को उसकी बात का जवाब देना था। इसीलिए दिया। लफ़्ज़ों को जहाँ तक 'माइल्ड' कर सकता था, किया। यह नहीं चाहता था कि उसके मन में उसके पापा का व्यक्तित्व हल्का पड़ जाएँ, इसलिए यह भी कहा, "आदत अच्छी नहीं, पर उन्हें किसी वक्त किसी कमज़ोर घड़ी में पड़ गई होगी। पर एक किसी बुरी आदत का मतलब यह नहीं होता कि उस आदमी का सब कुछ बुरा हो जाता है।"

"माई गॉड...आई नेवर इमेजिंड..."

तरीज़ा ने इससे ज़्यादा कुछ नहीं कहा। सिर्फ़ जाते हुए मेरी तरफ़ नज़र भर के ज़रूर देखा। उसकी आँखों में एक खामोश-सी इल्तिज़ा थी कि आज उसने मेरे कमरे में आकर जो भी बात मेरे साथ की थी, उसे यहीं रहना चाहिए था।

पगली...

तरीज़ा के जाने के बाद पता नहीं किस वक्त दिन ढल गया था, कमरे की बत्ती जलाने का ख़याल उस वक्त आया था, जिस वक्त बाहर बरामदे में से आते रावल की आवाज़ आई थी, "ओ मिस्टर आउट ऑफ़ डेट!" वह हमेशा यही कहकर आवाज़ देता है। मैं हमेशा ही हँस देता हूँ। मुझे उसकी 'हस्की' (भर्राई हुए) आवाज़ अच्छी लगती है।

जावेद भी उसके साथ था—कहीं जैम सैशन पर जा रहे थे। कोई और दिन होता शायद चला जाता, पर उस दिन बिलकुल नहीं जा सकता था।

"यू आर लॉस्ट आर्टिकल इन द पोस्ट ऑफ़िस," (तुम डाकखाने में खोई गुमनाम चीज़ हो।) आखिर जावेद ने कहा और मुझे ले जाने का पीछा छोड़ दिया।

फिर पता नहीं किस वक्त मैं सो गया था, रात की रोटी नहीं खाई थी। एक अजीब तसव्वुर था, जो सपने की शक्ल में सारी रात मुझे दिखता रहा था—सूरज से किरणें झर रही थीं...नीचे धरती पर गिर रही थीं...जिस तरफ़ भी कोई किरण गिर रही थी, मैं उस तरफ़ ही दौड़ रहा था...और किरणों को मैं जलती-बुझती तीलियों की तरह उठा-उठाकर दोनों हाथ में पकड़े जा रहा था...

आई थिंक इट इज़ द सैनिटी ऑफ़ मैडनेस!...(मेरे ख़याल में यह दीवानगी की अक्लमन्दी है!)

लगा—रात एक लम्बी सड़क की तरह थी। पर सारी सड़क टूटी हुई। थोड़ी-थोड़ी देर बाद टूटी हुई जगह पर से एक छलाँग-सी लगानी पड़ती थी। सड़क का कुछ हिस्सा फिर बड़ा समतल आ जाता था, पैर लगातार चलते जाते

थे, पर फिर सड़क पर पड़े हुए एक बड़े सारे गढ़े की तरह कुछ आ जाता था...

यह शायद जनवरी की बात थी। फिर फरवरी हो गई। मैं रात की लम्बी सड़क पर चलता रहा। रात एक थी, पर हर रात के टुकड़ों में टूटी हुई। बीच में रोज़ एक दिन आ जाता था, जिसे एक छलाँग -सी मारकर लाँघना पड़ता था...

सूरज और सूरज में भी फ़र्क होता है, यह मैंने तब देखा था। हर रोज़ जो सूरज हम सब देखते हैं, वह आसमान पर बहुत फैला हुआ होता है। जिस तरफ़ देखो वहाँ ही वह दिखता है। इतना कि हर जगह पर वह दखलअन्दाज़ी करता है, दूसरों को हीन-सा करता भी। पर जो सूरज मैं तब रातों को देखता था, वह सारे आसमान पर एक कोने में अकेला बैठा होता था। उसका निजी अस्तित्व था—छोटा-सा। और वह किसी के भी निजी अस्तित्व को लघुआता नहीं था। चारों तरफ़ रात का अँधेरा होता था। वह अँधेरे में भी कोई दखल नहीं देता था, सिर्फ़ अपने बैठने वाली जगह को अपनी रोशनी से धो लेता था...

मैं धरती पर घूमता सिर्फ़ उसकी किरणें चुनता था। कई बार कोई किरण किसी बड़ी मुश्किल-सी जगह पर जा गिरती थी—किसी फिसलते ढलान पर...या एक बड़े गहरे गढ़े में...या पानी के एक गहरे जोहड़ में...या बड़े कीचड़ में...

पर मुझे किरण ज़रूर पकड़नी होती थी, कई बार मेरे घुटने छिल जाते थे, या कोहनियों में से खून रिसने लगता था, या पैर उलटा जा पड़ता था, या सारी लात कीचड़ में घुस जाती थी...

वहाँ कभी कोई जीव-जन्तु मैंने नहीं देखा था। रोज़ अकेले दौड़ने की और किरणों को चुनने की मुझे आदत-सी पड़ गई थी; और फिर एक बार मैंने देखा, मैं अकेला नहीं था। एक साये जैसा, वहाँ कोई और भी था। मेरे पास नहीं, पर दूर एक झांवले की तरह दिखता। किरणें गिर रही थीं, मैंने सोचा कि मेरी तरह शायद वह साया भी किरणें चुनेगा। पर किरणें गिरती रहीं, उसने एक भी किरण नहीं चुनी। एक बिलकुल उसके पैरों के पास जा गिरी थी, पर मैं देखता रहा, उसने पैरों के पास गिरी हुई किरण भी नहीं पकड़ी थी...

पर मुझे वह पकड़नी थी, इसलिए जल्दी से चलता हुआ उस तरफ़ गया। साया उस वक्त भी अपनी जगह पर था, किरण उस वक्त भी उसके पैरों के पास गिर पड़ी थी। जब मैं बहुत नज़दीक पहुँचा, ठिठक गया, किरण के हल्के-से उजाले में उस साये को पहचान सकता था...

देखता रह गया...

वह मुस्करा दी। बोलने की पहल भी उसने की :

''मिस्टर मलिक! रोज़ ये किरणें किसलिए चुनते हो?''

''रोज़? आपको किस तरह पता है?''

''मैं रोज़ देखती हूँ।''

"आप यहाँ रोज़..."

"मैं रोज़ रात को यहाँ ही कहीं होती हूँ..."

मीलों तक रात थी, वीरानी थी। वह बिलकुल मेरे सामने थी—मेरे और उसके बीच थोड़ा-सा फासला था, और उस फासले में एक किरण गिरी हुई थी...

"क्या करोगे किरणें चुनकर?" उसने फिर पूछा।

"पता नहीं।" मैंने सिर झुका लिया।

मैंने झूठ नहीं कहा था, मुझे सचमुच पता नहीं था कि मैं यह किरणें चुनकर क्या करूँगा...

कुछ सोचकर नहीं चुनता था। बस गिरती देखता था, इसलिए चुन लेता था। पर उस वक्त जब उसने सवाल पूछा, मुझे लगा कि मैं इन्हें सचमुच किसी काम के लिए चुन रहा था और इकट्‌ठा कर रहा था। मुझे लगा कि बहुत-सी किरणें इकट्‌ठी करके मुझे उस बुत में डालनी थीं, जो बुत उसने बरसों से बनाकर रखा हुआ था, पर उसमें जान नहीं पड़ी थी...

मुझे एक तसल्ली-सी हुई कि मुझे जवाब पता चल गया था। पर मैं यह जवाब उसे नहीं बता सकता था, इसलिए चुप था।

"तुम्हें एक बात बताऊँ?" उसकी आवाज़ आई। जवाब में मैं सिर उठाकर उसकी ओर देखने लगा।

"हर इन्सान एक सूरज होता है।" उसने कहा, फिर चारों ओर रात के अंधेरे को देखती और फिर आसमान के एक कोने में बैठे हुए सूरज को देखती हुई कहने लगी, "इन्सान धरती और आसमान को रोशन नहीं कर सकता, सिर्फ़ अपनी चप्पा-सी जगह पर ही उसका हक होता है..."

"इस सूरज की तरह?"

"हाँ, इस सूरज की तरह।"

"पर इसकी किरणें रोज़ झरती हैं।"

"इन्सान की भी सारी सोचें, सारे ख़याल, सारे सपने उससे रोज़ झरते हैं।"

"पर वह..."

"नहीं, टूटी हुई किरणों को चुनने से कुछ नहीं बनता। यह तिनकों की तरह हो जाती हैं। चमकती हैं, गर्म भी होती हैं, फिर भी तिनकों की तरह होती हैं।"

मैंने उसके और अपने पैरों के बीच गिरी हुई किरण को पकड़ने के लिए हाथ बढ़ाया था, पर फिर उसे पकड़ा नहीं।

"मैंने सोचा था..." कहता-कहता चुप हो गया।

"तुमने क्या सोचा था?" उसने धीरे से मुस्करा के पूछा।

"बता दूँ?"

"बता दो, पर मैं जानती हूँ..."

"आप जानती हैं?"

एक पल हैरानी-सी हुई, कुछ घबराहट भी, पर दूसरे पल मैंने अपने-आपको यकीन दिलाया कि उसका अन्दाज़ा कभी भी ठीक नहीं हो सकता।

"तुम सोचते हो कि ये किरणें जोड़कर तुम मेरे मिट्टी के बुत में डाल दोगे, तो बुत में जान पड़ जाएगी?"

मुझे नहीं पता, उसने यह सब कुछ कैसे जान लिया था। पर जान लिया था। और कह भी दिया था।

"अच्छा, जो मैं यही सोचता होऊँ?" अब मैं कह सकता था।

"सोचने से कुछ नहीं बनता, मैं यह करके देख चुकी हूँ।" वह हँस-सी पड़ी।

"आप..."

"मैं भी तुम्हारी तरह, बरसों हुए, इसी तरह रोज़ रात को ये किरणें चुनती रही थी।"

"मेरी तरह?"

"एक उम्र होती है, जब ये किरणें चुनने को जी करता है। सिर्फ़ जी ही नहीं करता, विश्वास भी होता है कि यह मिट्टी के बुत को भी छुआएँगे तो उसमें जान पड़ जाएगी—पर किसी बुत में जान नहीं पड़ती।"

मैंने सिर झुका लिया। हाथ में पकड़ी हुई किरणें भी नीचे फेंक दीं। उसके और मेरे बीच में किरणों का एक ढेर-सा लग गया...

कहीं-कहीं कोई किरण अब भी सूरज से झड़ रही थी। और फिर एक किरण गिरी, बिलकुल उसके कान के पास, और उसके बालों में अटक गई...

देख रहा था—एक आग की कली-सी उसके बालों में टँकी लग रही थी...

यह मेरा सपने में उसके साथ हुआ पहला मिलन था। इसने बहुत कुछ दिया था पर एक शाप-सा भी। क्योंकि उसके बाद मुझे किरणें चुनने का सपना फिर नहीं आया।

मैं पहुँचा कहीं नहीं, पर रात की सड़क खत्म हो गई लगती है, या किसी जगह से इतनी टूट गई है कि शायद उसके आगे आ गए दिन की किसी खाई में गिर पड़ा हूँ...

यह सफ़ेद दिन जैसी चेतनता है—कांशसनेस...

बड़ी होशमन्दी से मैंने एम.एस-सी. का इम्तिहान दिया है। यह भी शक नहीं कि मैंने कहीं कसर रखी है, पर इस सब कुछ को लेकर मुझे कहीं पहुँचना है, यह बात खत्म हो गई है। एक चेतनता है पर गहरी खाई की तरह...

कभी कुछ पल ऐसे होते हैं, जब मैं इस खाई में से निकलकर फिर अपनी पुरानी सड़क पर चल सकता हूँ। क्योंकि जागृति और सपना एक चीज़ का सीधा और उल्टा तरफ़ होता है। तब मैं रात को जो कुछ अपने ऊपर ओढ़ता था, उसका सीधा तरफ़, सपनों वाला तरफ़, बाहर को होता था, और जागृति वाला अन्दर को। पर अब किसी पल उसे उल्टा करके ओढ़ लेता हूँ—सपनों वाला तरफ़ अन्दर को और जागृति वाला बाहर को...

तो फिर वह पल देख सकता हूँ...उसके कान के पास उसके बालों में, आग की एक कली टँकी हुई है...

कई बार ज़िद-सी होती है कि मैं उसके बालों में से आग की कली उतारकर, फूल की कली क्यों नहीं टाँक सकता?

पर फिर मेरी ज़िद मेरे सामने हार-सी जाती है—

मेरे सामने नहीं, उस चीज़ के सामने, जिसको देखकर और भुगतकर उसने कहा था कि टूटी हुई किरणों को चुनने से कुछ नहीं बनता...

उसकी आवाज़ का एक टुकड़ा, उसके होंठों पर आई मुस्कराहट का एक टुकड़ा, और उसकी आँखों से निकलकर सीधा मेरे मुँह पर पड़ी उसकी नज़र का एक टुकड़ा, मेरे मन में पड़े हुए हैं...

कभी सोचता हूँ—यह तिकोन पत्थरों की तरह क्यों नहीं? यह कहीं मुझे चुभते या कहीं से मुझे छीलते क्यों नहीं? इनकी दी हुई पीड़ा से कराहकर देखना चाहता हूँ...

नहीं, किसी अंग में कोई पीड़ा नहीं, सब अंगों में एक अलसाहट है। पर यह पतली धुंध जैसी अलसाहट पता नहीं कहाँ से आई है! शायद अचेतनता की सड़क पर चलते, चेतनता की जिस खाई में गिर पड़ा हूँ, यह उसी खाई में से उठती धुंध है...या जिस दर्द को मैं टीस को मैं टीस की सूरत में नहीं देख सकता यह उस दर्द की खुशबू है...

नींद और जागृति को मैं काले और सफ़ेद रंग की तरह दो अलग-अलग शीशियों में नहीं डाल सकता। जागता हूँ तो नींद का एक टुकड़ा मेरी जागृति में भी शामिल रहता है, सोता हूँ तो जागृति का एक टुकड़ा मेरी नींद में खड़ा रहता है...

होशमन्दी का यह टुकड़ा पता नहीं इतना 'अलर्ट' (चौकन्ना) क्यों है...

आई सपोज़ इट इज़ एफ़रेड ऑफ़ मी...(मेरा ख़याल है वह मुझसे डरता है) नहीं मुझसे डरने वाली कौन-सी बात है। मेरा ख़याल है यह नींद से डरता है। यह सोचता है कि नींद इसको ओवर पावर कर जाएगी...

शायद यह नींद को उस घड़ी की तरह सोचता है, जिसे रोज़ एक चाबी लगानी चाहिए। और सोचता है अगर वह उसे चाबी लगाना भूल गया तो वह

रुक जाएगी...

वह शायद वक्त से नहीं डरता, वक्त की लाश से डरता है...

पर पता नहीं वह क्यों डरता है! लाश सिर्फ़ इन्सान की भयानक होती है, वक्त की नहीं होती। लोग इन्सान की लाश को देखकर नाक पर रूमाल रख लेते हैं, पर वक्त की लाश को वे बड़े शौक से सूँघते हैं!...

इतिहास में इस लाश की बड़ी तेज़ बू होती है, पर लोग सिर्फ़ सूँघते नहीं, दूसरों को भी सुँघाते हैं, वह हर जगह पर, और हर मौके पर, इतिहास की कोटेशन्ज़ (उद्धरण) देते हैं....

लोगों के पास्ट में भी इसकी गन्ध होती है, और इस गन्ध को वे अपनी यादें बना लेते हैं...

सिर्फ़ यादें नहीं, वे लाश से मांस का एक टुकड़ा उतारकर उसका 'सावेनियर' भी बनाते हैं...मरे हुओं की चीज़ें सँभाल-सँभालकर रखते हैं।

नहीं, वक्त की लाश भयानक नहीं होती। इसलिए हो सकता है कि मेरी होशमन्दी का यह टुकड़ा वक्त की लाश से नहीं डरता, वह अपनी लाश से डरता है...

ऑल राइट—जो वह इस तरह डरता है, तो मैं उसकी कुछ मदद कर सकता हूँ। ऐसे मैं उसकी रोज़ मदद करता हूँ—वह मुझे कॉलेज जाने के लिए कहता है, मैं चला जाता हूँ, वह मुझे रोटी खाने के लिए कहता है, मैं खा लेता हूँ, और जो भी कहेगा कर दूँगा...

पर मेरा ख़याल है, वह इतना मासूम नहीं, जितना मैं सोचता हूँ। मुझे सोच-समझकर उसका कहा मानना चाहिए। अभी तक उसकी गेम बड़ी इन्नोसेंट लगती है, पर बात का क्या यकीन कि वह हमेशा इस तरह ही रहेगी? वह कई बार अपने आपको 'सीक्रेट ऑफ़ एग्जिसटैंस' (अस्तित्व का रहस्य) कहकर बड़ी ज़ोर से हँसता है। ही इज़ ए लिटिल डेवल—नहीं, ही इज़ बिग डेवल। कई मिसालें मेरे सामने हैं। सारी दुनिया इन मिसालों से भरी हुई है। ही प्लेज़, ए वेरी डस्टी गेम विद पीपल...उसे सिर्फ़ अपने जीने से मतलब है, और किसी चीज़ से कोई मतलब नहीं। धीरे-धीरे वह लोगों की मिन्नत, मोहताज़ी छोड़ देता है, और लोगों के सिर पर सवार हो जाता है—और फिर वह लोगों के सिरों से उतर जाता है। दुनिया को अमीरों और गरीबों की श्रेणी में सिर्फ़ उसी ने बाँटा है। हाकिमों और गुलामों की श्रेणी में उसी ने बाँटा है। वह कभी लोगों को धर्म का वास्ता देता है और उन्हें ललकारकर अपने आगे लगा लेता है। कभी किसी 'इज्म' की अफ़ीम उन्हें खिलाता है और लोग उसी नशे में उसका कहा माने जाते हैं। वह कभी

'पॉवर' की शराब उन्हें पिलाता है, तो लोग उसके कहने पर जंग के हथियार हाथों में पकड़ लेते हैं।

वट एक क्रूअल गेम...(कैसा क्रूर खेल है!) लोग मरते भी हैं—मारते भी हैं, पर समझते हैं कि उनके अस्तित्व के लिए यह सब ज़रूरी है—जीते हों तो ताकत की शक्ल में, मर जाएँ तो शहीदों की शक्ल में।

खैर—जब तक वह मेरे साथ सीधी-सादी गेम खेलता है, ठीक है, पर जब उसने कोई भी चालाकी की—आई विल सिम्पली लॉफ़ ऐंड आस्क हिम गो टू हेल्... (मैं हँसूँगा और उसे जहन्नुम में जाने को कहूँगा।)

इसी 'सीक्रेट ऑफ़ एग्ज़िसटैंस' के भयानक खेल को सोच रहा था, कि तरीज़ा आई थी। इसी सोच की जैसे गवाही देने आई थी।

बहुत चुप थी, पर होंठ इस तरह कसे हुए थे, जैसे उसके होंठों को इस चुप पर गुस्सा आ रहा था।

"तुम्हें पता है, शकुन्त एक महीने की छुट्टियाँ लेकर घर चली गई है?" उसने आखिर अपनी खामोशी तोड़ी थी, पर उसका माथा इस तरह कसा हुआ था, जैसे वह इस चुप को तोड़ने पर उससे नाराज़ था।

"शकुन्त कौन?" मुझे न शकुन्त के बारे में समझ आई थी, न तरीज़ा के गुस्से की।

"वह लड़की, जिसे ड्राइवैल पार्टी वाले दिन सारे मिस शॉर्ट स्टोरी कह रहे थे।"

"अच्छा, नहीं मुझे नहीं पता।"

"वह कुछ दिनों से बीमार थी, इसलिए उसकी माँ आकर उसे होस्टल से ले गई है।"

"पर इसमें हैरानी वाली या गुस्से वाली क्या बात है?"

"उसकी माँ उसे पहले यहाँ किसी डॉक्टर के पास ले गई थी, फिर उसने एक महीने की छुट्टी के लिए अरज़ी दे दी कि डॉक्टर ने उसका ऑपरेशन बताया है।"

"फिर?"

"कुछ नहीं...इट इज़ ऑल डिस्गसटिंग।"

"यह सच नहीं?"

"सच है, पर पीकिंग स्टाइल सच।"

तरीज़ा गुस्से में भी थी, खीझी हुई भी थी, पर मुझे उसके फिकरे पर खिलखिलाकर हँसी आ गई। स्टूडैंट्स चाहे पॉलिटिक्स से कितना भी दूर रहें, पर चारों तरफ़ घटने वाली घटनाएँ हवा में जर्म्स (कीटाणुओं) की तरह मिल जाती हैं।

"यह हँसने वाली बात है?"

"मैं बात पर नहीं, तेरे कहने के अन्दाज़ पर हँस रहा हूँ। मेरा ख़याल है कि तू बहुत अच्छी जरनलिस्ट बन सकती है। बात नहीं, बात को कहने का अन्दाज़ जरनलिस्ट होता है..."

"अगला चाहे मरता रहे, पर जरनलिस्ट बात का अन्दाज़ ढूँढ़ता रहे।"

"तूने आज की अखबार देखी थी?"

"नहीं, कोई खास बात नहीं थी?"

"बड़ा बढ़िया हैडिंग था, 'चाइना कल्चर पर इण्डियन कल्चर की विकट्री...'"

"और क्या लिखा हुआ था?"

"इंग्लैंड में कुछ दिनों से लड़के माओ जैकेट पहन रहे थे और खबर थी कि अब उन्होंने उसकी जगह नेहरू जैकेट पहननी शुरू कर दी है।"

तरीज़ा मुस्करा दी, उसका रौ कुछ स्वाभाविक-सा हो गया। इसलिए मैंने कहा—"दिस इज़ जरनलिज़्म, यू मस्ट एप्रिशिएट।" (यही पत्रकारिता है, तुम्हें इसकी तारीफ़ करनी चाहिए।)

"हाँ, पर मैं इस वक्त जरनलिस्ट बनकर बात नहीं कर रही। वह मेरे साथ पढ़ती थी, मुझे सचमुच एक दुःख है, उस पर गुस्सा भी आ रहा है, पर गुस्सा सिर्फ़ उसके ऊपर नहीं, उस लड़के पर भी आ रहा है—"

"किस लड़के पर?"

"जिसकी वजह से यह सब कुछ हुआ है। आप ओम को शायद नहीं जानते, वह आर्ट कर रहा है। होस्टल का लड़का नहीं।"

"उसे इस बात का पता है?" मैंने पूछा। अब मुझे तरीज़ा की खीझ का पता लग गया था।

"बिलकुल पता है, पिछले दिनों में वह शकुन्त के साथ शादी का इकरार भी करता रहा था; पर जब बात सामने आई, तो वह साफ़ मुकर गया। शकुन्त की माँ ने उसे बुलाकर बात की, वह उलटा बोलने लगा कि शकुन्त अच्छी लड़की नहीं थी, वह एक अमीर आदमी का लड़का था, इसलिए उसे वह जबरदस्ती 'हुक' कर रही थी।"

"इट इज़ रीअली सैड।" (यह सचमुच अफ़सोस की बात है।)

"सैड? इट इज़ हॉरेबल।" (अफ़सोस की बात? यह तो वास्तव में भयानक है।)

तरीज़ा कुछ देर चुप रही, फिर बौखला-सी पड़ी। "उसकी शक्ल ऐसी हो गई थी, जैसे वह एक लड़की नहीं रह गई थी, लड़की का प्रेत बन गई थी। आपको पता नहीं वह कितनी शार्प थी। बात कितनी लम्बी हो, वह एक फिकरे में कह सकती थी। इसीलिए उसका नाम जावेद ने मिस शॉर्ट स्टोरी रखा था।

पर उसका सब कुछ ओम के एक ही फिकरे के साथ खत्म हो गया...

और तरीज़ा ने, हाँफ-सी गई ने कहा, ''एग्ज़िसटैंस सिर्फ़ अपनी ज़रूरी होती है ? दूसरे की नहीं ? एक की एग्ज़िसटैंस दूसरे की लाश पर से गुज़रकर ही कायम रह सकती है ?''

जवाब में क्या कह सकता था ? लाश-इन्सान की हो या कीमतों की—दुनिया में कितने एक पैर हैं जो लाशों पर से नहीं गुज़र रहे...

'एग्ज़ाइल्ड' (जलावतन) अचानक यह लफ़्ज़ मेरी ज़बान पर आया है और फिर वहीं खड़ा हो गया है। एक सॉलिड टुकड़े की तरह। शायद च्यूइंगम की तरह, क्योंकि मेरी ज़बान इसे धीरे-धीरे चूस रही है और इसकी फ्लेवर मेरे भीतर उतर रही है...

अब मैं समझ सकता हूँ कि एग्जिसटैंस का भयानक सीक्रेट मेरे साथ क्यों कुछ नहीं कर सकता—मैं उसकी हद से परे हूँ, मैं जलावतन हूँ...

मैंने अभी अपने ट्रंक में से पुरानी एलबम निकाली थी, बहुत-सी मेरी ही तस्वीरें थीं, देखता रहा। शक्ल कुछ पहचानी-सी लगती थी, पर इस तरह, जैसे जिसकी भी थी, वह मेरा बहुत परिचित नहीं था। एलबम में माँ की तस्वीरें भी थीं, बाप की भी। मैंने कोशिश की कि वह तस्वीर में से निकलकर कुछ मेरी तरफ़ बढ़ आएँ, और मैं उनके अस्तित्व को महसूस कर सकूँ। पर कुछ नहीं हुआ। वह चुपचाप तस्वीरों में बैठे रहे...

यह दिन का तीसरा पहर है शायद। लगता है यह ज़िन्दगी का भी शायद तीसरा पहर है। और सारे चार पहर ही होते हैं...

चौथा पहर भी किसी-न-किसी तरह बीत जाएगा...

चौथा पहर

एक दिन नलिन ने सबकी एक—'अरजेन्ट मीटिंग' बुलाई थी। कमरा मेरा चुना था। दफ़्तरी कार्यवाही की तरह टाइप किया हुआ कागज़ था जिसके नीचे 'एजेंडा' लिखा हुआ था 'टु कन्सोल मिस मिस्ट्री'।

उस लड़की का नाम शायद मोनिका है, वैसे मोनी कहके बुलाते हैं। पता लगा कि मोनी के घर से माँ-बाप का खत आया था कि उन्होंने उसके ब्याह का सब पक्का कर लिया था। ब्याह इम्तिहान के बाद होगा, पर सगाई की रस्म के लिए उन्होंने मोनी को एक दिन के लिए इलाहाबाद बुलाया था।

नलिन मुस्करा रहा था, मोनी चिढ़ी हुई उसकी तरफ़ देख रही थी। किसी-किसी वक्त बौखलाकर कह देती थी—"यू डैविल—"

"हाँ, मैं डैविल हूँ, सो यू मस्ट मैरी एन एंजल।" (हाँ, मैं शैतान हूँ, इसलिए तुम्हें किसी फरिश्ते से शादी करनी चाहिए।)

"यू शट अप।"

लफ़्ज़ खौल रहे थे। बात का सिर-पैर पता नहीं लग रहा था। शीला बाकी की लड़कियों में से मोनी के ज़्यादा करीब है। आखिर मैंने उससे पूछा कि बात क्या थी।

"हाँ, मिस स्टेटमैंट सारी बात बताएगी," जावेद ने हामी भरी।

शीला बोलने लगी तो केवल ने धीरे से कह दिया, "प्लीज़! ज़रा ख़याल रखना, स्टेटमैंट लम्बी न हो। बी ब्रीफ़।" शीला चिढ़ गई। बोली नहीं।

"बात यह है," आखिर नलिन कहने लगा, "कि मोनी के माता-पिता, हर तीसरे महीने एक लड़का ढूँढ़ लेते हैं।"

"डिस्कवरी ऑफ़ ब्राइडग्रूम्ज़," जावेद बोला।

मोनी का गुस्सा और तेज़ हो गया। हँसी छिड़ गई तो शीला का गुस्सा इतनी देर में उतर गया था, उसने बात बताई कि मोनी के माता-पिता जो भी लड़का ढूँढ़ते हैं, मोनी को पसन्द नहीं आता। पिछली बार उन्होंने एक बड़े अमीर मिल मालिक का लड़का ढूँढ़ा था। मोनी ने कह दिया था, 'आई कान्ट बी ए पीस ऑफ़ फर्नीचर इन हिज़ ड्राइंग रूम!' (मैं उसके ड्राइंग रूम का फ़र्नीचर नहीं बनना चाहती।)

"और इस बार?" याद नहीं किसने पूछा था।

"इस बार मिलिटरी का एक अफ़सर है।" शीला ने जवाब दिया और बताया—"इस बार मोनी कहती है—'आई कान्ट बी ए पार्टी डॉल।' " (मैं दावतों में जाने वाली गुड़िया नहीं बनना चाहती।)

"कहीं इश्क का ज़ख्म तो नहीं खा लिया?" केवल मोनी की तरफ़ भी देख रहा था और नलिन की तरफ़ भी।

"जो ऐसी बात है तो ब्याह की पुल्टिस बहुत जल्दी बाँध देनी चाहिए। आखिर मैं रोड स्कॉलर हूँ। मैं हर मर्ज़ का इलाज बता सकता हूँ," राहुल दीवार के पास बैठा हुआ था, पर यह बात कहता हुआ वह आगे होकर बैठ गया, और हाथ आगे करके मोनी को कहने लगा, "बीवी, ज़रा अपनी नब्ज़ दिखाओ।"

जावेद की हँसी सबसे ऊँची थी। राहुल बिलकुल नहीं हँस रहा था, और कह रहा था, "यह आज़माई हुई बात है। एक राजा की बेटी इसी मोनी की तरह थी। राजा उसके लिए जो भी राजकुमार ढूँढ़ता, वह रोना शुरू कर देती। आखिर मेरे जैसे एक हकीम ने एक इलाज ढूँढ़ा। मोनी की तरह वह भी नहीं बताती थी कि

आखिर वह चाहती क्या थी। उसने राजकुमारी की नब्ज़ पर उँगली रखी और कहने लगा कि इस देश के सब खूबसूरत नौजवानों के नाम गिनो। आखिर उसने जान लिया कि एक खास नाम को लेते ही नब्ज़ तेज़ हो जाती थी। सो मैं मोनी की नब्ज़ देखता हूँ और शीलाजी, तुम धीरे-धीरे सबके नाम बोलो। मिस्टर मलिक...जावेद...केवल... नलिन...और मेरा नाम भी ले देना, हालाँकि मुझे उम्मीद नहीं...''

मोनी ने गुस्से में आकर राहुल का आगे किया हुआ हाथ मरोड़ा, और उठकर कोने में जा बैठी।

''यह इश्क—इश्क है—इश्क—इश्क,'' केवल ने कव्वाली गाने के अन्दाज़ में कहा, और फिर कहने लगा—''भई स्वयंवर क्यों न रचा लिया जाय; हम सब तैयार होकर बैठ जाते हैं, मोनी जिसके गले में जयमाला डालना चाहे, डाल दे।''

तरीज़ा अभी तक चुप थी। एकदम खिलखिलाकर हँस पड़ी और गाने लगी : ''आई सी द ब्राइडग्रूम बिहाइंड ए कुशन...'' (मैं दूल्हे को कुशन के पीछे देख रही हूँ।)

नलिन ने एक कुशन अपने घुटनों पर रखा हुआ था, सबकी नज़र जब उसकी तरफ़ हुई तो वह खिलखिलाकर हँस पड़ा।

''तुम्हें पता है यह हिप्पी स्टाइल ब्याह का गीत है,'' तरीज़ा कह रही थी और बता रही थी—''असली गीत है, आई सी द ब्राइडग्रूम बिहाइंड द ट्री,' अमरीका में इस तरह के ब्याह कई जगह होते हैं। एक बाग में सब चले जाते हैं, लड़का एक पेड़ के पीछे खड़ा हो जाता है। लड़की यूँ ही इधर-उधर घूमती रहती है। फिर अचानक उसकी सहेलियाँ पेड़ की तरफ़ देखती हैं और गाना शुरू कर देती हैं। फिर एक जनी पेड़ के पीछे खड़े लड़के की बाँह खींचकर उसे सामने ले आती है, और बस ब्याह हो जाता है...''

''यू—ए कनिंग फ़ॉक्स,'' नलिन तरीज़ा को कह रहा था और हँस रहा था।

''फिर यह सारी मुसीबत किस बात की है? मोनी अपनी माताजी को खत लिख दे और बस...'' राहुल कह रहा था।

''मेरे खत लिखने से क्या होता है...'' मोना दीवार के पास बैठी हुई गुस्से में खौल पड़ी थी।

''हॉट रेड मामा, पेल मून मामा...'' नलिन कुशन को पैरों के नीचे रखकर खड़ा हो गया, और गाने लगा।

''माँ से डर लगता है?'' जावेद ने मोना की बाँह खींचकर उसको दीवार से इधर कर लिया, और कहने लगा—''तू डरती क्यों है, हम सारे नलिन के पीछे बराती बनकर चल पड़ते हैं। मेरा मतलब है, यह सारे बराती बन जाएँगे, पर मैं सहबाला बनूँगा...''

मोना ने जावेद को कुछ कहने की जगह, घूरकर नलिन की ओर देखा।

नलिन ने—'हॉट रेड मामा...' वाला गीत बीच में छोड़ दिया, और गम्भीर होकर खड़ा हो गया और कहने लगा :

''घोड़ी-बारात...ढोलक-ढमाका...बैंड-बाजे...यह सब ब्याह जैसी चीज़ की वल्ग्राइजेशन है। आई कांट बी देट वल्गर।''

''और घोड़ी बारात न सही—उसके बगैर भी तो...'' शीला कह रही थी।

नलिन कुछ देर चुप रहा। वह अपनी खामोशी में हमेशा असली होता है। क्योंकि इस खामोशी के बाद वह जो कुछ कहता है, अपने-आपको लफ़्ज़ों में ढाल कर कहता है।

''पीपल मैरी इन ए हरी, मेक चिल्डरन एट रेंडम, मीट पीपल इन कैफ़ेज़, एट वेडिंग्ज़, एट फ़ीउनरल्ज़...'' (लोग जल्दबाजी में शादी करते हैं, अनाप-शनाप बच्चे पैदा करते हैं, चायखानों में, शादियों में, शवयात्राओं में लोगों से मिलते-जुलते हैं)... नलिन कह रहा था।

जावेद ने बात काटकर कहा, ''ऐंड दैट मेक्स ए सोसायटी।'' और यही समाज है।

''तो फिर इस सोसायटी के मेम्बर जब चालीस सालों के होने लगते हैं तो असूल गढ़ते हैं, मुहावरे गढ़ते हैं, और अपनी बेकार गई उम्र पर उनकी मोहर लगाकर दिखाते हैं कि उन्होंने महान आदर्श ज़िन्दगी बिताई है...''

नलिन कह रहा था, सबकी तरफ़ देखकर, पर ज़्यादा मोना की तरफ़ देखकर—

नलिन के ख़यालों का मुझे पता था। वैसे वे लफ़्ज़ नलिन ने जहाँ से पढ़े थे, और दोहराए थे, मुझे भी पता था। मैंने कुछ नहीं कहा। बात से सहमत होओ तो पराये लफ़्ज़ भी अपने हो जाते हैं।

''आई लव मोना, आई वांट हर एज़ ए फ्रैंड, मे बी लाइफ़ लौंग फ्रैंड प्लस...'' (मैं मोना से प्रेम करता हूँ, मैं उसे एक मित्र की तरह चाहता हूँ, आजीवन मित्र और साथ ही...)

नलिन ने इतना-सा फिर कहा और चुप हो गया।

''मैं यह समझ सकती हूँ, पर मेरी माँ नहीं समझ सकती...'' मोना की आवाज़ उस कमरे में भी थी, कमरे से दूर भी थी...

''केवल कालिदास जी! माँ के नाम कोई सन्देश रचो।'' राहुल ने कहा और कमरे की भारी हो गई फ़िज़ां को कुछ हिलाया...

''देख मोना! सीधी-सी बात है, तुझे नलिन चाहिए, तो इसे इसी तरह लेना पड़ेगा जिस तरह यह है—'' शीला कह रही थी।

''मोना, यू कांट मेक ए ऑर्डिनरी ब्राइडग्रूम आउट ऑफ़ हिम।'' (मोना, तुम

इससे एक मामूली दूल्हे जैसे व्यवहार की उम्मीद तो कर नहीं सकतीं।) जावेद ने फ़ैसले की तरह कह दिया था।

"आई डोंट नो वाट टु डू!" मोना ने सिर्फ़ इतना कहा और चुप कर गई।

"मेरा ख़याल है तू ब्याह कर ले जहाँ कहती है। फिर कभी-कभी नलिन को टेलीफ़ोन कर लिया करना, क्योंकि मिलटरी वालों को टेलीफ़ोन मुफ़्त मिलते हैं..." तरीज़ा अचानक बोल पड़ी थी। इतना कोई नहीं चौंका था जितना मैं। तरीज़ा से, इतनी ज़हर में बुझी हुई बात की, मुझे आशा नहीं थी।

"मजबूरी का नाम महात्मा गाँधी है।" राहुल कह रहा था, शायद तरीज़ा की बात का ज़हर हल्का करने के लिए...

सब चले गए। जो कुछ किसी के मन में था, या जो कुछ किसी को समझ में आया था, वह कहते-सुनते रहे थे। मैंने कहा भी कुछ नहीं था, शायद सुना भी कुछ नहीं था—क्योंकि न नलिन की फ़िलॉसफ़ी मेरे कानों तक पहुँची थी, न मोना का...कॉनफ़्लिक्ट...उदास हूँ, सोच रहा हूँ 'मैं' भी तो मेरे कानों तक नहीं पहुँच रहा। नहीं तो मैं उसको सुन लेता, और फिर कुछ बोल लेता...

...मैं शायद डायरी में लिखी हुई इबारत नहीं हूँ, सिर्फ़ डायरी का खाली वरका हूँ...उस दिन पता नहीं कैसी हँसी थी, जो मुझे अपने आप पर आई। ख़याल आया—जो मैं अपनी कोई डायरी लिखूँ...क्या लिखूँ? कोई इबारत, कोई फिकरा, कोई लफ़्ज़ सामने नहीं था, और मुझे लगा—जो मैं एक डायरी खरीदकर, उसके सारे सफ़े बिलकुल खाली रहने दूँ, तो मेरी बिलकुल सही ज़िन्दगी होगी...मेरी ऑटोबायोग्राफ़ी...और जब कोई चाहे मेरी ऑटोग्राफ़ी के वरके गिन सकता है—मेरा मतलब है गिन सकेगा—बॉर्न इन 1944—डाइड इन...यह खाली जगह अभी भरनी है। सो बड़ा सीधा-सा हिसाब है, खाली जगह जब भर जाएगी, सारे वरके गिने जा सकेंगे। हर तवारीख में यह हिसाब देखा जा सकता है...

हिसाब के बारे में तवारीख से मेरा मतभेद है—सब इसे बरसों के हिसाब से गिनते हैं—फलाने की उम्र चालीस बरस, फलाने की उम्र पचास बरस, साठ बरस...इसका मतलब है—उसकी जीवनी के चालीस वरके, पचास वरके, साठ वरके...बायोग्राफ़ी खाली होती है, पर छोटी नहीं होती। इसे बरसों, महीनों, और दिनों के हिसाब से नहीं गिनना चाहिए। इसे पलों के हिसाब से गिनना चाहिए—नहीं साँसों के हिसाब से। एक साँस के बाद दूसरा साँस लेना, एक वरके को पलटकर दूसरे वरके पर जाने के बराबर है...

वैसे मैं यह नहीं सोचता कि कोई मेरी इस जीवनी को हाथ में पकड़े, और

इसके वरके गिने। कोई किसलिए गिने...लाखों-करोड़ों लोग होते हैं जिनकी जीवनियाँ, वरकों को गिनने के बिना ही दफ़ना दी जाती हैं...

हाँ, कुछ लोगों की जीवनियाँ वरकों को गिनकर दफ़नाई जाती हैं। और वरकों का हिसाब अखबारों में भी छपता है—

...फलाने की ज़िन्दगी के पचपन सफ़े हैं। छप्पनवाँ सफ़ा दमे से फट गया। दमे की जगह हवाई दुर्घटना भी हो सकती है, कुछ भी हो सकती है...और खाली वरकों पर कारनामों के नाम पर भी कुछ-न-कुछ भर दिया जाता है। जैसे...

तीन बेटे, दो बेटियाँ...

एक बीवी, जो अब बेवा है...

एक मिल, जहाँ अब हड़ताल है...

मिल की जगह एक कुर्सी भी हो सकती है, और जिसके बारे में अक्सर यह भी कहा जाता है कि अब उस खाली कुर्सी को भरना बड़ा मुश्किल होगा। हालाँकि उसके खाली होने से पहले ही उसकी तरफ़ कई लोगों की नज़रें लगी होती हैं। और बहुत मुमकिन यह भी होना था कि जो वह अभी कुछ दिन खाली न होती तो किसी-न-किसी ने वह ज़बरदस्ती खाली करवा लेनी थी...

माई गॉड! मैं यह सब कुछ किसलिए सोच रहा हूँ, आई एम ऐफ़रेड, आई एम बीकमिंग ए सिनिक...(मुझे डर है, मैं सनकी होता जा रहा हूँ...)

मेरा ख़याल है कि मुझे अपने हाथों के नाखून काटने चाहिए। नाखून बहुत बड़े हो गए हैं। यह खामखाह चीज़ों में गड़ रहे हैं...

अभी मैंने लोगों की बायोग्राफ़ियों के जिस्म पर चुभाकर देखे थे, और उनमें से खून निकल आया था...

खून शायद इन्सान की ज़िन्दगी की एकमात्र सच्चाई है। किसी भी इन्सान ने जो अपनी सही जीवनी लिखनी हो तो, उसको चाहिए—खाली कागज़ों पर खून छिड़क दे—

खून से भीगे वरकों में यह साफ़ पढ़ा जा सकता है कि यह खून रोटी की फ़िकर में किस तरह सूखता रहा था। यह खून पसीने की शक्ल में किस तरह बहता रहा था, यह खून हज़ार फ़िकरों में किस तरह सहमता रहा था, और यह खून जंग के मैदान में किस तरह बहता रहा था...और या नसों में बेकार घूमता रहा था...

इस खून का थोड़ी-सी नसों में ऐसे ही घूमते रहना भी इतना ही व्यर्थ है, जितना इसका रोज़ सूखना, सहमना और हर लड़ाई में बहना...

पर यह किसी एक की नहीं, सबकी जीवनी है। यह एक बहुत बड़ा ग्रन्थ है।

ऋग्वेद को दुनिया की पहली किताब कहते हैं, यह गलत है। दुनिया की पहली किताब इन्सान की यह जीवनी है। पहली किताब भी यही थी, आखिरी किताब भी यही होगी...इसके वरके बराबर बढ़ते जा रहे हैं...

पर लोगों की वैनिटी अजीब चीज़ है। वे इस महान पुस्तक के सामने, बहुत छोटी और खिलौनों जैसी चीज़ों को रखते हैं। और इसकी सच्चाई को झुठलाते हैं...

सच्चाई को झुठलाने में ही शायद लोगों का भला है...

मुझे अपने हाथों के बढ़े नाखून काटने चाहिए...

पता नहीं लगता, आज जो कुछ हुआ है उसे क्या कहूँ। सिर्फ़ एक हादसा कह दूँ, या कुछ और कहूँ? "मिस्टर मलिक वाट आर यूअर कंडीशंस?" अभी तरीज़ा आई थी। सवालिया फ़िकरा उसके लफ़्ज़ों के आगे लगा हुआ था, पर मुझे लगा था कि कोई जवाब देने की जगह, मैं एक बहुत बड़ा सवालिया फ़िकरा बनकर खड़ा हो गया था।

आज की तरीज़ा मैंने पहले नहीं देखी थी—पिछले कुछ दिनों में पता नहीं क्या हुआ था, लगता था, तरीज़ा की उम्र को रोज़ एक दिन नहीं, एक बरस चढ़ जाता था...

"आई वांट टु मैरी यू, आई हैव टु मैरी यू, इट इज़ माई इनर कम्पलशन..." (मैं आपसे शादी करना चाहती हूँ, मुझे आपसे शादी करनी ही होगी, यह मेरी आन्तरिक विवशता है...) उसने एक ही साँस में कह दिया।

लग रहा था, अपनी और मेरी तकदीर को वह मुट्ठी में पकड़कर आई थी...

"तरीज़ा!" मुश्किल से यही कह सका।

वह कमरे में खड़ी नहीं थी, धूप की तरह चढ़ी हुई थी—निर्मल भी और निस्संकोच भी।

धूप से बचने के लिए मेरे पास मेरे बदन के ओढ़न के सिवा कुछ नहीं था—मैं उसी में लिपटा जा रहा था...

नहीं, अपने-आपको नहीं, जो कुछ मेरे बिलकुल भीतर था मैं उसे धूप से बचा रहा था...

तरीज़ा ने बताया कि उसके अंकल ने आजकल कोई अपनी मरज़ी का लड़का ढूँढ़ा हुआ था, और उसके साथ तरीज़ा के ब्याह के लिए ज़ोर दे रहे थे। पर तरीज़ा को और उसकी ममी को उसके अंकल की दी हुई हर सलाह से डर लगता था।

"मुझे पता है—यह, या इसी तरह की और सलाह आए दिन चलती रहेगी, जब तक कि सलाह देने का मौका ही न खत्म हो जाएँ।" तरीज़ा के ये हरफ़ बड़े

परेशान थे।

परेशानी मुझे भी हुई, पर उसका हल तरीज़ा ने यह क्यों सोचा था? और भी हो सकता था...

"पर मिस्टर मलिक, आप यह न सोचना कि मैं सिर्फ़ इस परेशानी से बचने के लिए..." यह पहला फ़िकरा था जिसके साथ तरीज़ा की आवाज़ सकुचा गई और वह चुप हो गई...

सोच रहा था, पूछूँ कि जो यह नहीं तो क्या सोचूँ? पर पूछा नहीं।

उसका पहला फ़िकरा याद आ रहा था, "मिस्टर मलिक वाट आर यूअर कंडीशन्स?" और सोच रहा था कि कुछ दिन पहले नलिन और मोनी में जो बहस हुई थी, यह शायद उसी से आया हुआ ख़याल था।

"कंडीशन्स की बात नहीं, पर..." यही सूझा था, कह दिया।

वह चुप रही।

"कुछ और भी सोचा जा सकता है।"

"नहीं, मैं और कुछ नहीं सोच सकती। कभी भी नहीं सोच सकूँगी। तब जब लड़कियों ने पार्टी का मज़ाक किया था, यह बात मेरे सपने में भी नहीं थी, पर अब..."

"पर अब क्यों तरीज़ा, अब क्यों?" कुछ देर ठहरकर मैंने कहा, पर लगा मेरी आवाज़ सहसा थक गई थी।

"बिकॉज़...बिकॉज़ वी बोथ बिलोंग टु ममी।" (क्योंकि...क्योंकि हम दोनों ममी से सम्बद्ध हैं।) अब उसकी आवाज़ में एक कोमलता ज़रूर थी पर झिझक नहीं थी।

"वाट... ?"

"आई लव ममी, यू लव माई ममी, सो वी बोथ..."

वह जब से आई थी, खड़ी थी, मैं भी खड़ा था, पर अब इसके बाद मुझसे खड़ा न रहा गया।

मैं नहीं कहता कि उसकी बात हिसाब के सवाल जैसी नहीं थी, पर यह भी नहीं कह सकता कि वह सिर्फ़ एक ठंडा और नपा-तुला हिसाब था...

वह कुर्सी की जिस बांही पर हाथ रखकर खड़ी हुई थी, उसने वहाँ से हाथ उठाया और उधर खिड़की में खड़ी हो गई। अब वह मेरी तरफ़ नहीं देख रही थी—खिड़की के बाहर सामने आसमान की तरफ़ देख रही थी—शायद आसमान में अटके हुए एक बादल के टुकड़े को देख रही थी...

अपना आप कुछ सुर्खरू-सा लगा। शायद इसलिए कि उनकी नज़र का बोझ उस वक्त मेरे ऊपर नहीं पड़ रहा था। इसलिए अपने आपको यह दलील दी कि जो कुछ मैंने सुना था, उसके कहने से ज़्यादा सुन लिया था...कुछ अक्षर थे जो मैंने आप ही गढ़ लिए थे...

उसने जो कुछ कहा था, कह दिया था, पर मैं उसको उसके अर्थों से बचाना चाहता था, इसलिए कुछ हँस-सा पड़ा...

"माई स्वीट चाइल्ड," अभी मैंने इतना ही कहा था, उसने बात काट दी, "आई एम नॉट ए चाइल्ड।"

"तू नहीं समझी..." मैंने फिर कहा।

वह खिड़की से इधर आ गई। बिलकुल मेरी कुर्सी के पास खड़ी हो गई। उसकी आवाज़ में एक नम्रता-सी आ गई, कहने लगी—"पर आप मुझसे यह छुपाकर क्या करोगे?"

जो कुछ छुपाना था, मुझे नहीं पता मैंने उसका क्या करना था, पर वह मेरा था, निरा मेरा था, इसलिए छुपाना था...

"तूने जो कुछ कहा है, तुझे उसका मतलब पता है?" मुझे लगा मेरी आवाज़ कस गई थी। शायद बहुत खतरे के समय इन्सान बहुत तन जाता है।

"हाँ," उसने होंठों से नहीं सिर हिलाकर कहा।

पता नहीं लग रहा था, अब क्या कहूँ।

"मुझे बाद में पूछना, पहले आप बताओ कि मैंने जो कुछ कहा है, आपको उसका मतलब पता नहीं?" सवाल मेरे हाथ से पकड़कर उसने अपने हाथ में ले लिया था।

"नहीं," कह दिया, पर लग रहा था किसी कचहरी में खड़ा था, और एक झूठी गवाही दे रहा था...झूठे गवाह गंगाजल को हाथ में ले लेते हैं, मैंने गंगाजल छाती में डाला हुआ था...

वह हँस पड़ी।

लगा—वह मेरे कन्धों के पास कुछ झुकी हुई भी थी। एक खौफ़-सा लगा कि शायद वह मेरे झूठ को सूँघ रही थी...

चीज़ को कोई ढाँप लपेट सकता है पर उसकी गन्ध को कोई क्या करे!

मैंने एक बेबसी से उसकी तरफ़ देखा। "यह सब कुछ तुझे किस तरह पता है," कहा नहीं, पर शायद यह सब कुछ मेरी आँखों में लिखा हुआ था, क्योंकि उसने जो जवाब दिया, वह इसी बात का जवाब था।

कहने लगी—"मुझे पता है, बहुत दिनों से पता है। जब कोई खुद किसी को दिन-रात सोचकर देखता है, तब उसे यह भी पता लग जाता है।"

"तू..." एक अक्षर था, पर शायद मैंने यह भी नहीं कहा, सिर्फ़ उसकी तरफ़ देखता रहा था।

"वाट ए स्ट्रेंज ट्रायंगेल..." कहती हुई वह हँस पड़ी।

सिर झुका लिया। सामने जो कुछ था, उसको मैं भूल नहीं सकता था।

"फिर अगर पता है, तो—" कहा, पर मैंने उससे आँखें चुराई हुई थीं—जैसे

यह मैं उसके सामने नहीं, पीठ के पीछे कह रहा होऊँ।

"पता है, पर जो कोई उस जगह पर पहुँच जाएँ। जहाँ उससे मुमकिन और नामुमकिन के बीच में कोई लकीर न खींची जाएँ..." मैंने चौंककर उसकी तरफ़ देखा। पता नहीं लग रहा था कि उसकी कमसिन-सी दिखती उम्र, कुछ दिनों में ही, इन लफ़्ज़ों तक किस तरह पहुँच गई थी...

"मुझसे बढ़कर यह आपको पता होगा। क्योंकि नामुमकिन-से भी आगे जो कोई जगह होती है, आपने वह जगह देखी है।" उसकी आवाज़ एक फ़िलॉसफ़र जैसी हो गई थी।

वक्त ने सचमुच अपने गले से भूत, भविष्य और वर्तमान के तीनों जोड़े उतारे हुए थे...

सभ्यता ने आज तक कपड़ों को ही झेलकर देखा है, नग्नता को झेलकर नहीं देखा...

नेकिड टाइम, नेकिड टुथ, नेकिड माइंड...(नग्न काल, नग्न सत्य, नग्न मन...)

सोच रहा था 'वह' इसके बीच भी है—अपनी बच्ची में, पर तस्वीर की तरह मांस के कागज़ पर उतरी हुई। और वह भी शायद कभी नेगेटिव की शक्ल में, कभी पाजेटिव की शक्ल में...

"नहीं तरीज़ा यह बात कहीं नहीं पहुँचेगी..." लगा यही कह सकता था...

"आई नो, पर हम इसे चलने से नहीं रोक सकते..."

"और अन्त में?"...

"इट विल बी कंटीन्यूड टु नैक्स्ट जैनरेशन।" (यह अगली पीढ़ी तक जारी रहेगा।)

"इट विल बी कंटीन्यूड टु नैक्स्ट जैनरेशन।" यह कहके, और बात का एक सार-सा निकालकर, वह सुर्खरू हो गई लगती थी। क्योंकि उसके बाद उसने मेरे कमरे में पड़ा हुआ स्टोव जलाया, मेज़ के खाने में से कॉफ़ी का डिब्बा निकाला और चुपचाप कॉफ़ी बनाने लगी।

सब कुछ उसने बड़े आहिस्ता से अपने हाथ में ले लिया था—कॉफ़ी के डिब्बे से लेकर मुझ तक—

सब कुछ सरकता-सा देख रहा था—पर यह सब कुछ पिघला हुआ था, इसको पकड़ नहीं सकता था। सिर्फ़ इसकी नमी हवा में मिली हुई थी, और यह हवा मेरी साँसों में समा रही थी...

कॉफ़ी का एक प्याला उसने मेरे हाथ में दे दिया। प्याले में से उठते हुए धुएँ

की तरह मेरे भीतर से कुछ उठा। एक भाप की तरह आँखों में भी कुछ भर आया था, इसलिए उसका मुँह कुछ धुँधला-सा दिख रहा था, एक अन्दाज़े से मैं उसके सिर के पास झुका, और अपने होंठों से उसके माथे को छुआ...

आँखों में भाप और भर आई थी...

तरीज़ा के जाने के बाद एकदम जो कुछ लगा—यह था कि कमरे में कोई चीज़ कम थी। पता नहीं क्या। मैंने घबराकर सामने की अलमारी में से कोई किताब निकाली, और इससे पहले कि मैं उस चीज़ के बारे में सोचता, मैं किताब पढ़ने लगा। वाट ए स्ट्रेंज कोइन्सीडेंट (कैसा विचित्र संयोग है!)—किताब को मैंने यूँ ही खोल लिया था, जो सफ़ा सामने आया था, पढ़ने लग गया था—जिस पैरे पर नज़र पड़ी, उसकी पहली पंक्ति थी—'ही नीडिड मी इन ऑर्डर टु बी, ऐंड आई नीडिड हिम इन ऑर्डर नॉट टु फ़ील माई बीइंग' (उसे अपने अस्तित्व के लिए मेरी ज़रूरत थी, और मुझे अपने अस्तित्व के एहसास के लिए उसकी ज़रूरत थी।)

किताब बन्द कर दी, फिर अलमारी में रख दी। कमरे की हवा में एक साज़िश-सी हुई लगती थी—जो यह साज़िश नहीं थी तो फिर इस किताब को मेरी और तरीज़ा की बात करने की क्या ज़रूरत थी...यह बिलकुल इस तरह था कि जैसे मैं तरीज़ा के बारे में कह रहा होऊँ, या आज से बीस बरस पीछे कहूँ कि शी नीडिड मी इन ऑर्डर टु बी, ऐंड आई नीडिड हर इन ऑर्डर नॉट टु फ़ील माई बीइंग...

कहानी आगे चलेगी...सिर्फ़ यह पता नहीं कि यह ट्रू स्टोरी है कि फ़िक्शन...पर मेरा ख़याल है इस तर्क की ज़रूरत नहीं। ट्रू स्टोरी हाथों और पैरों के साथ घटित होती है, फ़िक्शन माथे के साथ। और फिर जो कुछ हाथ-पैरों के साथ बीतता है वह माथे में पहुँच जाता है। और जो कुछ पहले माथे के साथ गुज़रता है, वह फिर हाथों और पैरों में उतर आता है...कहानी कहानी है, और यह सवाल ही निर्मूल है कि यह पहले किस अंग के साथ बीती थी...

माई गॉड! अभी मुझे लगा था कि कमरे में कोई चीज़ कम थी। पता नहीं लग रहा था कि क्या कम था, और मैं ऐसे ही हर चीज़ को देखता हुआ कमरे में चलता रहा...एक बार मेरा पैर कुर्सी के साथ अटक गया, एक बार मेरी बाँह मेज़ के कोने से लग गई थी। फिर मैंने कुर्सी को उठाकर मेज़ के नीचे रख दिया था और जगह

खुली कर दी थी। पर शायद अभी भी जगह खुली नहीं हुई—अभी पलंग का कोना मेरे घुटने में लग गया है...अब मैं देख सकता हूँ कि कमरे में अचानक कुछ चीज़ें बढ़ गई हैं। नहीं, कोई चीज़ कम नहीं। बल्कि कमरा बहुत-सी चीज़ों से भर गया है...

पलंग पहले भी था, मेज़ भी थी, मेज़ वाली और खिड़की वाली कुर्सी थी, फिर पता नहीं कमरे में कौन-सी चीज़ बढ़ गई है...

आज तरीज़ा क्यों आई थी? अजीब हादसा है! पर क्या यह सिर्फ़ एक हादसा है? या ज़िन्दगी का हमेशा से चला आना, और हमेशा तक चलनेवाला एक 'पैटर्न' है?

एक अजीब ख़याल आता है—यह हादसा भी नहीं, पैटर्न भी नहीं, इट इज़ ए कांस्पीरैंसी आफ़ ब्लॅड...(यह रक्त का षड्यन्त्र है।)

आसमान में अटका हुआ रोशनी का आखिरी टुकड़ा भी खोया जा रहा है...अँधेरा भी हल्का है, अभी गाढ़ा हो जाएगा...और सूरज ने आज जो कहानी शुरू की थी वह अधूरी रह जाएगी...

कहानी खत्म नहीं होती सिर्फ़ बीच में रह जाती है...आज के सूरज की छोड़ी हुई कहानी को कल का सूरज सुनाएगा...कॉन्टीन्यूड टु नैक्स्ट सन...बिलकुल इस तरह जिस तरह तरीज़ा ने कहा था—कॉन्टीन्यूड टु नैक्स्ट जैनरेशन...

इन्सान की छाती भी शायद रात की तरह होती है—सूरज की कहानी ने रात को चीरकर गुज़रना होता है...इन्सान की कहानी ने इन्सान की छाती को चीरकर गुज़रना होता है...

"कल सुबह ज़रूर आ जाना, मैं रात को ममी को बता दूँगी। कुछ बताकर भी आई थी, बाकी रात को बता दूँगी। सुबह एक बार ममी के सामने आप 'हाँ' कह देना। उन्हें तसल्ली हो जाएगी।" तरीज़ा ने जाते हुए कहा था।

तरीज़ा सोचती है मैं 'उस' के सामने कुछ कह सकूँगा। कुछ कहने लायक ज़बान होती, अब तक कह न लेता...

ज़बान ही तो नहीं है...

मैं क्या कह सकता हूँ...तरीज़ा के पास ज़बान है, वह कह सकती है। जो कह देगी वही ठीक है...

कहानी जहाँ थी, अडोल खड़ी थी—अब उसने मेरी छाती में चलना शुरू कर दिया है...

मैं उसके पैरों की आवाज़ सुन सकता हूँ—धक...धक...धक...धक...उसके पैरों के भार से मेरी छाती हिल रही है—लकड़ी का फ़र्श भी इसी तरह हिलता है।

नहीं, उसके पैरों के निशान 'वह' नहीं देख सकेगी। मैं सामने होऊँगा, वह फिर भी नहीं देख सकेगी। तरीज़ा रोज़ फ़र्श को पोंछ दिया करेगी...

उसने चलना है, इसलिए चलेगी, और शायद जिस वक्त 'वह' सामने होगी, यह कुछ जल्दी से चलेगी...

एंड इट विल बी कॉन्टीन्यूड टु नैक्स्ट जैनरेशन...

यह चौथा पहर जाने कितना लम्बा है...

1

कुत्ता बैठता नहीं था। लगता था मुझे चाय का प्याला बीच में ही छोड़कर मेज़ पर से उठना पड़ेगा...

कुत्ता बैठता नहीं था। लगता था हाथ में पकड़ी किताब और नहीं पढ़ सकूँगा। इस किताब को इसी तरह कुर्सी पर रखकर, मुझे कमरे से बाहर जाना पड़ेगा...

कुत्ता बैठता नहीं था। पता था अभी सुबह नहीं हुई, पर फिर से नींद नहीं आ सकती थी। इसलिए लगा, बिस्तर से उठना पड़ेगा...

कुत्ता बैठता नहीं था। मुझे मालूम था, होस्टल में सीट नहीं मिल रही, बाहर कमरा लेकर रहना बहुत महँगा होगा, पर लगा, फ़ौजी चाचा जी के घर रहने से कुछ भी अच्छा था...

सिट डाउन...सिट डाउन...सिट डाउन...मेरे फ़ौजी चाचा जी अपने कुत्ते को एक दिन में एक हज़ार बार यह कहते थे, पर कुत्ता बैठता नहीं था।

'सिट डाउन' यह एक लफ़्ज़ नहीं था, बर्फ़ वाले पानी की एक बूँद थी, जो छह महीने से टप-टप मेरे सिर पर गिर रही थी, और मेरा सिर सुन्न होता जा रहा था...

उस दिन कॉलेज में छुट्टी थी, पर मेरा कमरे में बैठना, सचमुच कुत्ते के बैठने से संबंधित था। चाचा जी सुबह से अपना पाठ पढ़ रहे थे, पर कुत्ते की जात...वह चाचा जी के पाठ का कोई शब्द नहीं सुन रहा था।

"यह कहीं बहरा न हो, चाचा जी, इसे किसी हस्पताल में दिखाइए"—मैं कहने लगा था, पर कहा नहीं।

चुपचाप घर से बाहर निकल पड़ा। सिर्फ़ सोच रहा था, अगर कहीं चाचा जी की बदली इस शहर में न हुई होती! अच्छा-भला तीन साल से होस्टल में रह रहा था। चाचा जी की बदली हो गई, उन्हें मुफ़्त सरकारी कोठी मिल गई, और उन्हें भतीजे पर प्यार आ गया कि लड़का होस्टल की सड़ी-सूखी रोटियाँ क्यों खाए बेशक घर में कोई चाची परांठे पकाने वाली नहीं थी, पर चाचा जी को मुफ़्त के

मिले हुए अर्दली का भी तो पूरा लाभ उठाना था। उसका क्या फ़ायदा अगर मैं होस्टल में पैसे देकर रोटी खाता रहा। सो उन्होंने मेरे बाप को खत लिखा और मुझे होस्टल में से निकलवाकर यहाँ ले जाएँ...

मेरे कानों के पास ज़ोर से हॉर्न बजा, एक गाड़ी रुकी और रूबी ने गाड़ी का शीशा खोलकर मेरे कंधे की ओर बाँह फैलाई।

"चलो बैठो गाड़ी में, कॉलेज जा रहे हो?"

"नहीं कॉलेज में छुट्टी है।"

"काहे की छुट्टी?"

"तैंतीस करोड़ देवता हैं, उनमें से किसी का जन्मदिन होगा..."

रूबी ने मेरी खीझ पहचान ली, और मेरी बाँह पकड़ मुझे गाड़ी में बिठा लिया। वह पिछले साल तक मेरे साथ पढ़ता था, पर उसके बाप को कॉलेज के पाँच साल, पचास हज़ार रुपये खोने की तरह लगे थे। वह कॉफ़ी रईस था, उसने दलील दी थी कि देश में पहले ही पच्चीस हज़ार इंजीनियर बेकार फिरते हैं, बेकारों की और गिनती बढ़ाने से क्या फ़ायदा। इसलिए रूबी ने कॉलेज छोड़ दिया था और अपने ठेकेदारी के काम में लग गया था।

"यू आर लकी..." रूबी ने गाड़ी चलाते हुए कहा तो मुझे लगा जैसे उसने मुझे गाली दी हो। मैंने घूरकर उसकी तरफ़ देखा।

"यह कॉलेज वाली ज़िन्दगी फिर सारी उमर नहीं आ सकती...आई मिस माई होस्टल लाइफ़..."

"आई आल्सो मिस..." मेरे मुँह से निकला।

"तुम होस्टल में नहीं रहते?" रूबी ने पूछा।

मैंने उसे चाचा जी की बदली वाली बात बताई, कुत्ते वाली बात छुपा ली, सिर्फ़ कहा, "अगर कहीं होस्टल में मुझे फिर सीट मिल जाएँ!"

"मिड टर्म में नहीं मिल सकती, पर नए टर्म के वक्त मिल जाएगी..."

"नए टर्म में अभी कई महीने पड़े हैं..."

रूबी की यही बात मुझे सबसे अच्छी लगती है—वह जितनी बात उसे समझ में आए समझ लेता है, बाकी की पूछता नहीं...

"बाहर कोई कमरा किराए पर क्यों नहीं लेते, नए टर्म तक?" उसने कहा। उसने इतना समझ लिया था कि मैं चाचा जी के पास नहीं रहना चाहता था और यह काफ़ी था।

"अगर कोई कमरा मिल जाएँ, बहुत महँगा न हो..."

रूबी चुप रहा। पता नहीं क्या सोचता रहा। फिर अचानक कहने लगा,

"तुम्हें भूतों से डर तो नहीं लगता?"

मुझे नहीं मालूम, उसने यह क्यों पूछा था, पर मुझे हँसी आ गई। कहा, "अगर वे चुप रहें तो डर नहीं लगता। सिर्फ़ उन्हें यह न कहना पड़े कि सिट डाउन..."

रूबी हँसने लगा, और कहने लगा, "वे इतने चुप रहेंगे कि तुम्हें उनकी चुप से खौफ़ आएगा।"

"बिलकुल नहीं," मैं कह रहा था, रूबी ने बात काट दी, "अच्छा फिर देखते हैं..."

रूबी ने गाड़ी घुमाई, और कुछ दूर जाकर एक बड़ी सुनसान हवेली के आगे खड़ी कर दी। हवेली का गेट खुला था। खुला नहीं कहना चाहिए, गेट ही नहीं था, मालूम नहीं कब का टूटा हुआ था। एक तरफ़ बड़े-बड़े पेड़ थे, बाकी कोई हज़ार गज़ जगह में पता नहीं क्या झाड़-झंखाड़ उगा हुआ था। ईंटों की एक पगडंडी गोल-सी बल खाकर आगे की तरफ़ जाती हुई दिखाई देती थी, पगडंडी पर कोई सौ फुट चलने के बाद हवेली का बरामदा था। बरामदे के आगे बड़ा हॉल, और इर्द-गिर्द छह-सात कमरे। कमरों में दरवाज़े लगे हुए थे, पर कुण्डियाँ सिर्फ़ एक-दो दरवाज़ों की बची थीं। दो-एक कमरों के दरवाज़े भी एक ही पट के रह गए थे, जो हवा से खुद ही भिड़ जाते थे, खुद ही चीखकर खुल जाते थे। वैसे हॉल का फ़र्श इटैलियन टाइलों का था, तीन इंची टाइलों का।

"दूसरी मंज़िल पर इतने ही कमरे हैं, और उससे ऊपर मैंगलोर टाइलों की छत। बोलो, यहाँ रहकर डरोगे तो नहीं?" रूबी हँसने लगा।

"पर माबदौलत। यह शहंशाही है किसकी?" मुझे भी हँसी आ गई।

"अगर तुम यहाँ आकर रहो तो सारी तुम्हारी!"

"मेरी?"

"सिर्फ़ हजूर के दरबार में दरबारी कोई नहीं होगा। कुछ साँप-संपोलिए बेशक हों..."

यह शहंशाही मुझे मंज़ूर थी। पता लगा कि यह सवा सौ साल पुरानी हवेली रूबी के बाप की थी। और छह महीने में इसे डिमालिश करना था, पर अभी छह महीने यह थी।

"मुझे छह महीने का शहंशाह बनना मंज़ूर है..." मैं हँसने लगा।

देखा, रूबी कुछ सोच रहा था। मेरा ख़याल था वह अपने बाप से इसकी इजाज़त लेने के बारे में सोच रहा होगा, पर उसने बाहर आकर फिर गाड़ी स्टार्ट की और हमारे होस्टल की तरफ़ मुड़ते हुए कहने लगा, "तुम विनोद और अशोक को जानते हो?"

"आर्ट्स वाले दोनों?"

"हाँ, वे बड़ी देर से होस्टल के बाहर रहने की सोच रहे हैं, मुझे पहले यह ख़याल ही नहीं आया। वे भी दोनों अगर यहाँ तुम्हारे साथ आकर रहें..."

रूबी का सोचना ठीक था। यह मुझे इतना दिन के वक्त पता नहीं लगा जितना रात के वक्त। इस हवेली में बिजली नहीं थी, और रात को मोमबत्तियों की हिलती हुई परछाइयाँ न सोने देतीं, न जागने।

बाज़ार से खरीदने वाली चीज़ सिर्फ़ एक ही थी—झाड़ू (मोमबत्तियों का ध्यान हमें बाद में आया था)। उस वक्त अशोक और विनोद को साथ लेकर जब हम लौटकर हवेली में आए, अशोक झाड़ू पकड़कर खुशी से नाच रहा था और रूबी को बार-बार कह रहा था—ह्वट ए ब्रिलियंट आइडिया...

चाचा जी का घर ज़रा दूर था; पर होस्टल नज़दीक था, सबसे पहले अशोक और विनोद का सामान लाया गया। उन्होंने अपनी पूरी-अधूरी पेंटिंग्ज हॉल में इस तरह से सजाईं कि हॉल एक आर्ट गैलरी की तरह लगने लगा।

मैं जब अपना बिस्तर और किताबें लाने के लिए चाचा जी के घर गया, मेरे तीनों दोस्त मेरे साथ थे। चाचा जी का कुत्ता अजनबी शक्लों को बिलकुल बर्दाश्त नहीं करता था, वह मेरे दोस्तों पर लपक-लपक कर भौंक रहा था, और मैं चाचा जी से कह रहा था, "वहाँ अपने क्लासफ़ैलोज़ के साथ रहकर मेरी पढ़ाई अच्छी होगी, इसलिए चाचा जी..."

चाचा जी शायद इस सोच में डूबे हुए थे कि उनका भाई क्या कहेगा...शहर में चाचा का घर हो और लड़का बाहर रहे...और मैं उनको तसल्ली दे रहा था कि यह मेरी पढ़ाई के लिए ज़रूरी था...

कुछ शायद इसलिए कि मैं क्लासफ़ैलोज़ वाली बात झूठी कर रहा था, क्योंकि मैं इंजीनियरिंग का स्टुडैंट था और वे दोनों आर्ट्स के, और इसलिए मेरी आवाज़ में पूरा ज़ोर नहीं था, या इसलिए कि कुत्ता लगातार भौंक रहा था, और चाचा जी बीच-बीच में उसे डाँटकर कह रहे थे—शट-अप और उन्हें मेरी बात पूरी तरह समझ में नहीं आ रही थी...

"अच्छा जैसा तुम ठीक समझो..." आखिर चाचा जी ने कहा।

मैंने बिस्तर लपेटा। किताबें सँभालीं। अपनी गिटार उठाई। मेरे दोस्त मेरी चीज़ों को रूबी की गाड़ी में रख रहे थे। कुत्ता अभी भी भौंक रहा था, और चाचा जी उसे शट-अप...शट-अप...कहते थक गए लगते थे, क्योंकि फिर उनकी बड़ी थकी हारी-सी आवाज़ आई, वे कुत्ते से कह रहे थे, "प्लीज़! शट-अप!"

एक बार मुझे ऐसे लगा, जैसे वे कुत्ते को नहीं, मुझे मेरे झूठ बोलने पर कह रहे हों—प्लीज़! शट-अप...

2

विनोद और अशोक दोनों ने अपने बिस्तर हॉल में लगाए थे—एक ने एक कोने में दूसरे ने दूसरे कोने में। मैंने साथ वाले छोटे कमरे को अपना बना लिया।

बहुत रात तक मोमबत्ती जलती रही, पर उसे जलता हुआ छोड़कर सोया नहीं जा सकता था। आखिर बुझा दी।

मालूम था पेड़ों की ओर झाड़-झंखाड़ की सरसराहट आएगी पर उससे भी अलग कुछ अजीब आवाज़ें आ रही थीं। शायद नींद-सी आ गई थी, लगा, अभी कोई बाहर वाले बरामदे में से गुज़रा है। पाँवों की आवाज़ नहीं आती थी, सिर्फ़ दरवाज़े खुलने और भिड़ने की आवाज़ थी।

पता था, दरवाज़ों की कुंडियाँ नहीं थीं, इसलिए हवा से वे खुद ही खुल रहे थे और खुद ही बन्द हो रहे थे। दो-तीन बार बुझी हुई मोमबत्ती को मैंने जलाया। कुछ देर जलाए रखता, फिर बुझा देता। एक बार लगा—माचिस की तीलियाँ खत्म हो गई थीं, सिर्फ़ एक ही बाकी रह गई थी। इसलिए फिर मोमबत्ती नहीं जलाई। बची हुई तीली को 'एमरजैंसी' के लिए सँभाल रखा।

कल ज़रूर एक बैटरी लूँगा, मैंने सोचा और सोने की कोशिश करते हुए मुझे ख़याल आया, कल जब रूबी आकर हाल पूछेगा तो उसे कहूँगा, "रात को इस तरह आवाज़ें आती रहीं जैसे पिछले जन्म में से आ रही हों..."

अपने फ़िकरे पर मुझे खुद ही हँसी आ गई, फिर पता नहीं किस वक्त नींद आ गई।

मेरी नींद एक चीख सुनकर खुल गई। पहले तो आवाज़ पहचानी नहीं गई, फिर ख़याल-सा आया, वह अशोक की आवाज़ थी। चीख दूसरी बार नहीं आई। यह भी ख़याल आया, शायद मैंने कोई सपना देखा था। बिस्तर में से निकलकर मैं अशोक और विनोद को देखने हॉल के दरवाज़े में चला गया।

अशोक हँस रहा था। उसके हाथ में झाड़ू था। पर वह झाड़ू से फ़र्श नहीं साफ़ कर रहा था, सिर्फ़ उसे पकड़कर खड़ा था, और हँस रहा था।

"आई एम फ़्लर्टिंग विद माई फ़ियर।" अशोक ने मेरी तरफ़ देखकर कहा।

चीख सचमुच अशोक की थी, विनोद ने बताया। वे दोनों रात मुझसे पहले सो गए थे, इसलिए जल्दी जाग गए थे। अशोक पर 'आर्ट गैलरी' वाली बात इस तरह छाई हुई थी कि सुबह होते ही वह झाड़ू लेकर दीवारें पोंछने लगा था। कोनों में रह गए जालों की तरफ़ देखते हुए जब उसने एक दीवार की खुली खिड़की की तरफ़ देखा था—सामने एक भयानक शक्ल थी, और अशोक की चीख निकल गई थी...

पता लगा—पुरानी उजड़ी हुई हवेली में, रात की मोमबत्तियों की रोशनी ने, कोठी के आबाद होने की खबर दे दी थी और एक बूढ़ी मरियल-सी औरत सफ़ाई का काम पूछने के लिए सुबह-सुबह आ गई थी, और खिड़की में से अन्दर झाँकती किसी से बात करने की सोच रही थी...

यह फ़्लर्टेशन खत्म नहीं हुई, 'फ़ियर' एक हालत की तरह हमारा और उस हवेली का हिस्सा बन गया था। बैठे-बैठे हममें से किसी-न-किसी के मुँह से अचानक निकल जाता था—कौन है? लगता था अभी कोई इस अन्दर वाले दरवाज़े के पीछे था, अभी-अभी अलमारी की ओट में हो गया है...

हवेली में बिजली के तारों की फ़िटिंग नहीं थी, इसलिए बिजली का कोई सवाल नहीं पैदा होता था। अशोक ने एक चुस्ती की थी, पर तीन रातों से ज़्यादा वह काम नहीं आई। वह बाहर वाली सड़क के बिजली के खम्भे से तार जोड़कर हवेली में सीधे बिजली खींच लाया था, पर चौथे दिन ही कॉर्पोरेशन वालों ने वह तार देख लिया था और काट दिया था क्योंकि वह गैर-कानूनी था।

सो रोशनी गैर-कानूनी थी। हम कानूनी अँधेरे में फिर फ़ियर से फ़्लर्ट करने लगे थे...

सिर्फ़ खौफ़ से नहीं, भूख से भी। चाय का ढाबा भी हवेली के ज़्यादा नज़दीक नहीं था। वक्त-बेवक्त जब भूख लगती ढाबे पर जाने से, वहीं कमरे में बैठना आसान लगता, और एक को ऐसे बैठा देखकर दूसरे के मुँह से ज़रूर निकल जाता—सो यू आर फ़्लर्टिंग विद हंगर...

हवेली का गुसलखाना बहुत बड़ा था, पर था एक ही और उसमें एक खास नुक्स यह था कि पानी की टूँटी बिलकुल दीवार से लगी हुई थी, और वह भी ज़मीन से ज़्यादा ऊँची नहीं। उसके नीचे बैठकर नहाया नहीं जा सकता था और मग में पानी भर-भर कर नहाते देर लगती थी। पानी वैसे भी सारा दिन नहीं रहता था। सोचा—अगर एक टब हो तो पानी भरकर जमा कर लिया करें। पर टब खरीदने लायक पैसे किसी के पास नहीं थे...

इस बार विनी को एक ब्रिलियंट आइडिया सूझा (विनोद को अब हम विनी कहने लगे थे), कि आर्ट फ़ैकल्टीज़ के एक स्टोर में टब पड़ा हुआ था, जिसे कभी कोई इस्तेमाल नहीं करता था। स्टोर असल में एक कबाड़खाना-सा था, जिस पर कोई ताला नहीं लगा हुआ था। वैसे रात के वक्त बाहर एक पहरेदार ज़रूर हुआ करता था, पर विनी का ख़याल था कि अगर हम पहरेदार की आँख बचाकर, तीनों रात के वक्त वहाँ जाएँ, तो टब उठाकर ला सकते थे।

"लेट अस फ़्लर्ट ए लिटल विद थैप्ट..." विनी ने कहा था, और हम तीनों एक रात इसके लिए तैयार हो गए थे।

अँधेरे...पहरेदार...खौफ़...और टब का वज़न...हम तीनों पसीना-पसीना

हो गए थे, पर टब हमारे गुसलखाने में आ गया था।

"वाटर...स्वीट वाटर..." अशोक का गीत अभी गले में ही था कि हमें पता चल गया था—टब ने हमसे बेवफ़ाई की थी...

कम्बख्त टब में कितने ही सुराख थे...

दूसरे दिन हमने लुक लाकर टब को खूब मली, उसका मुँह सिर काला हो गया, पर उसके सुराख बन्द नहीं हुए। हमारा सारा प्लान बेकार हो गया। फिर वही छोटा-सा मग, और वही आधा सूखा और आधा गीला गुसल। एक कोई गुसलखाने में होता, दूसरा बाहर से आवाज़ देता—सो यू आर फ़्लर्टिंग विद वाटर...

कॉलेज पहुँचने से पहले ढाबे पर भी जाना होता था। कई बार भागकर पहुँचना पड़ता था, कॉलेज वाली सड़क पर कई और मिल जाते, हमें बेतहाशा भागते देखकर हँस पड़ते, पर हमने अपना एक टर्म बना लिया था, हाजर जवाब—वी आर फ़्लर्टिंग विद टाइम...

बातचीत का यह टर्म हमें बड़ा रास आया था। अशोक असल में एक मशहूर पेंटर का लड़का था, उसके लिए इस लाइन में कुछ भविष्य था। बाप की शोहरत से उसे कुछ बनी बनाई 'ज़मीन' मिल जानी थी, उसका 'वन मैन शो' भी आसानी से अरेंज हो जाता था, पर विनी को किसी तरफ़ से कोई सहारा नहीं था, उसे डिप्रैशन के फ़िट से पड़ते थे। पर बातचीत का यह टर्म उसे भी अच्छे मूड में ले आता था। वह रंग घोलता, कैनवस सामने रखता, कैनवस अच्छी पेंट न होती, तो भी वह कह सकता—आई एम फ़्लर्टिंग विद द फ़्यूचर...

असल में यह सिर्फ़ विनी की नहीं, हम सबकी हालत थी। हम सब अपने भविष्य से फ़्लर्ट कर रहे थे...

देश में पच्चीस हज़ार बेकार इंजीनियर—यह हक़ीकत मेरे और मेरे भविष्य के बीच काली दीवार की तरह खड़ी थी और मैं जैसे इस दीवार के ऊपर से, दूसरी तरफ़ अपने भविष्य की ओर झाँक रहा था। ऐसी दीवार तोड़ी नहीं जा सकती...दीवार के ऊपर से छलाँग नहीं लगाई जा सकती...फिर दूर-दूर से भविष्य की तरफ़ देखना फ़्लर्टेशन नहीं तो और क्या था...

पिछली बार मुझे अपने एक पेपर के बारे में कुछ शक था। इतना भर पता था कि अगर एक पेपर अच्छा न हुआ तो मैं अक्तूबर में फिर इस एक पेपर का एग्ज़ाम दे सकूँगा...और अगर अक्तूबर में भी मैं उसे क्लियर न कर सका तो अगले मार्च में करूँगा। पूरी तसल्ली के लिए मैंने एक दिन नलिन सूरी से पूछा था। पता लगा था कि वह पिछले तीन साल से दो पेपरों के लिए इसी तरह की जद्दोज़हद कर रहा था। मेरे पूछने पर उसने बताया—बेटा फ़िकर न कर, एक चांस इस अक्तूबर में, फिर अगला चांस अगले मार्च में फिर अगला चांस अगले

अक्तूबर में, फिर अगला चांस...'' और फिर वह ज़ोर से हँसते हुए कहने लगा, ''इससे ज़्यादा सलाह लेनी हो तो मेरे सीनियर स्टाफ़ मैंबर्स से कन्सल्ट कर—सुरेन्द्र, तापन, अजय...'' पता लगा इन सबको आठ-आठ नौ-नौ साल हो गए थे इंजीनियरिंग का कोर्स खत्म करते। इनमें से एक का इसी हालत में विवाह भी हो गया था, और बच्चा भी।

ये जवानी के बर्बाद होते हुए साल...माँ-बाप का पैसा...और फिर यह खबर कि मुल्क में पच्चीस हज़ार इंजीनियर बेकार...सचमुच हम सब अपने भविष्य से फ़्लर्ट कर रहे थे, सिर्फ़ कोई कम डेस्पॅरैटली और कोई ज़्यादा डेस्पॅरैटली।

3

अचानक एक अजीब घटना घट गई—एम.ए. फ़ाइनल की एक लड़की सविता का अपने क्लास-फ़ैलो रवि से विवाह हो गया।

विवाह किया नहीं, करना पड़ गया।

सविता की रवि से दोस्ती थी, साधारण दोस्ती। इस दोस्ती की पतली-सी पगडंडी पर एक दिन अचानक विवाह की गुफा आ जाएगी और उन्हें उस गुफा में पनाह लेने के अलावा और कोई चारा नहीं रह जाएगा, यह उन्हें मालूम न था।

इस घटना में विवाह को एक मंज़िल की जगह, गुफा ही कहा जा सकता है...

गुफा के बाहर एक तरफ़ एक गहरी खाई थी—कॉलेज से दोनों के एक्सपैल हो जाने की खाई, और दूसरी तरफ़ हाथों में लाठियाँ लिए खड़े हुए—सैडिस्टिक गार्जियंस ऑफ़ अवर कल्चर...

अगर दोनों एक्सपैल हो जाते, दोनों का कैरियर खत्म हो जाता। इत्तेफ़ाक यह था कि दोनों इंग्लिश लिटरेचर के ब्रिलियंट स्टुडेंट थे। सो खाई में छलांग नहीं मारी जा सकती थी...

दूसरा तरीका यह था—कि यूनिवर्सिटी के जो भी अधिकारी थे, उन्हें सच्चाई और मिन्नत से मनाया जाता। पर इस हादसे में न सच्चाई किसी काम आई थी, न कोई मिन्नत और न मुआफ़ी। इसीलिए उन अधिकारियों को हम अपने बन्द होंठों में यह तो कह सकते थे—सैडिस्टिक गार्जियंस ऑफ़ अवर कल्चर, पर मुँह खोलकर कुछ नहीं कह सकते थे...

सो तीसरी और आखिरी राह एक ही रह गई थी—कि सविता और रवि,

जल्दी से भाग कर विवाह शब्द की गुफा में घुस जाएँ...

एक शाम हम कुछ लड़के और लड़कियाँ एक नहर के किनारे गए थे। सब के पास मिल-मिलाकर चार मोटर साइकिल थे, पर हम गिनती में दस थे। एक-एक मोटर साइकिल पर हिसाब से सिर्फ़ दो-दो बैठ सकते थे, पर बाकी दो को भी किसी तरह साथ ले जाने के लिए, दो मोटर साइकिलों पर तीन-तीन बैठे। जाती दफ़ा बड़ी ठीक तरह से पहुँच गए थे, पर आती दफ़ा अँधेरा था। एक मोटर साइकिल, जिस पर तीन बैठे हुए थे और जिनमें रवि भी था, उलट् गया। लैग-गार्ड ने कॉफ़ी बचाव कर दिया था, पर रवि के सिर में कुछ ज़्यादा चोट आ गई थी। बाकी दोनों के हाथों पर मामूली खराशें आई थीं। रवि होस्टल में नहीं रहता था, बाहर कमरा लेकर रहता था, इसलिए हम सब रवि को छोड़ने गए। रवि के सिर को पट्टी की ज़रूरत नहीं थी पर उसके सिर में दर्द बहुत था—शायद अंदरूनी चोट थी। सविता उसकी क्लासफैलो भी थी और हम सबसे ज़्यादा उसकी दोस्त भी, वह उस रात अपने होस्टल में वापस जाने की जगह, रवि की देखभाल के लिए उसके कमरे में रह गई।

ईमान की बात थी—हममें से किसी को किसी खतरे का ख़याल तक नहीं आया था। यहाँ तक कि सुबह जब सविता अपने होस्टल में गई तो वार्डन को अपनी रात की गैरहाज़िरी का कारण बताते हुए भी उसे कोई झूठ बोलने का ख़याल तक नहीं आया था।

वार्डन ने उसकी रिपोर्ट कर दी, और रिपोर्ट के जवाब में सुनवाई थी...

''वह बिलकुल गैर लड़का था...वह सविता का भाई या कज़िन होता तो बात और थी, या वह सविता का मंगेतर होता तब भी और बात थी, पर वह बिलकुल गैर लड़का था...इस सवाल का क्या जवाब हो सकता था...''

वह भाई नहीं हो सकता था, उसे अगर कुछ बनाया जा सकता था तो सिर्फ़ मंगेतर बनाया जा सकता था। सो जिस वक्त दोनों के एक्सपैल हो जाने की नौबत आई, तो दोनों को कहना पड़ा कि वे दोनों मंगनी कर चुके थे और शादी करने वाले थे।

पर अगर विवाह वाली बात को सिर्फ़ विवाह के इकरार तक ही रखा जा सकता...

नौबत यहाँ तक आ गई थी कि दोनों के माता-पिता को खत लिखकर अधिकारियों की तरफ़ से इस बात की तसदीक की जा रही थी, और यह तो पता ही था कि जब तसदीक हुई तो यह खबर गलत निकलेगी...

दोनों बालिग थे, इसलिए सिर्फ़ यह रास्ता रह गया था कि दोनों जल्द-से-जल्द शादी कर लें, और जब तक माँ-बाप इस खबर को गलत कहें, उससे पहले यह खबर ठीक हो चुकी हो...

इसके बिना, हममें से किसी को, कुछ नहीं सूझ रहा था। फिर भी घबराहट इतनी थी कि जल्दी से यह भी नहीं हो रहा था...

अधिकारियों की ओर से, दोनों के माता-पिता को खत जा चुके थे...

और फिर अचानक उससे भी अजीब हालत आ गई। सविता की एक सहेली ने देखा कि सविता के माता-पिता बड़े घबराए हुए, अपने शहर से चलकर हमारे शहर, हमारी यूनिवर्सिटी में, सविता से मिलने आ गए थे। वे बाहर वेटिंग-रूम में थे कि सविता की सहेली ने भागकर अन्दर सविता को खबर दी।

सविता को पता था कि वह अपने माँ-बाप को किसी बात के लिए भी राज़ी नहीं कर सकेगी। शायद वे गुस्से में, उसी वक्त, उसे वापस घर ले जाएँ। वह कम्बख्त क्लास में इतनी ब्रिलियंट भी थी कि यूनिवर्सिटी में टॉप करने की सोच रही थी। वह पढ़ाई छोड़ने के ख़याल से तड़प उठी। उसने अपनी सहेली को, सामने लड़कों के होस्टल में एक लड़के के पास भेजा कि वह बहुत जल्दी किसी तरह रवि को बुला लाए। रवि, और हम सब उसके दोस्त, किसी वक्त भी अचानक कोई खतरा आ पड़ने के ख़याल से सचेत थे। हम सब सामने होस्टल में ही बैठे हुए थे। जब इस हालत का पता चला तो हममें से एक भाग कर टैक्सी ले आया। सविता होस्टल की पीछे वाली सीढ़ियों से उतरकर बाहर आई और हम सब उसे टैक्सी में बिठाकर, किसी मंदिर में किसी पंडित को ढूँढ़ने निकल पड़े।

पंडित ढूँढ़ लिया, पर उसने हमारी हालत का अनुमान लगा लिया था। दोनों बालिग दिखाई देते थे, पर पंडित ने हमसे विवाह करवाने के लिए डेढ़ सौ रुपये माँगे।

अजीब सिचुएशन थी। न रवि के पास इतने पैसे थे, न सविता के पास। हम सबने अपनी-अपनी जेबें टटोलीं, और जो कुछ जिसकी जेब में था निकाल कर इकट्ठा कर लिया। डेढ़ सौ रुपये तो बन गए, पर अब हम पंडित के आगे इसीलिए हाथ जोड़ रहे थे कि वह जल्दी करे!

पंडित का शायद पहले भी इस तरह की बातों से वास्ता पड़ चुका था, वह इत्मीनान से मुस्करा रहा था, और हवन की आग जला रहा था...

"पंडित जी महाराज! हाथ जोड़ते हैं, जल्दी कीजिए!" हमने ऐसे हाथ अपने प्रोफ़ेसरों के आगे भी जोड़े थे, पर किसी काम नहीं आए थे। खैर, अब पंडित के आगे जोड़े हाथ कुछ काम आ रहे थे...

पंडित को हम जैसों से जो वास्ता पड़ता रहा था, उसने उसको अजीब-सी अंग्रेज़ी सिखा दी थी। इस घबराहट में भी हम सब खिलखिलाकर हँसे बिना न रह सके, सविता सबसे ज़्यादा, जिस वक्त पंडित ने कहा, "डोन्ट वरी, आई एम ए शर्टकट पंडित..."

संस्कार भी अजीब होते हैं। हम सब जहाँ इतना कुछ अनरवायती करने के

लिए तैयार थे, वहाँ जब एक के मुँह से निकला, "सविता ने सफ़ेद साड़ी पहन रखी है, लाल रंग की चाहिए थी, तो हम सब सफ़ेद साड़ी का वहम करने लगे, बिलकुल लाल रंग की तो नहीं पर सविता की एक सहेली ने लाल किनारे वाली पहन रखी थी, हमने सविता से कहा कि वह अपनी सहेली से साड़ी बदल ले। सहेली ने साड़ी भी बदल ली और पर्स में से लिपिस्टिक निकाल उसके रंग से सविता के माथे पर बिन्दी भी लगा दी। हममें से एक, सविता का धर्म-भाई बना, और उसने पंडित के कागज़ों पर बतौर गवाह दस्तखत किए—इसी तरह एक ने रवि की ओर से गवाही भरी, और शुक्र मनाया जिस वक्त पंडित ने पन्द्रह-बीस मिनट कुछ मंत्र पढ़ने के बाद, उन दोनों कागज़ों पर अपने दस्तखत किए, और एक कागज़ हमें पकड़ा दिया।

विवाह पूर्ण हो गया, अब सविता के माँ-बाप से निबटना था। रवि की माँ ज़िंदा नहीं थी, और बाप ने न यूनिवर्सिटी के खत का जवाब दिया था, न अभी तक खुद आया था, इसलिए अभी उसकी फ़िक्र नहीं थी पर सविता के माँ-बाप शहर में पहुँच चुके थे, और हम सोच रहे थे कि इस वक्त सविता को होस्टल में न पाकर ढूँढ़ रहे होंगे...

सविता को साथ लेकर हम सब रवि के कमरे में आ गए। विवाह का शगुन करना भी हम भूले नहीं थे। हममें से एक बाज़ार जाकर कुछ मिठाई ले आया, और हम रवि के कमरे में बैठकर रवि के स्टोव पर चाय बनाने लगे...

हम हर आहट पर चौंक उठते थे कि सविता के माँ-बाप, ढूँढ़ते-ढूँढ़ते, अभी यहाँ आए कि आए...

एक लड़का खबर लाया कि सविता की माँ होस्टल में बैठी हुई थी और रोये जा रही थी और सविता का बाप बहुत गुस्से में था, उसने पूछताछ कर रवि का नाम और उसके बाप का नाम पता कर लिया था, और वह रवि को ढूँढ़ने से पहले उसके बाप को ट्रंककॉल कर रहा था...

हम सविता और रवि के मुँह में मिठाई दे रहे थे। विवाह के शगुन भी कर रहे थे और घबरा कर बार-बार खिड़की में से बाहर की ओर भी देख रहे थे कि यहाँ कोई पहुँचा कि नहीं...

या रह-रह कर शादी का सर्टिफ़िकेट देख रहे थे कि वह सबूत हमारे पास है या नहीं।

एक लड़के ने बहुत चुस्ती की थी। पंडित जिस वक्त हवन की आग जला रहा था, वह भागकर अपना कैमरा ले आया था, और उसने रवि और सविता की, पंडित और हवन की आग के समेत, कुछ तस्वीरें ले ली थीं। पता नहीं तस्वीरें बहुत अच्छी आई थीं कि नहीं पर यह भरोसा था कि कुछ फीकी गहरी आई ही होंगी...

एक लड़का यूनिवर्सिटी के दफ़्तर में जाकर फिर खबर लाया कि सविता के बाप ने रवि के बाप को ट्रंककॉल करके बड़े गुस्से में यह धमकी दी थी कि अगर उसके लड़के को उसके हाथों आज कुछ हो गया तो वह ज़िम्मेदार नहीं होगा।

"माई गॉड!" सविता यह सुन रोने-रोने को हो आई...

रवि भी घबराया, पूछने लगा, "मेरे बाप ने क्या कहा?"

लड़का बताने लगा, "मुझे टेलीफ़ोन से मिला जवाब सुनाई नहीं दे सकता था, पर सविता के पिता ने जब गुस्से में टेलीफ़ोन का रिसीवर पटककर रखा, तो वह टेलीफ़ोन में से मिले जवाब को बड़े गुस्से से दुहरा रहा था, इसलिए मैंने सुना कि जवाब यह मिला, डौंट बॉदर मी, आई डोंट केअर इफ़ समथिंग हैपिन्स टु माई सन।"

"माई गॉड," यही दो शब्द रह गए थे, जिन्हें कभी सविता दुहरा लेती थी, कभी रवि और कभी हममें से कोई।

ख़याल आया—आखिर सविता का बाप रवि के कमरे को अभी या ज़रा ठहर कर ढूँढ़ लेगा। पर अगर हममें से दो लड़के उसके पास जाकर, उसे खुद ही सब कुछ बता दें और यहाँ ले आएँ तो शायद उसका गुस्सा कुछ कम हो जाएँ और हालत कुछ सँभल जाएँ...

पर जाएँ कौन? रवि के जाने का सवाल ही नहीं पैदा होता था। और भी किसी की हिम्मत नहीं हो रही थी।

और ऊपर से सविता कह रही थी, "मेरा बाप कुछ भी कर सकता है। उसके पास पिस्तौल का लाइसेंस है। हो सकता है कि वह जेब में पिस्तौल लाया हो..."

कुछ समझ में नहीं आ रहा था। पर आखिर सामने तो होना ही था—चाहे हम खुद उसके पास जाते, और चाहे वही हमें ढूँढ़कर यहाँ आ जाता। पर यह ज़रूरी लग रहा था कि अगर हम खुद उसके पास जाएँ तो शायद कुछ फ़र्क पड़ जाए...

सबकी नज़र मेरी तरफ़ थी। सबकी राय थी कि जिस तरह इत्मीनान और दलील से मैं बात कर सकता था, उस तरह किसी और से नहीं होगी। इनकार करने का वक्त नहीं था, मैं मान गया। हममें से दो जो बहुत लम्बे, ऊँचे कद के लड़के थे, वे मेरी हिफ़ाज़त के लिए चुने गए। उन्हें मेरे साथ जाना था, बहुत कुछ कहना नहीं था, सिर्फ़ मैं जो कुछ कहूँ, उसकी तस्दीक करनी थी। और यह ख़याल रखना था कि अगर वह किसी तरह गुस्से में आकर मुझ पर हाथ उठाने लगे, तो वे मुझे बचा लें...

सविता के बाप को लेकर जब वापस आएँगे, उस मौके के लिए भी सोचा कि जिस कुर्सी पर उसे बिठाएँगे, वे दोनों लड़के उस कुर्सी के पीछे खड़े हो जाएँगे—

और तैयार रहेंगे कि सविता का बाप अगर गुस्से में आकर जेब में से पिस्तौल निकालने लगे, तो वे पीछे से एकदम उसकी बाँहें पकड़ लेंगे...

पता नहीं क्या हादसा होने वाला था और क्या नहीं, पर हम यह सब कुछ बचाव के लिए सोच रहे थे...

ऐसे खौफ़नाक मौके पर भी हमारी सैंस ऑफ़ ह्यूमर शायद खोई नहीं थी। एक कहने लगा, "अगर सविता के बाप ने ऐसे ही रूमाल निकालने के लिए जेब में हाथ डाला, और ऊपर से तुम दोनों झपट पड़े और उसकी बाँहें पकड़ लीं तो फिर..."

हम सब रोने-रोने को भी हो रहे थे और हँस भी रहे थे...

फिर तीनों, एक मैं और मेरे दोनों रक्षक, सविता के बाप से मिलने गए। जाकर हाथ जोड़े, नमस्ते की और बड़ी नम्रता से कहा, "हम सविता और रवि के दोस्त हैं, आपको लेने आए हैं!"

वह कुछ बोला नहीं, बड़ी देर तक हमारे चेहरों को घूरता रहा। फिर कहने लगा—"सो यू आर दि मेंबर्स ऑफ़ दि गैंग..."

मालूम था, जितनी कम बात करूँगा, उतना ही अच्छा रहेगा। जवाब में सिर्फ़ वही शब्द दुहराए—"हम उनके दोस्त हैं।"

'उन' से उसे अभी वास्ता नहीं था, सिर्फ़ सविता से सरोकार था। पूछने लगा—"ह्वेयर इज़ शी?"

"वह होस्टल में नहीं, अपने घर है," बड़ी सादगी से जवाब दिया। इससे रवि के कमरे को सविता का घर कह कर, विवाह की खबर के लिए भी उसे इशारा दे दिया था, और स्वाभाविकता के लिए भी, जो ऐसी हफड़ा-तफड़ी में हुए विवाह की ही नहीं बल्कि स्वाभाविक विवाह का अंग होती है।

वह कुछ देर उसी तरह चुप बैठा रहा, और हमारी तरफ़ देखता रहा। हमारे चेहरों पर किसी तरह की शोखी का या किसी तरह की शरारत का भाव नहीं था। अचानक उसने मुझसे पूछा कि मैं काहे का स्टुडैंट था, किस साल में था?

"चौथे साल में, इंजीनियरिंग स्टुडैंट," जवाब दिया। और बाकी दोनों लड़कों के बारे में भी उसके सवाल का जवाब दिया, "दोनों आर्कीटैक्चर के स्टुडैंट हैं, फ़ाइनल ईयर।"

"सो यू आर बिल्डर्ज़ ऑफ़ अवर कंट्री?" उसने बड़े व्यंग्य से कहा—और फिर उठ कर हमारे साथ चल पड़ा।

माँ के बारे में भी कुछ कहना था, इसलिए बड़ी नम्रता से पूछा, "सविता की माता जी भी आई होंगी?"

"हाँ, माता जी, पिता जी, दोनों आए हुए हैं।" उसने फिर बड़े व्यंग्य से

कहा, पर हमारे साथ अकेला बाहर सड़क पर आ गया। (बाद में सविता से पता लगा था कि वह सविता की माँ को उस वक्त जानबूझकर साथ नहीं लाया था कि वह वहाँ जाकर सिर्फ़ रोना शुरू कर देगी और कोई बात नहीं सुनने देगी।)

हम वापस रवि के कमरे में पहुँचे, तो रवि ने जल्दी से उठकर उसके पाँव छुए। उसने बड़े गौर से रवि को देखा, फिर पाँव पीछे कर लिए। सिर्फ़ कहा—"सो यू आर दि जैंटलमैन!"

रवि जवाब में सिर्फ़ हाथ जोड़े हुए था। और हम सब दोस्त, समेत सविता के, उसके जुड़े हुए हाथों की तरह, चुपचाप खड़े थे।

मेरा ख़याल है—वह बड़ी देर तक और किसी की तरफ़ नहीं, सविता की तरफ़ भी नहीं, सिर्फ़ सविता के माथे पर लगी हुई बिन्दी की तरफ़ देख रहा था...

"आई वांट टु टॉक टु यू एलोन," उसने कॉफ़ी देर की चुप के बाद सविता से कहा।

हम सब दोस्त, समेत रवि के, कमरे से बाहर चले गए। मन में डर भी था, दूर नहीं गए थे, सिर्फ़ कमरे के बाहर बरामदे में। और कमरे की दीवार से इस तरह कान लगाकर खड़े हो गए थे—कि अगर कोई खतरे की बात कानों में पड़े, तो अन्दर जाकर सविता को बचा सकें।

सुन सकते थे—उसका पहला सवाल था कि हम लोग कौन थे? शरीफ़ लड़के थे कि नहीं? और आखिरी सवाल था कि यह विवाह सविता की मर्ज़ी से हुआ था कि उसके साथ कोई ज़बर्दस्ती की गई थी?

यह एक बाप की आवाज़ थी, बड़े जायज़ सवाल थे, सिर्फ़ हमने ही नहीं, सविता ने भी बाप से ऐसी आशा नहीं की थी, शायद इसलिए कि सविता भी हमारी तरह, पिछले दिनों सभ्यता के रक्षकों की तरफ़ से हमारे साथ जो सलूक किया जा रहा था, उससे इतना डर गई थी कि उसका अपने बाप में भी विश्वास नहीं रह गया था...

कोई हादसा नहीं हुआ। हमने घबरा कर सविता और रवि के विवाह वाला जो हल ढूँढ़ा था, उसके बाप ने उसे कबूल कर लिया था—हमारे खौफ़ को समझ लिया था।

हमें पश्चाताप-सा हुआ कि हमने एक अच्छे आदमी को ख़्वाहमख़्वाह परेशान किया, यह सब कुछ हम उससे पूछकर और उसकी मर्ज़ी से कर सकते थे, पर शायद इसमें हमारा ज़्यादा कसूर भी नहीं था...

सैडिस्टिक गार्जियंस ऑफ़ अवर कल्चर...हम उनके लिए दाँत पीसकर सिर्फ़ यही शब्द दुहरा सकते थे, जिन्होंने हमारे विश्वास को इस तरह तोड़ा था कि सविता जैसी लड़की अपने बाप में भी विश्वास करने से घबरा गई थी...

4

मालूम नहीं, कहाँ क्या गलत है...

स्टुडैंट हिन्दू हो, उसे मालूम रहता है कि उसे मुसलमान प्रोफ़ेसर के पेपर में कम नम्बर मिलेंगे...

स्टुडैंट मुसलमान हो, उसे पता होता है कि उसे हिन्दू प्रोफ़ेसर के पेपर में कम नम्बर मिलेंगे...

गुजराती प्रोफ़ेसर को पंजाबी स्टुडैंट पसन्द नहीं...

बंगाली प्रोफ़ेसर को गुजराती स्टुडैंट पसन्द नहीं...

साउथ इंडियन प्रोफ़ेसर को...

हर मज़हब भी शायद एक गढ़ा है, हर प्रांत भी एक गढ़ा है, और हर भाषा भी शायद एक गढ़ा है...पाँव कभी किसी गढ़े में जा पड़ता है, कभी किसी गढ़े में।...

पर चोट सदा माथे पर लगती है, मेरा मतलब ख़यालों को लगती है...

तनवीर को पता है, उसे इस साल भी पास नहीं होने दिया जाएगा। यह सिर्फ़ तनवीर को नहीं, सबको पता है, पर कोई कुछ नहीं कर सकता...

हम सब दोस्त तनवीर को पिछले साल समझाते थे, पर इस साल समझाने वाली बात नहीं रही, समझने वाली बन गई है...सिर्फ़ यह पता नहीं चलता कि हमारे समझने वाली, या किसी और के समझने वाली...

मिस्टर जोसेफ़, उसका प्रोफ़ेसर, मालूम नहीं किस जन्म से दुखी है, कि इस जन्म में वह हँसने की कोशिश भी करता है तो रोने-रोने को हो जाता है। पिछले साल उसने एक दिन क्लास में यही कोशिश की थी...

कोई बड़ा पूअर जोक उसने क्लास में सुनाया था, लड़के उसे खुश करने के लिए हँस पड़े, जैसे उसके मज़ाक की दाद दे रहे हों, पर तनवीर नहीं हँसा था। तनवीर की शोहरत थी कि वह अपनी उमर के लड़कों से ज़्यादा समझदार था, और मिस्टर जोसेफ़ के ख़याल में उस समझदार लड़के से दाद न मिलना, उसकी तौहीन थी...

तनवीर के ख़याल से अगर वह घटिया मज़ाक की दाद देता है तो मिस्टर जोसेफ़ की तौहीन करता है, पर दाद न देना तौहीन बिलकुल नहीं थी, और उसके ख़याल में अब मिस्टर जोसेफ़ का इस तरह बदला लेना, दुनिया का सबसे घटिया मज़ाक था...

"मिस्टर जोसेफ़ खुदा का सबसे घटिया मज़ाक है," यह सोचने के सिवा हम क्या कर सकते थे? कहीं सुनवाई नहीं थी। सिर्फ़ उसके पास से गुज़रते हुए या

उससे बात करते हुए, कई लड़के उसे मिस्टर जो...कह लेते थे। लगता था यह मिस्टर जो...जैसे मिस्टर जोसेफ़ के लिए हों, पर यह मिस्टर जोक के लिए होता था, सिर्फ़ 'क' शब्द को किसी के कानों तक पहुँचने से पहले ही, इधर हवा में गिरा देना होता था...

हवा में मालूम नहीं क्या-क्या गिराना पड़ता है, और क्या-क्या गिराना पड़ेगा...

हमारे पास सिर्फ़ कुछ शब्द थे हवा में गिराने के लिए, कुछ शब्द, कुछ हसरतें, कुछ शिकवे, कुछ गुस्सा, बस...पर मिस्टर जोसेफ़ तनवीर की उमर के साथ हवा में गिरा रहा था। पिछला साल गिर चुका था, यह साल भी गिरता दिखाई देता था...

उस दिन जब तनवीर आया था, बेकसी का एहसास ले आया था। हम सब—विनी, अशोक और मैं—एक फ़िल्म देखने जा रहे थे, तनवीर को भी ले गये। वहाँ पहुँच कर टिकट खरीदने के बाद एक अजीब बात सूझी—"लैटअस फ़्लर्ट विद वल्गेरिटी," ख़याल अशोक का था, पर सबको मंजूर था।

हम सबने अपनी-अपनी टिकट अजीब-अजीब जगह रख ली। गेट के पास पहुँचे, गेट-कीपर ने हाथ बढ़ाया। सबसे आगे तनवीर था, उसने गेट-कीपर की तरफ़ ऐसे देखा जैसे उसे बात समझ में न आई हो। गेट-कीपर ने कुछ गुस्से में उसके कंधे पर हाथ रखकर कहा—मिस्टर! टिकट...

तनवीर के चेहरे पर गुस्सा बिलकुल नहीं था, पर वह एक मिनट एकटक गेट-कीपर के मुँह की तरफ़ देखता रहा, और फिर झुककर पाँव के एक बूट का तस्मा खोलने लगा।

गेट-कीपर ने घबरा कर उसके कंधे पर से हाथ हटा लिया, और उछल कर ऐसे पीछे हुआ जैसे तनवीर अभी पाँव में से बूट उतार कर उसे मार देगा।

गेट-कीपर के मुँह का रंग देखने वाला था। तनवीर बिलकुल शांत था, संजीदा, जैसे हर हरकत स्वाभाविक हो। उसने आराम से एक बूट उतारा, फिर जुराब उतारी, और उसमें से टिकट निकालकर, बड़े आराम से गेट-कीपर के हाथ में पकड़ा दिया।

उसके बाद मैं था। मैंने हाथों में दस्ताने पहन रखे थे। पहले मैंने भी एक मिनट गेट-कीपर के मुँह की तरफ़ ऐसे देखा, जैसे टिकट दिखाने वाली बात मुझे याद ही न हो। फिर आराम से एक हाथ का दस्ताना उतारा, और अन्दर से टिकट निकाल कर उसे दे दिया।

हम चारों के चेहरों पर हँसी-मज़ाक का कोई निशान नहीं था। इस बार गेट-कीपर ने ही ज़रा मुस्कराने की कोशिश की, पर पहले खौफ़ से अभी वह इतना नहीं सँभल सका था कि मुस्करा सकता। अभी तक वह यह शुक्र मना रहा था कि

किसी मनचले ने कोई नाजायज़ हरकत नहीं की थी।

मेरे पीछे अशोक और विनी थे। उनकी बारी आई तो वे दोनों अपनी-अपनी पैंट के बटन खोलने लगे। इस बार गेट-कीपर का हाल देखने वाला था, वह उछल कर पीछे हटा तो उसका सर दरवाज़े से जा टकराया। इतने में अशोक और विनी ने पैंट के बटन खोल लिए थे, और अपना एक-एक हाथ पैंट के अन्दर डाल एक-एक टिकट निकाल लिया था...

बस इस तरह के बेमाने मज़ाक से हमने मिस्टर जोसेफ़ के बेमाने मज़ाक का गुस्सा निकाला, पर यह गुस्सा नहीं था, गुस्सा-सा था...

गुस्सा निकालने की कोई राह नहीं, तनवीर के खोए हुए साल को ढूँढ़ने की भी कोई राह नहीं...

फ़िल्म देखने के बाद, वापसी पर रूबी ने अपने घर बुलाया था। वहाँ आए हुए लड़कों में से कई हमारे कॉलेज के थे, कई बाहर के भी थे, शायद रूबी की कज़िन, पता नहीं। लड़कियाँ भी थीं। मेरे लिए 'ब्लूज' का यह पहला तजुरबा था। यह शब्द सुनने का भी पहला तजुरबा...

''वी विल हैव ब्लूज,'' रूबी ने कहा था, मुझे एक सिगरेट ऑफ़र किया था। मैंने सिगरेट को आम सिगरेट समझ पकड़ लिया था, इससे ज़्यादा मुझे कुछ पता नहीं चला था पर आधे के लगभग सिगरेट पी लेने के बाद जब मेरे सिर को चक्कर सा आया, मुझे सिगरेट में पड़ी हुई चरस का पता चला।

तनवीर ने शायद दो सिगरेट पिए थे। कमरे में मंकी म्यूज़िक बज रहा था, वह डांस करने लगा। उसकी फ़रमाइश पर रूबी ने 'सिलिएस्ट' गीत का टेप लगा दिया था : इट इज़ टू इज़ी हमिंग सांग्व टू ए गर्ल यैलो-ड्रैस...

यह एक अजीब इत्तेफ़ाक था कि कमरे में बैठी लड़कियों में से एक ने सचमुच पीली जीन्स और पीला ब्लाउज पहना हुआ था, ज़ाहिर था कि चरस वाला सिगरेट उसने भी पी रखा था। वह उठकर तनवीर के साथ डांस करने लगी। 'गर्ल इन यैलो-ड्रैस' शायद उसे अपनी बात लगी थी। आगे गीत बेसिर-पैर का था, पर आवाज़ें बहुत गहरी और भरी-भरी थीं...

इट हैज़ बीन ए लॉन्ग टाईम सिंस दि
पार्टी एंड दि रूम इज़ इन मैस
ह्वाई डॉन्ट यू कट योर हेयर...

तनवीर इन वक्त मूड में था। था नहीं, लगता था। गीत खत्म हो गया, वह फिर भी पीली जीन्स वाली लड़की के साथ डांस करता रहा। इस वक्त वह खुद गा रहा था :

यू वाक-आउट ऑन मी
ह्वेन वी बोथ डिसएग्री

बिकॉज़ टु रीज़न इज़ नॉट–ह्वाट यू केयर फ़ॉर...

पीली जीन्स वाली लड़की चरस के नशे में थी, उसने गीत के अर्थों की ओर ध्यान नहीं दिया, पर तनवीर के गीत से ज़ाहिर था कि उसके मन की दुखती जगह अभी दुख रही थी...

वापसी पर, मुझे याद है, तनवीर सड़क पर चलता गुनगुना रहा था, 'एंड लाईफ़ इन इन ए मैस'—रूम शब्द की जगह लाईफ़ शब्द उसने सोच कर नहीं लगाया, अपने आप लग गया था...

5

शीरीन से मेरी दोस्ती एक खत से शुरू हुई।

यह मेरा खत, शीरीन के लिए लिखा हुआ नहीं था, अपनी माँ के लिए था। माँ को बड़े दिनों से खत नहीं लिखा था, इसलिए उसे खुश करने के लिए एक आइडिया सोचा। और किसी के लिए चाहे मैं कुछ भी न होऊँ, पर माँ के लिए 'इम्पॉर्टेण्ट' था, यह पता था। इसलिए फ़ुलस्केप साइज़ का एक कागज़ लेकर अखबार के पहले सफ़े की शक्ल दी। अखबार का नाम रखा—*दि टाइम्स ऑफ़ कपिल*।

माँ हर बात जानना चाहती थी—मेरी सेहत, पढ़ाई, दोस्ती, छुट्टियों में घर आने की तारीख, और पैसों की ज़रूरत। सो बड़ा बना-संवार कर अखबार का नाम लिखा, उसके नीचे उस दिन की तारीख डाली, ऊपर उस अखबार के ईस्टेब्लिश होने की तारीख, अपने जन्म की तारीख डाली—उस दिन से इक्कीस साल पहले की। और इस अखबार की सबसे अधिक सेल जहाँ होती है, वहाँ माँ का एड्रेस लिख दिया।

अखबार के छः कॉलम थे। दो कॉलम में मोटा-सा हैडिंग लिखा, 'मेजर फ़ाइनेन्शल क्राइसिस', नीचे खबर लिख दी कि माइक्रोस्कोप से देखने पर पता लगा है कि जेब में पैसे खत्म हो गये हैं...

माँ को मेरी स्टडी की फ़िक्र थी, इसलिए अखबार में एक अपना स्केच बनाया—मेज़ पर खूब किताबें पड़ी हुई हैं, और लड़का बड़े ध्यान से सिर नीचा किए पढ़ रहा है। सामने एक लड़की का स्केच भी बना दिया, जिससे ज़ाहिर था, कि सामने लड़की भी खड़ी हो तो भी लड़का उधर ध्यान नहीं देता, अपने में मग्न पढ़ता रहता है।

नीचे खबर लिखी—मदर मे ऑर्डर वन मंथ स्टडी पाज़...

माँ को फ़िक्र रहती थी कि मैं रोज़ सिर्फ़ चाय पीता हूँ कि दूध भी, इसलिए खबर लिखी—नो इनक्रीज़ इन दि मिल्क प्राइस, मास्टर टेक्स ए ग्लास ऑफ़ मिल्क एवरी डे...

पिछली छुट्टियों में माँ ने चैस खेलने से मना किया था, इसलिए एक कॉलम में यह भी खबर लिखी—मास्टर रिज़ॉइंस फ्रॉम चैस...

माँ को अच्छी किताबें पढ़ना बहुत अच्छा लगता है, इसलिए इस अखबार की 'न्यूज़ सर्विस' की तरफ़ से खबर भेजी कि घर की अलमारियों के खाने खाली किए जाएँ क्योंकि मास्टर ने प्लेटो से लेकर कामू और हैनरी मिलर तक की बहुत सारी किताबें खरीद ली हैं, और घर का एक पूरा कमरा लाइब्रेरी बनने वाला है।

'वेदर रिपोर्ट' भी लिखी—ऑप्टिमिज़्म एबव नॉर्मल इन दि मेजर पार्ट्स ऑफ़ दि माइंड, विद ए फ़्यु स्कैटर्ड शॉवर्ज़ ऑफ़ डिप्रेशन। (दिमाग के ज़्यादातर हिस्सों में आशावाद सामान्य से ज़्यादा, निराशा के दो चार छींटों के साथ।)

मौसम के बारे में पेशीनगोई भी की—ए स्टेडी इनडल्जैंस इन दि प्रिपेरेशन ऑफ़ दि एग्ज़ाम्ज़।

अखबारों में इश्तिहार भी रहते हैं—इसलिए एक कोने में इश्तिहार दिया—'वाण्टेड', और साथ में लिखा—प्रोमोशन फ्रॉम दि फ़ोर्थ ईयर इंजीनियरिंग...

'लेट न्यूज़' भी ज़रूर देनी थी, माँ को मेरे रोज़ अच्छी तरह नहाने और कपड़े बदलने की फ़िक्र रहती थी। इसलिए खबर दी—मास्टर चेन्जिंग हिज़ अण्डर-क्लाथिंग्ज़ आफ़्टर ए गुड बाथ...

यह सब लिखकर कागज़ मेज़ पर रखा था, पोस्ट करने वाला था कि शीरीन आ गई...

हमारी हवेली अब तक एक क्लब-सा बन गई थी। होस्टल के लड़के-लड़कियाँ अक्सर शाम को यहाँ आ जाते थे। लड़कियों ने साढ़े आठ तक होस्टल लौटना होता था। (सैटर्डे-संडे साढ़े दस बजे तक) इसलिए हमारी हवेली की शाम बड़ी बारौनक होती थी। शीरीन पहले भी आया करती थी, मेरी वाकिफ़ थी, पर वाकिफ़ से ज़्यादा नहीं थी। उसने उस दिन मेरे कमरे में आकर वह अखबार पढ़ा। मेरा मतलब है मेरा वह खत पढ़ा। पहले 'ब्रिलियंट जर्नलिस्ट' का खिताब-सा दिया, फिर मेरा हाथ पकड़कर डांस करने लगी...

रूबी ने अपना रिकॉर्ड-प्लेयर लाकर इस हवेली में रख दिया था। अक्सर हर शाम को वह भी ज़रूर आता था। उसके खोये हुए होस्टल के दिन उसे शायद फिर मिल गए लगते थे। अपनी-अपनी मर्ज़ी का एक-एक रिकॉर्ड हम सबने भी खरीदा था पर ज़्यादा रिकॉर्ड रूबी के थे : शीरीन ने हॉल में जाकर एक रिकॉर्ड लगाया—आई एम सो हैप्पी आई कुड फ़्लाई...और फिर मेरा हाथ पकड़कर, डांस करती हुई मुझे हॉल में ले गई...

हॉल में और भी कई थे, पर शीरीन मेरे साथ डांस करती रही, बड़ा क्लोज़। यह पहला दिन था, जब मैंने एक लड़की को इतना करीब से देखा था।

शीरीन पारसी लड़की है। एक पारसी लड़का उसका बड़ा दोस्त था, मुझे पता था, पर उसका अपना पारसी होना शीरीन को मालूम नहीं क्यों इस तरह याद आया (उसका पारसी होना, या मेरा पारसी न होना) कि उसने डांस करते-करते ज़ोर से एक घूँसा मेरी छाती पर दे मारा, और कहने लगी—"तुम पारसी क्यों नहीं ?"

"इट इज़ नॉट माई फ़ॉल्ट—" मैंने उसके कानों के पास झुककर कहा।

"इट इज़ योर फ़ॉल्ट—" शीरीन ने अपने होंठ मेरे कानों से लगा कर कहा।

होंठों से कान को छूकर—कान को भी और उससे ज़रा नीचे गले को भी।

"ओ माई गॉड..." शीरीन मेरी बाँह में काँप-सी उठी थी।

मेरी बाँह शायद काँप उठी थी, या उसकी पीठ की कंपकंपी मेरी बाँह तक आ गई थी...पर फिर भी मैंने उसे बाँह का सहारा दिया। वह निढाल-सी मेरी बाँह के सहारे खड़ी रही थी।

मोमबत्ती की रोशनी इतनी-सी तो होती है। कमरे में और भी लड़कियाँ थीं, लड़के भी, उनमें से भी कई डांस कर रहे थे सब अपने में मस्त थे। शीरीन ने आँखें मींच-सी ली थीं जैसे बाहर का अँधेरा काफ़ी न हो...

मैंने शीरीन के होंठ चूमे, लगा—आँखें मीची हुई थीं, पर होंठ नहीं भींचे हुए थे...

यह सिर्फ़ बाद में, माँ को खत पोस्ट करते वक्त ख़याल आया कि उनमें जो स्केच था—एक लड़का बड़े ध्यान से मेज़ पर पड़ी हुई किताबें पढ़ रहा है, और सामने एक लड़की को देखकर भी अपनी किताबों में मग्न है—वह स्केच झूठा हो गया था...

खत लिखते समय तक वह सच्चा था, पर पोस्ट करते समय तक वह झूठा हो गया था...

शीरीन का दोस्त लड़का उससे नाराज़ हो गया...

मैंने शीरीन से कहा था, वह शाम को हवेली में न आया करे, या उसे भी अपने साथ लाया करे। पर शीरीन ने मेरी बात नहीं सुनी।

एक शाम जब अपने कमरे में आया तो शीरीन बैठी हुई थी, अकेली। सोचा—आज शीरीन से गुस्से से कहूँगा कि वह आगे से ऐसा न करे। पता चला था, शीरीन की उस पारसी लड़के के साथ सगाई होने वाली थी...

देखा—शीरीन ने मेरे सूटकेस में से मेरी माँ की तस्वीर निकाल कर मेरी मेज़ पर टिकाई हुई थी। न जाने कब देख गई थी, उसके साइज़ का फ्रेम खरीद लाई थी। मैंने पहले शीरीन की तरफ़ देखा, फिर माँ की तस्वीर की तरफ़। शीरीन

से कुछ नहीं कहा गया।

सिर्फ़ हॉल में डांस करते वक्त इतना भर पूछा—"तुम्हारे दोस्त का क्या हाल है?"

"वह नाराज़ भी हो जाता है, फिर खुद ही ठीक हो जाता है—" शीरीन ने स्वाभाविक-सा जवाब दिया।

"तुम्हें तकलीफ़ नहीं होती?" मुझे पूछना पड़ा।

"होती है," उसका यह जवाब भी कुछ मुश्किल से दिया हुआ जवाब नहीं था, स्वाभाविक आवाज़ में था।

"आई कांट अंडरस्टैंड," कुछ देर बाद मैंने कहा था।

"यू वांट टू अंडरस्टैंड?" उसने जवाब दिया।

मैं उसके पतले मुलायम चेहरे की तरफ़ देखता रहा। कुछ कहा नहीं गया। लगा, वह कोई अजीब बात कहने जा रही थी। और लगा—मैं शायद उसे सुनने के लिए तैयार नहीं था...

पर अब मेरे सुनने या न सुनने का सवाल नहीं था। मैं पूछ चुका था, उसे जवाब देना था। कहने लगी—"आई फ़ील लाइक हैगिंग इन सस्पैन्शन एज़.ए.फ़ार्म.ऑफ़ कॉस्मिक डस्ट..."

मैं कितनी देर तक शीरीन के मुँह की ओर देखता रहा, लगा शायद मेरा अस्तित्व भी धरती की ग्रैविटी में से बाहर हो गया था...

"कम बैक टु दि अर्थ..." पता नहीं मैंने अपने आपसे कहा था कि शीरीन से, शायद दोनों से, क्योंकि जवाब उसने दिया—"धरती की ग्रैविटी की तरफ़ क्यों? आगे चाँद की ग्रैविटी की तरफ़ क्यों नहीं?"

समझ गया, धरती की ग्रैविटी से वह डरती थी, क्योंकि धरती पर उसके पारसी होने की, और मेरे पारसी न होने की हक़ीकत उसके सामने खड़ी हो जाती थी...

अचानक मेरा हाथ अपनी गर्दन की तरफ़ गया—ऐसे जैसे वहाँ हल्की-सी धूल जमी हो—कॉस्मिक डस्ट...

कॉस्मिक डस्ट का पता नहीं, पर शीरीन के शब्द ज़रूर मेरी गर्दन के पास बिखरे हुए थे...

कोई लड़की जब चाँद की ग्रैविटी की तरफ़ जाने की बात करे, शायद मर्द का कुछ न कुछ हिस्सा ज़रूर उधर चल देता है...लगा—इस पल इक्कीस साल की उमर से कुछ वर्ष अचानक बड़ा हो गया था, और मेरा एक हिस्सा धरती की ग्रैविटी से ऊपर उठकर, नो ग्रैविटी में से गुज़र, चाँद की ग्रैविटी में दाखिल हो रहा था...

शायद यही पल था—मेरा 'मैं' एक नहीं रह गया था, दो हो गए थे। एक

मेरे से दूर कहीं शीरीन के साथ डांस करता, बातें करता, उसके होंठ चूमता और एक—मेरे पास खड़ा, चुपचाप सिर्फ़ उस दूसरे को देखे जा रहा...

जानता हूँ—इन्सानी स्वभाव की तशरीह करने वाले इसका मतलब कुछ और समझेंगे। ऐसी हालत को ये लोग कहते हैं कि वक्ती तौर पर आदमी दूसरों का रोल अदा करता है, यह देखने के लिए कि वह दूसरों की नज़रों में कैसा दिखाई देता है, इसीलिए वह एक ही समय ऑबजैक्ट भी होता है सबजैक्ट भी...

मुझे किसी और का पता नहीं, अपना पता है। यह सिर्फ़ इसलिए है कि मेरा अपना आप सारे का सारा किसी हरकत में शामिल नहीं। और जो जितना भी, उनमें शामिल नहीं, वह सिर्फ़ दर्शक है...

6

नौबत आती दिखाई देती थी; पर इतनी तेज़ी से नहीं, वह एकदम सामने ही आ खड़ी हुई।

तनवीर के लिए एक ही राह दिखाई देती थी कि वह मिस्टर जोसेफ़ के सामने गिड़गिड़ा कर मुआफ़ी (ऐसे मुआफ़ी माँगे जैसे जान की खैर माँगता हो) मिस्टर जोसेफ़ ने सीधे-साफ़ लफ़्ज़ों में कह दिया था—यू विल सी इफ़ यू एवर पास...

तनवीर साल भर से बहुत चुप रहता था, उसके अन्दर इकट्ठी हुई चुप फट गई। वह हँसने लगा—सर! आपके 'सिली जोक' पर नहीं हँसा था, पर यह कलैवर जोक है, मेरा ख़याल है मुझे इस पर हँसना चाहिए...

और अब नौबत सिर्फ़ इतनी रह गई थी कि तनवीर को इस साल भी जान-बूझकर फ़ेल कर दिया जाना था। पता चला कि कॉलेज से निकाल देने की साज़िश हो रही थी...

यह साज़िश अगर कहीं सचमुच सफल हो जाती तो यह मिस्टर जोसेफ़ का सिर्फ़ सिली और कलैवर जोक नहीं होना था, यह एक बहुत बड़ा वल्गर जोक था...

आर्कीटैक्चर का एक अच्छा-खासा पागल स्टुडैंट था—हीरू।

इतना पागल कि एग्ज़ाम में उसे एक 'बर्ड केज' बनाने को मिला, तो उसने बर्ड केज में एक बेडरूम भी बनाया और एक बाथरूम भी। पर कहते हैं, पागलपन उसे सिर की एक सख्त चोट के बाद हुआ था, अपनी स्कूल की पढ़ाई के वक्त वह कभी फ़र्स्ट भी आता रहा था। पर वह उसकी दिमागी हालत की बात

है, उसके मन की नहीं। पता लगा कि मिस्टर जोसेफ़ ने इस पागल हीरू को कुछ इस तरह से सिखाया कि अगर वह उसी तरह वही दुहरा देता, और डीन के सामने पेश होकर अपने बयान पर कायम रहता, तो तनवीर पर 'होमो' होने का इल्ज़ाम लग जाता और फिर तनवीर को कॉलेज से निकाल दिया जाता...

हीरू के मन में यह कहीं ज़रूर था, कि यह गलत है, उसने मिस्टर जोसेफ़ से कुछ नहीं कहा पर घबरा कर तनवीर को बता दिया।

"दिस इज़ ऑल वैरी डिसगस्टिंग।" तनवीर ने बार-बार सिर्फ़ यही कहा, और कोई लफ़्ज़ नहीं बोला। या एक दिन यह कहा—आई कैन सबमिट टु लाईफ़ नॉट टु ऐनीवन एल्स...

और तनवीर ने सिर्फ़ कॉलेज नहीं, देश छोड़ दिया।

इस हालत में उसे न कहीं स्कॉलरशिप मिल सकता था, न देश से बाहर जाने के लिए पैसा। सिर्फ़ किसी तरह उसने चार सौ सत्तर रुपये जमा किये, और बम्बई से बेड़ी के सफ़र में बसरा चला गया। वहाँ वह खाली हाथ क्या करता होगा, हमें कुछ पता नहीं...

"इट इज़ ऑल वैरी डिसगस्टिंग"—तनवीर चला गया था, पर उसके ये शब्द पीछे रह गये थे...

ये शब्द कई शक्लों में दिखाई देते थे, मसलन हम अपनी कॉलेज वाली सड़क पर एक मरियल-सा कुत्ता रोज़ देखते थे, उसकी पिछली टाँगें शायद कभी किसी लॉरी-मोटर के नीचे आई होंगी, पता नहीं, पर अब वे न उसके धड़ से अलग थीं, न जुड़ी हुई, वह जब उन टाँगों को ज़मीन पर घसीटता हुआ किसी के पाँवों को चाटने की कोशिश करता था—तनवीर के शब्द हमें उसकी शक्ल में ही दिखाई देते थे...

एक गुस्सा था, रुके हुए पानी की तरह जिसके निकलने की कहीं कोई राह नहीं थी, इसलिए जहाँ वह रुका हुआ था, उन दीवारों को ही चाट रहा था...

हम सब अपने आपको ही चाट रहे थे...

रिज़वी नाम के लड़के के पास फ़ॉरेन मोटर-साइकिल थी। वैसे वह बड़ा दोस्तनुमा लड़का था। उसके साथ कोई भी कॉफ़ी पीने चला जाए, वह किसी और को पैसे नहीं चुकाने देता था, पर अपनी मोटर-साइकिल किसी को भी नहीं देता था। तनवीर वाले हादसे के बाद एक दिन अशोक का गुस्सा अचानक रिज़वी पर बरस पड़ा—साला मोटर-साइकिल को हाथ नहीं लगाने देता...

उस दिन विनी और अशोक ने एक तरकीब निकाली। शाम को जब रिज़वी आया, अशोक इस तरह हरकतें करने लगा जैसे उसने शराब पी रखी है। शराबी हरकतों की एक्टिंग में उसने रिज़वी को एक ज़ोर का घूँसा मारा—साले मोटर-साइकिल देता है कि नहीं? रिज़वी ने घबराकर मोटर-साइकिल की चाबी उसके

सामने कर दी। पास से विनी ने कहा था कि अशोक इस वक्त होश में नहीं, इसलिए इसे ना की तो पता नहीं क्या कर दे। और विनी ने रिज़वी को विश्वास दिलाया कि मोटर-साइकिल वह खुद चलाएगा, अशोक को सिर्फ़ पीछे बिठा लेगा और दो-चार मील चक्कर लगाकर वापस आ जाएगा।

विनी और अशोक ने लगभग एक घंटा मोटर-साइकिल चलाई—सिर्फ़ रिज़वी की ज़िद तोड़ने के लिए। रिज़वी की ज़िद भी ऐसे ही मन का बहाना-सा थी—वास्तव में तनवीर वाले हादसे का गुस्सा था, जो मिस्टर जोसेफ़ पर निकाला नहीं जा सकता था...

शीरीन तनवीर को जानती नहीं थी, उसने सिर्फ़ हममें से कुछ से उसकी बात सुनी थी, कम्बख्त को न जाने क्या सूझा, एक दिन अकेली सत्तर मील दूर एक झील को देखने चली गई।

वापस आई तो पूछा—" 'हिच-हाइकिंग' का ख़याल तुम्हें तनवीर से आया था?"

मन में उस पर गुस्सा आ रहा था, पर वह ज़र्द-सा चेहरा लिए इस तरह बैठी थी, गुस्से से कुछ नहीं कहा जा सकता था।

जब वह वापस पहुँची, तो रात आधी हो चली थी, उस वक्त होस्टल नहीं जा सकती थी, इसलिए वह हमारी हवेली में आ गई थी।

"थैंक गॉड, आई एम अलाइव," उसने आते ही यह कहकर किसी को नाराज़ होने के काबिल नहीं छोड़ा था।

मैं हाथ में थरमस लेकर चाय वाली दुकान पर गया था। दुकान बन्द थी, पर दुकान वाला पास ही चारपाई डाले सो रहा था। उसे दो रुपये देकर मुश्किल से थोड़ी-सी चाय बनवाई थी।

वह चाय का एक प्याला पी चुकी, बाकी चाय उसकी तरफ़ करते हुए मुँह से निकल गया था—"अब बाकी की गर्म चाय तुम्हारे सिर पर डाल दूँ ताकि तुम्हारे सिर को कुछ समझ आ जाए?"

"मे बी इन दि मार्निंग, नॉट नाऊ..." उसने मुश्किल से इतना भर कहा, और काँपती-सी मेरे कमरे में सो गई।

मैं हॉल में अशोक के पास जाकर सो गया।

ऐसे डरावने सपने मुझे ज़िन्दगी में भी नहीं आये। बड़ी तेज़ी से भागते हुए ट्रक...हर एक ट्रक में चीखों की आवाज़...कोई ट्रक सड़क पर उलटा हुआ...कोई मेरी तरफ़ इस तरह आता हुआ जैसे सीधा मेरे ऊपर से गुज़र जाएगा...

न जाने अपनी अन-सोई रात का गुस्सा था कि क्या, सुबह जब कमरे में गया,

शीरीन से कहा—"समथिंग इज़ रियली इनसेन अबाउट यू।"

"आई थिंक सो।" शीरीन ने जवाब दिया।

कोई अपने मुँह से ही ऐसा कह दे तो उसे क्या कहा जा सकता है।

कुछ देर बाद यह कह सका—"पर तुम्हें हुआ क्या था? तुम्हें यह ख़याल तनवीर से आया था?"

"पार्टली"

"पर तुम्हें यह ख़याल नहीं आया कि वह लड़का है, वह सड़क पर भी सो सकता है...वह..."

"उस वक्त जाते हुए यह ख़याल नहीं आया था।"

"फिर?"

"फिर आते वक्त पता लगा..."

"क्या पता लगा?"

"इट इज़ टेरिबिल..."

धीरे-धीरे शीरीन ने बताया कि आते समय ट्रक में लिफ़्ट ली थी, पर जब अच्छा अँधेरा हो गया, एक आदमी आगे से उठकर, पीछे उसके पास आ बैठा। उसने कहा कुछ नहीं था, पर लगता था किसी मिनट कुछ भी कह देगा...फिर उन्होंने ट्रक रोक लिया, एक जगह कुछ दुकानें थीं, जो पीछे बैठा हुआ था, वह उतरकर एक दुकान की तरफ़ चला गया। वह समझ गई थी कि वह शराब लेने गया था...वह ट्रक में से उतर आई। उस वक्त उसे असली खतरे का एहसास हुआ था। वह बिलकुल सुनसान जगह नहीं थी, बस उसे यही हौसला था। एक चाय की दुकान पर कुछ भीड़ थी, वह वहाँ जा खड़ी हुई...फिर से ट्रक में बैठने से इनकार कर दिया...

सुनकर गुस्सा आ रहा था। क्या कह सकता था! वह कह रही थी, "आज ज़िन्दा आ गई हूँ, यह बात क्यों नहीं सोचते?"

"अगर कुछ हो जाता?" मुझे किर्च की तरह यह बात चुभ रही थी।

"जब फिर एक कार में लिफ़्ट ली, मैं तब भी काँप रही थी, अब तक काँप रही हूँ। पर अब इस बात को भूल जाओ..."

"एक इकरार पर।"

"क्या?"

"फिर कभी ऐसा नहीं करोगी।"

"नहीं करूँगी।"

"पर तुमने यह किया क्या..." मैं अभी भी यही बात पूछे जा रहा था।

"एक बार तुमने कहा था—कम बैक टु दि अर्थ..."

"पर उस बात का इस बात से क्या ताल्लुक?"

"हंगर और हार्डशिप देखना चाहती थी..."

मैं चुप रह गया। धरती पर उतर आने का मतलब उसने कितना सादा-सा निकाला था, सिर्फ़ भूख और थकावट।

उसने कुछ ठहरकर, पता नहीं क्यों पूछा—"अच्छा, अगर मुझे कुछ हो जाता, मैं हस्पताल में पड़ी होती, तुम्हें पता चलता, तुम मुझे देखने के लिए आते कि नहीं?"

अजीब पागल सवाल था। मैं कुछ देर चुप रहा, उसने फिर वही सवाल दुहराया।

"हाँ आता, तुम जहन्नुम में होतीं, फिर भी आता।" गुस्से से मेरे मुँह से निकला।

पर मेरे इस जवाब से वह खुश थी। उसने फिर कोई सवाल नहीं पूछा।

मुझे नहीं पता मैंने यह जवाब क्यों दिया था।

उस दिन इतवार था। कॉलेज नहीं जाना था। हम सब जैसे चाय पीने पास के ढाबे पर जाते थे, उस दिन भी गए। सिर्फ़ उस दिन फ़र्क यह था कि शीरीन हमारे साथ थी।

उस दिन हमने, चाय पीने के बाद, बाज़ार से एक स्टोव खरीदा, एक केतली और चाय की पत्ती भी खरीदी। यह शीरीन का कहना था कि हवेली में कम-से-कम चाय बनाने का कुछ सामान ज़रूर होना चाहिए था।

दोपहर तक कोई खास बात नहीं हुई। सब कुछ स्वाभाविक सा लग रहा था। शीरीन, अशोक और विनी की तरह एक और दोस्त लग रही थी। उस दिन दोपहर का खाना भी हम सबने एक साथ खाया था। सिर्फ़ उसके बाद मैंने कहा था—माई डियर! अब हम जनगणमन गाएँ तब ही तुम होस्टल जाओगी?

उस वक्त वह चुप रही थी। सिर्फ़ जाते वक्त, मैं जब उसे बाहर तक छोड़ने गया, कहा था—आई होप यू विल ऑल्वेज बी माई फ्रेंड...इज़ नॉट इट?

"यू नो दि आन्सर।" मैंने यह बात सिर्फ़ जवाब की खातिर नहीं कही थी, बिलकुल इसी तरह महसूस किया था।

उस वक्त मुझे यह भी लगा था—अशोक और विनी को, या किसी को भी, मैं जितने अर्थों में दोस्त कहता था, यह शीरीन उससे कहीं अधिक अर्थों में थी।

"यू नो आई फ़ील वैरी लोनली, आई मीन एलोन इन दि वर्ल्ड..." उसने हवेली के बाहर वाली दीवार के पास खड़े होकर कहा था।

पहले तो मैंने हँसकर, उसकी इस बात को, कुछ टाला था, "अच्छा थोड़ी-थोड़ी दोस्ती मेरे पास जमा करती जाओ, जब ज़रूरत पड़े ले लेना..."

"सेविंग अकाउंट की तरह?"

मुझे उसका जवाब अच्छा लगा। उसमें सैंस ऑफ़ ह्यूमर थी।

"हाँ, सेविंग अकाउंट की तरह," मैंने कहा।

"मालूम है, सेविंग अकाउंट में ब्याज भी मिलता है? मूल रकम मेरी, पर ब्याज तुम्हें देना पड़ेगा?" उसने जवाब दिया।

"ओ माई गॉड! मुझे ब्याज देना पड़ेगा? फिर ऐसा कर करेंट अकाउंट खुलवा ले..."

"करेंट अकाउंट?"

"रकम उसमें भी सेफ़ होती है, सिर्फ़ ब्याज नहीं मिलता। बल्कि उल्टा बैंक हर महीने कुछ लेता है...रकम वाले को रकम में से कटवाना पड़ता है..."

"रकम भी मेरी, और कटवाऊँ भी मैं?"

"बहुत थोड़ा-सा कटवाना पड़ता है। यह बैंक की उजरत होती है, रकम को सँभाल कर रखने के लिए..."

"सो मेरी दोस्ती सँभली रहेगी?"

"यह बैंक की गारंटी?"

"चाहे जब निकलवाऊँ?"

"चाहे जब।"

"चाहे दस साल बाद?"

"दस...बीस...भले ही पचास साल बाद..."

"और बैंक उजरत क्या लेगा?"

"बहुत थोड़ी...सिर्फ़ महीने में एकाध किस्त...।"

"यू आर ए रियल डेविल...।"

उसकी सैंस ऑफ़ ह्यूमर को मान गया था। पर लगा वह फिर कुछ सीरियस होती जा रही थी।

"बस, तुम सीरियस मत हुआ करो!" मुझे कहना पड़ा।

"पर तुम सीरियस होने से घबराते क्यों हो?"

शीरीन ठीक कह रही थी। मुझे मालूम था मैं हर उस बात से घबराता था, जो सीरियस शब्द की तरफ़ ज़रा भी झुकती दिखाई देती थी।

मुझे लड़कियाँ अच्छी लगती थीं। सिर्फ़ शीरीन नहीं, और भी लड़कियाँ अच्छी लगती थीं। पर अन्दर कहीं यह पता था कि उनके बहुत नज़दीक आकर भी, मैं कुछ दूरी पर ही रहता था। या यह—कि कुछ दूर ही मुझे खड़ा हो जाना चाहिए था, जैसे आगे कहीं कुछ खतरा हो...

स्कूल के दिनों में भी, मेरे साथ पढ़तीं लड़कियों में से कुछ अच्छी लगती थीं, कॉलेज के शुरू के सालों में मिली लड़कियों में से भी कुछ अच्छी लगती थीं। पर यह अच्छा लगना—सिर्फ़ मज़ाक के अच्छे फ़िकरों तक ही रहता था, अधिक मेरे स्वभाव में शामिल नहीं होता था...

मैंने कभी किसी से कहा नहीं था—पर मेरे अन्दर अकेलेपन का एक अजीब एहसास था। अजीब से मेरा मतलब है वह नहीं जिससे उस अकेलेपन को तोड़ने को मन हो, बल्कि इस तरह का कि कहीं मेरा यह अकेलापन टूट न जाए।

अकेलापन जैसे 'मैं' था।

शीरीन का अकेलापन, मेरे अकेलेपन जैसा नहीं था, पर उसे इसकी पहचान ज़रूर थी। पूछने लगी—"क्यों मेरा सवाल ठीक नहीं? तुम सीरियस बात से नहीं, सीरियस शब्द से भी चौंक उठते हो?"

मुझे मालूम था शीरीन ठीक कह रही थी।

मैं कुछ देर चुप रहा। सिर्फ़ शीरीन की तरफ़ देखता रहा। "सेंस ऑफ़ इनसिक्योरिटी, आई सपोज़।" मुझे मालूम था, मैं ये शब्द अपने खिलाफ़ कह रहा था, पर अगर ये शब्द ज़बान पर आ ही गये थे, तो इन्हें वापस गले से नीचे उतारना नहीं चाहता था।

शीरीन हँस पड़ी और कहने लगी—आई डॉन्ट थिंक सो।

शीरीन पर गुस्सा आया—अगर मैं ही अपने खिलाफ़ था, तो उसे मेरे हक में होने का क्या अधिकार था।...

"इसमें न मानने वाली कौन-सी बात है?" मुझे पूछना पड़ा।

"यह कि जितनी देर किसी को अपने आप पर बड़ा कॉन्फ़िडेंस न हो, वह इस तरह की बात नहीं सोच सकता। सोच भी ले, तो कह नहीं सकता।" उसने जवाब दिया।

उसकी बात में दलील थी पर एक दलील को दूसरी दलील से काटा जा सकता है, इसलिए कहा—"ए मैड मैन एण्ड ए जीनियस हैव मैनी थिंग्स इन कॉमन।"

शीरीन ने मेरी बात ऐसे सुनी, जैसे हँसने वाली न हो, गम्भीरता से सोचने वाली हो। फिर बड़ी स्वाभाविक-सी हो पूछने लगी—"तुम्हारा क्या ख़याल है कि तुम मैड हो या जीनियस?"

"मेरा ख़याल है, थोड़ा-थोड़ा दोनों हूँ।" मैंने कहा।

"आई एग्री।" शीरीन ने कहा, तो मुझे लगा मैं कुछ हैरान हुआ था। शायद मैं इस जवाब की उम्मीद नहीं करता था। वही फिर कहने लगी, "इट इज़ ए गुड कंबिनेशन।"

मैं चाहता तो बात को मज़ाक का मोड़ देकर खत्म कर सकता था, पर खत्म नहीं किया। मन में कुछ ज़िद-सी आ गई थी कि आज शीरीन को कुछ डिसइल्यूज़न करूँगा। इसलिए बात का रुख बदला, कहा—असल में मेरी ज़िन्दगी में कुछ ऐसे हादसे हैं जिनका तुम्हें पता नहीं। पता हो तो तुम्हें शायद यह बात रोमांटिक न लगे।

"हो सकता है, फिर भी रोमांटिक लगे। रोमांस चीज़ों में नहीं होता, चीज़ों को देखने की अदा में होता है।" लगता था, आज शीरीन किसी तरह भी हार नहीं मानेगी।

मैंने सोचा यह था कि बात को सीरियस-सा मोड़ देकर छोड़ दूँगा। शीरीन हादसों की बात पूछेगी तो आगे डिटेल्स में नहीं जाऊँगा। बस मैं उसमें खौफ़ का अहसास-सा पैदा कर, बात खत्म कर दूँगा। पर उसने सवाल को मेरी आशा के अनुसार नहीं दुहराया, इसलिए कहना पड़ा—"असल में बचपन के दिनों की बड़ी अहमियत होती है, उन दिनों अगर कोई इनसिक्योरिटी-सी महसूस करे, तो वह बड़ा होकर भी करता है..."

शीरीन ने कहा कुछ नहीं, सिर्फ़ बात सुनने की तसदीक में सिर हिलाया।

मैंने उसे जो कुछ बताया, यह पहली बार था, जब मैंने अपने मुँह से किसी को वह सब बताया, "मैं बहुत छोटा था, जब मेरी माँ और मेरा बाप अलग-अलग रहने लगे..."

"वे बहुत लड़ते थे?" शीरीन ने, शायद पूरा फ़िकरा भी नहीं सुना था कि पूछा।

"मैंने आज तक उन्हें कभी लड़ते हुए नहीं देखा। मेरा ख़याल है, उनमें से किसी को भी लड़ना नहीं आता—बोथ आर वैरी सॉफ़्ट स्पीकिंग।"

"दैन ह्वाट इज़ रॉन्ग विद यू?"

शीरीन का सवाल अजीब था, उसके ख़याल में जैसे यह कोई बात ही नहीं थी। मैं चुप था, इसलिए उसी ने कहा—"तुम्हारी जगह मैं होती, तो मुझे ज़िन्दगी से कोई शिकवा न होता।"

जवाब में और क्या कह सकता था, यही कहा—"तुम मेरी जगह होकर देख लो। यह दिलेरी उतनी ही देर रहती है, जितनी देर यह जगह देखी न हो।"

वह हँस पड़ी। कहने लगी—"तुम्हें क्या पता मैंने खुदा के आगे कितनी बार प्रार्थना की होगी इस जगह होने के लिए। बहुत छोटी थी जब से सोचने लगी हूँ कि मेरे माँ-बाप, अगर एक-दूसरे की शक्ल नहीं बर्दाश्त कर सकते, तो फिर, खुदा की मार, वे साथ-साथ क्यों रहते हैं? माँ को जब देखा है, रोते ही देखा है तुमने कभी माँ को तड़प-तड़प कर रोते हुए देखा है?"

"नहीं," मैंने सचमुच कभी नहीं देखा था, इसलिए यही कह सकता था।

"तुमने बाप को माँ के सामने, एक गैर औरत को लाते देखा है?"

"नहीं..."

मुझे लगा शीरीन अभी चीखकर रो पड़ेगी। पर वह रोई नहीं। उसने केवल इतना कहा—"यू डोंट नो हाउ डिसगस्टिंग इट इज़..."

मैंने शीरीन के कंधे पर हाथ रखा। इससे अधिक नहीं, केवल हाथ रखा। पहले कई बार डांस करते हुए मैंने उसके होंठ चूमे थे, आज और कुछ नहीं, केवल उसके कंधे पर हाथ रखा, पर लगा, आज जितनी निकटता मैंने पहले कभी नहीं देखी थी।

शीरीन ने अपनी गर्दन ज़रा-सी झुका दी, अपने उस कंधे की तरफ़ जहाँ मेरा हाथ था। और अपना सिर मेरी हथेली से छुआ दिया।

"वी विल बी फ्रैंड्ज़...ऑलवेज़..." मैंने कहा, और मुझे लगा—वे शब्द मैंने पहली बार अपने मुँह से सुने थे। किसी के लिए भी पहली बार सुने थे।

"इकरार?"

"इकरार!"

"एक इकरार और!"

"क्या?"

"दैट यू विल नेवर किस्स?"

उसका सिर अभी भी मेरी हथेली पर टिका हुआ था, एक विश्वास के साथ। और शायद यह इकरार माँगने की आवश्यकता भी उसी विश्वास में से पैदा हुई थी, मैंने जवाब दिया, "अच्छा, यह इकरार भी।"

मैंने इस इकरार का कारण नहीं पूछा। उसी ने फिर कहा—"आई विल हैव टु मैरी दैट फ़ैलो...एण्ड आई वांट टु बी. फ़ेथफुल टु हिम..."

"आई अंडरस्टैंड," कह दिया पर लगा यह कहने की भी ज़रूरत नहीं थी। उसे मुझ पर, मुझसे अधिक विश्वास था।

सिर्फ़ जब वह जाने लगी—सारी बात को स्वाभाविक-सा रूप देना आवश्यक लगा, क्योंकि जाते समय उसने बड़ी प्यासी नज़रों से देखा था, जैसे अपने माँगे हुए इकरार पर वह खुश न हो।...

कहा—"वी श्योर दैट आई विल बी योर लेजिटिमेट फ्रैंड।"

"क्या मतलब?"

"यही कि इकरार पूरा करूँगा, अगर पूरा नहीं करूँगा तो इल्लेजिटमेट दोस्त बन जाऊँगा..."

दोस्त भी कानूनी और गैर-कानूनी हो सकता है, इस बात पर वह ऐसे हँसी कि सचमुच उसका स्वाभाविक रौ वापस आ गया...

7

फ़िश पौण्ड गेम चल रही थी...

यूनिवर्सिटी के हॉल में हम कोई पच्चीस स्टुडैंट बैठे हुए थे। लड़कियों में से अधिक आर्ट क्लासिज़ की थीं, लड़कों में से अधिक आर्कीटैक्चर और इंजीनियरिंग के स्टुडैंट थे। गुमनाम चिटें स्टेज पर भेजी जा रही थीं, और फिर एक-एक का नाम लेकर एक-एक मज़ाक स्टेज पर से अनाउंस हो रहा था। मोटी सुराज के आँसू निकल आये जिस समय स्टेज पर से कहा गया, सुराज बड़ी बहादुर लड़की है, किसी चीज़ से नहीं डरती, सिर्फ़ अपनी परछाईं से कभी डर जाती है, क्योंकि उसे परछाईं देखकर लगता है कि जैसे एक जिन्न उसका पीछा कर रहा हो।

मास्टर राणा, नेपाली लड़के का मुँह लाल हो गया था, जिस समय स्टेज पर से कहा गया—"अगर माटी राणा एक लड़की के साथ एक बैंच पर बैठा हो, बिजली फ़ेल हो जाये, तो आशा है माटी राणा सारा वक्त फ़्यूज़ का तार ढूँढ़ने में लगा देगा।"

राज गोयल का रंग बहुत गोरा था, पर सब नक्श बेतरतीब। उसका चेहरा बहुत ही उदास हो गया, जिस वक्त स्टेज पर से कहा गया—"हम राज गोयल को जीप के हादसे में से बच जाने पर मुबारकबाद देते हैं। उसे देखकर लगता है, उस हादसे में से और कोई नहीं बचा होगा, मुश्किल से वही बचा होगा।"

तारा चौधरी के दाँत ऊँचे-नीचे थे। दाँतों को सीधी पंक्ति में करने के लिए डॉक्टर से सब दाँतों पर तार लगवाया था। सारा हॉल हँसी से गूँज उठा था, जिस वक्त स्टेज पर से कहा गया—"टैन कमांडमैंट्स, ऑल ब्रोकन।"

कई मज़ाक वास्तव में ही तीखे थे। मेरे बारे में भी था, मेरी गिटार को लेकर, कि मैंने "एक नए राग का आविष्कार किया है, जिसका नाम है राग साइलैंस और पता चला है कि लड़कियों को यह राग बहुत पसन्द आया है।"

रिक्की मेरे बाएँ हाथ बैठी हुई थी, उसे अधिक नहीं जानता था, पर जिस वक्त उसका नाम लेकर मज़ाक किया गया, उसने नीचे का होंठ दाँतों से काटते हुए, मेरा हाथ पकड़ लिया। मेरे ख़याल में वह मज़ाक खूबसूरत भी था, चुस्त भी। सुन रखा था कि रिक्की के माँ-बाप बहुत सख्त तबियत हैं, हर बात हुक्म के अन्दाज़ में कहते हैं, इसलिए रिक्की को एक नए नाम की उपाधि दी गई थी—"मिस क्रैमलिन।" क्रैमलिन : रूस में जार का महल, जहाँ से आजकल पार्टी के फ़रमान जारी किए जाते हैं। पर रिक्की घबरा गई थी कि अगर यह बात उसके माँ-बाप तक पहुँच गई...

पता नहीं इस गेम का नाम 'फ़िश पौण्ड' किसने रखा था। हर कोई एक-एक

मज़ाक की कुंडी में फँसा हुआ मछली की तरह तड़प रहा था। मुझे कभी भी इस गेम में विशेष दिलचस्पी नहीं हुई, किसी के बारे में कभी कोई गुमनाम चिट लिखकर नहीं भेजी, यानी हाथ में कोई कुंडी या डोरी नहीं पकड़ी, पर रिक्की ने जब मुलायम और ठंडी-सी उँगलियों से मेरा हाथ पकड़ लिया मुझे लगा एक सुनहरी मछली मेरी हथेली पर आ गई।

हाथ में एक स्वाभाविक-सी हरकत आने लगी थी, रिक्की का हाथ भींच लेने की या हौले से पकड़ लेने की, पर नहीं आई—मैंने रोक ली थी। लगा था—मेरा हाथ उस कुंडी की तरह हो जायेगा, जो एक मछली को अपने में फँसा रहा हो। यह मुझे मंजूर नहीं था। मैं उसे उसके स्वतंत्र रूप में देखना चाहता था। 'उसको' से मेरा मतलब उस मछली से है।

और इस तरह बेहिस पड़ा हुआ मेरा हाथ, मुझे तालाब का ही एक हिस्सा लगा, पानी में पड़ा हुआ, पानी का एक हिस्सा, जहाँ वह मछली आने के लिए भी स्वतंत्र, जाने के लिए भी।

यह उस दिन की नहीं, उससे कोई दस दिन बाद की बात है, कि मिस क्रैमलिन आई थी। हमारी हवेली का, पता नहीं किस तरह, स्वयं ही एक नाम प्रसिद्ध हो गया था—शांति भवन। मालूम नहीं पहले यह किसे सूझा था, फिर किसने किसको बताया था, पर सब एकबारगी इस जगह को इसी नाम से बुलाने लगे थे। एक शाम मिस क्रैमलिन इसी शांति भवन में आई थी।

"सोशलाइजेशन के लिए आई हूँ।" मुझे देखकर उसने सबसे पहली बात कही थी। हालाँकि वह अकेली नहीं आई थी, उसके साथ उसकी कोई दो सहेलियाँ भी थीं फिर भी उसने यही कहा था।

मैं शायद चुप रहा था, उसी ने ही फिर कहा था—"डोन्ट यू वैलकम दि आइडिया?"

"पुराने ज़माने में दहलीज़ पर तेल डालते थे।" मैं हँस पड़ा था, और कहा था—"यह वैलकम की निशानी होता था। तुम कहो तो तेल डाल दूँ, तुम्हारे लिए नहीं, तुम्हारे आइडिया के लिए?"

उस दिन पहली बार मैंने उसे खुलकर हँसते हुए देखा था।

"आई वांट टु लिसिन टु मंकीज़।" उसने कहा, और मैंने हॉल में मंकी-गीत का एक रिकॉर्ड लगा दिया। गीत मैंने अपनी पसन्द का लगाया था, "लव इज़ अण्डरस्टैंडिंग..." पर यही गीत उसने बताया, उसकी पसन्द का था।

"इन दिस लिविंग टाइम
वी विल मेक दि वर्ल्ड टु शाइन"

और अगले मिनट हमने देखा—हम सब डांस कर रहे थे।

"तुम्हें पता है रिलेशनशिप दो तरह की होती है।" उसने डांस करते हुए

कहा था।

मुझे नहीं पता था, वह क्या कहना चाहती थी, इसलिए चुप रह गया।

उसी ने कहा था—"मोरेलिटी दो तरह के रिलेशनशिप में से बनती है। एक रिलेशन अथॉरिटी से होता है, माँ-बाप से, सुपीरियर, एक्सटर्नल एबसोल्यूट और बियोंड कम्प्रीहेन्शन..." (एक रिश्ता अधिकार का होता है, जैसे माँ-बाप का—ऊँचा, बाहरी, पूर्ण और समझ से परे।)

अब मुझे उसकी बातों में दिलचस्पी हो चली थी। रिकॉर्ड बहुत करीब बज रहा था, पर लगा वह दूर बैकग्राउंड में चला गया था, और उसकी आवाज़ मेरे नज़दीक सरक आई थी।

वह कह रही थी, "और दूसरा रिलेशनशिप होता है ईक्वल से। इसमें मिस्टिक सुपीरियरिटी नहीं होती, इट इज़ कैपेबिल ऑफ़ मॉजीफ़िकेशन ऐकॉर्डिंग टु दि नीडज़ ऑफ़ पार्टीसिपैंट्स..." (दूसरा रिश्ता होता है बराबर वाले के साथ। इसमें वह रहस्यमय बड़प्पन नहीं होता, यह दोनों की ज़रूरतों के अनुसार बदल सकता है।)

"यू अंडरस्टैंड सो मच..." मैं कह रहा था, उसने बात काट दी, "पर मेरे समझे क्या बनेगा, मेरे माँ-बाप नहीं समझते। हालाँकि यह सीधी-सी बात है कि बच्चे की सोशलाइजेशन के लिए दोनों एक्सट्रीमली इंपोर्टेंट होते हैं। तुम्हें मालूम है आज मैं झूठ बोलकर यहाँ आई हूँ... ?"

मिस क्रैमलिन के माँ-बाप को मैंने देखा नहीं था, पर उनके बारे में सुन ज़रूर रखा था। और अब वह खुद बता रही थी, "मेरी उमर के किसी को वे मुझसे मिलने नहीं देते, इस कमी को वे चीज़ों से पूरा करना चाहते हैं!..."

"चीज़ों से? क्या मतलब?" मैंने पूछा।

"ठंडी बर्फ़ चीज़ों से...मसलन रॉ सिल्क के सूट से, फ़ॉरेन कोट से, या गर्मियों में किसी पहाड़ पर ले जाकर..." वह हँस रही थी।

इस जैसी जलती हुई हँसी मैंने पहले कभी नहीं देखी थी।

"आज मैं यह कहकर आई हूँ कि कॉलेज में एकस्ट्रा क्लास लगनी है..." जाते वक्त उसने बताया, और कहा, "तुम मेरे लिए झूठ बोलोगे? शायद ज़रूरत नहीं पड़ेगी पर अगर पड़ी..."

"तुम यहाँ नहीं आईं...मैं तुम्हें नहीं जानता...मैंने तुम्हें कभी देखा भी नहीं, मैंने तुम्हारा नाम भी कभी नहीं सुना...यही न?" मैं कह रहा था, और हँस रहा था।

मिस क्रैमलिन इज़ अंडर हाउस अरैस्ट—यह खबर तीसरे दिन उनकी सहेली से सुनी थी।

8

हीरू के प्रति मेरे हाथों एक बेइन्साफ़ी हो गई थी।

एक बार, बड़े दिन से पहले की बात थी, उसके मुँह से एक फ़िकरा निकला—हम सब एक ही खुदा के बेटे हैं।

मेरा ख़याल है कि उन दिनों वह कोई ऐसी किताब पढ़ रहा था, जिसके प्रभाव से उसने यह कहा था। हम जानते थे कि वह जिन दिनों जैसी किताब पढ़ रहा हो, वैसी ही सोच में ढल जाता था, जैसे जैली हर साँचे में ढल जाती है।

अपनी पहचान वह ऐसे ही ढूँढ़ता था—महात्मा बुद्ध पढ़ रहा हो तो किसी कुर्सी पर भी वह ऐसा चुप, शान्त बैठता था जैसे कोई बौद्ध भिक्षु किसी पेड़ के नीचे बैठा हो। एक बार किसी ने उससे कह दिया कि उसकी शक्ल हॉलीवुड के एक्टर मारलिन ब्रैन्डो से मिलती है। उन दिनों उसकी हर हरकत देखने वाली थी—वह बड़े स्टाइल में खड़ा होता और हौले से सिर को हिलाता था। यहाँ तक कि एक बार किसी बहस में गर्म होकर उसके दोस्त ने थप्पड़ मार दिया था, तो यह थप्पड़ भी उसने एक ऐसे अन्दाज़ में खाया था, जैसे अन्दाज़ में उसने एक एक्टर को एक फ़िल्म में थप्पड़ खाते देखा था। और मेरा ख़याल है—अपने आपको किसी के साथ आईडैंटीफ़ाई करने के अपने स्वभाव के कारण उसने इम्तिहान के एक पर्चे में एक पक्षी का पिंजरा बनाते हुए एक सोने का कमरा और एक गुसलखाना भी बना दिया था। वह उस दिन अपने मन में अवश्य अपने आपको किसी चिड़िया या तोते के साथ आइडैंटीफ़ाई कर रहा होगा।

यह पिंजरे और गुसलखाने वाली बात उन्हीं दिनों हुई थी। मैं मज़ाक करने के मूड में था, जब उसने कहा—हम सब खुदा के बेटे हैं, तो मेरे मुँह से निकल गया था, हम सब नहीं, हममें से कुछ खुदा के एडॉप्टेड बेटे भी हैं। बात यह है कि खुदा के अपने बेटे बहुत थे—पर सब अधिक ज़हीन नहीं थे। तो खुदा ने कुछ बहुत ज़हीन बच्चे चुनकर अपने बेटे बना लिए, मसलन तुम...

यह बात इतनी फैल गई कि हीरू का नाम मशहूर हो गया—एडॉप्टेड सन ऑफ़ गॉड...

पर कुछ दिनों में ही मुझे लगने लगा, मैंने उसके साथ बेइन्साफ़ी की है। लड़के उसे रुलाने की हद तक चिढ़ा देते थे। फिर जब तनवीर वाला हादसा हुआ, यह हीरू ही था जिसने तनवीर को प्रोफ़ेसर वाली साज़िश बताई थी (भले ही घबराहट के कारण बताई थी) पर मेरे मन पर उसके नाम के साथ चलाए मज़ाक का बोझ पड़ गया। बस मज़ाक का कर्ज़ उतारने के लिए मैं उसका दोस्त बन गया।

(यह दोस्ती शब्द केवल इतने अर्थों में है कि कोई लड़का कभी गम्भीर होकर उसकी बात नहीं सुनता था, पर मैंने उसकी हर बात ऐसे सुननी शुरू की जैसे वह सचमुच सुनने वाली हो)। मेरी इस कोशिश को मेरी बद-दयानतदारी नहीं कहा जा सकता, भले ही इसमें एक बनावट शामिल थी। पर यह बनावट नेक-नीयत थी।

उसकी ज़रूरत भी शायद इतनी ही थी, कि कोई उसकी बात को ध्यान से सुने, सीरियसली ले। कम-से-कम उस पर हँसे नहीं। इतना मैंने कर लिया था। पर एक दिन कम्बख़्त के हाथ में मैसामरेजिम की किताब आ गई। पढ़ता रहा और अपने स्वभावानुसार उसने किताब के हीरो के साथ खुद को आईडैंटीफ़ाई कर लिया, और सोचने लगा कि वह भी चाहे तो किसी को मैसमरेजिम के असर में लाकर बाँध सकता...

अब सवाल यह था कि यह तजुरबा वह किस पर करे ? कोई भी तैयार नहीं था।

"आई एम रियली डेसपेरेट..." एक दिन उसने मेरे पास आकर इस तरह कहा कि मुझे कहना पड़ा—"अच्छा तुम मुझ पर तजुरबा कर लो..."

"मैं जितनी देर कहूँगा, तुम मेरे सामने बैठोगे ?"

"बैठूँगा!"

"मैं तुम्हारी तरफ़ स्टेयर करूँगा..."

"करो..."

उसने हाथ में पकड़ी हुई किताब के पन्ने पलटे, कुछ पन्ने फिर से पढ़े, और फिर मुझे सामने बिठाकर उसने अपना तजुरबा शुरू कर दिया।

मैं आराम से बैठा रहा। उसके कहे अनुसार मैं उसकी तरफ़ देख रहा था। मुझे आँखें झपकाने की छूट थी। इसलिए आराम में आँखें झपक लेता था। पर उसकी आँखें नहीं झपकती थीं, क्योंकि किताब में यही लिखा हुआ था, इसलिए वह पूरी तरह आँखें खोलकर बड़े ध्यान से मेरी तरफ़ देखता रहा...

माई गॉड! बेचारे की क्या हालत हो रही थी। आँखें थककर लाल हो चली थीं, और आँखों से पानी बहने लगा...

"तुम्हें कुछ हो रहा है!" बीच-बीच में वह मुझसे पूछ लेता।

"नहीं।" मैं कह देता। कभी हँस भी पड़ता।

एक बार ख़याल आया—उसका मन रखने के लिए पूरी एक्टिंग शुरू कर दूँ—पर लगा—कहीं यह उसके मन में कोई ऐसा वहम ही न डाल दे कि उसका मन सदा के लिए ऐसे तजुरबे में लग जाएँ। इसलिए नहीं कहा।

यह पता था कि इस तजुरबे में अगर वह सफल न हुआ तो उसे कुछ दिन इसकी तकलीफ़ होगी, पर उसने जब भी इस किताब का पीछा छोड़ दिया, यह

सब्जैक्ट भी उसे भूल जाएगा। फिर कोई नई किताब—नया हीरो और नई आइडैन्टीफ़िकेशन...

हीरू की खैर थी—पर उस लड़की का कोई क्या करे जिसे किसी की सूरत में अपने ड्रीम बॉय की सूरत दिखाई देने लगे—

मिस क्रैमलिन की बात सोचता था तो लगता था जैसे कोई किताब मैंने बीच में से पढ़नी आरम्भ की हो, और मुझे इसकी कुछ समझ न आ रही हो—वह बड़ी ज़हीन लड़की थी, उसके विचार को हीरू के विचार के साथ नहीं जोड़ना चाहता था, पर फिर भी रह-रहकर लगता था—उसने हीरू की आदत की तरह स्वयं को जूलियट से आइडैंटीफ़ाई कर लिया था, और मुझे रोमियो से...सिर्फ़ यह नहीं पता चलता था कि कितनी देर के लिए...

रोमियो और जूलियट दो दुश्मन घरानों के बच्चे थे, पर मैं और मिस क्रैमलिन—(मेरा ख़याल है मैं उसके असली नाम से ही उसकी बात करूँ)—मैं और रिक्की दो अपरिचित घरानों के बच्चे थे, न दोस्ती का सवाल था, न दुश्मनी का। पर मालूम नहीं कैसे रिक्की के शांति भवन आने वाली बात उसके माँ-बाप तक पहुँच गई थी और चाहे शांति भवन में जैसा मैं था, वैसे विनोद तथा अशोक थे, और हम तीनों के अतिरिक्त भूपी तथा अन्य कितने ही, शाम को अक्सर वहाँ रहने वाले लड़के थे, पर रिक्की के माँ-बाप को मेरा नाम खासतौर पर गौर करने वाला लगा था।

सो मैं, जो रोमियो नहीं था, रोमियो मान लिया गया था। रिक्की की तरफ़ से भी, और उसके माँ-बाप की तरफ़ से भी। अन्तर केवल यह था कि रिक्की की तरफ़ से यह चुनाव था—स्वाभाविक दोस्त की सूरत में। और उसके माँ-बाप की तरफ़ से यह चुनाव था—स्वाभाविक दुश्मनी की सूरत में...

दोस्ती स्वाभाविक होती है, सिर्फ़ दुश्मनी को पहली बार स्वाभाविक देख रहा था...

लग रहा था अगर रोमियो और जूलियट के दो घरानों की दुश्मनी एक ऐतिहासिक घटना थी, तो रिक्की के माँ-बाप की नज़र में ऐसी हालत में दुश्मन का होना स्वाभाविक ही था...

सो मैं, मेरा नाम, मेरा अस्तित्व, इस स्वाभाविक दुश्मनी का निशाना थे। रिक्की के माँ-बाप की तरफ़ से मुझे धमकी मिली थी कि मैं रिक्की से इस जन्म में कभी मिलने की कोशिश न करूँ...

पता नहीं 'इस जन्म' शब्द का इस्तेमाल करने की उन्हें क्या ज़रूरत थी?

''शायद इसलिए कि उन्हें यह विश्वास न हो कि वे अगले जन्म में भी मेरे माँ-बाप होंगे...'' एक दिन रिक्की ने स्वयं मेरे इस सवाल का जवाब दिया था। कम्बख्त हँस रही थी।

इस धमकी के बावजूद वह एक दिन फिर शांति भवन आ गई थी। 'अपने हाउस अरैस्ट' की बातें भी सुना रही थी, और हँस भी रही थी।

शांति भवन मुझे उस बिजली के खम्भे की तरह लग रहा था, जिस पर मैं खतरे के अलार्म की टिन प्लेट की तरह, एक भयानक खोपड़ी की शक्ल में होऊँ...

यह मेरी नज़र में नहीं था, रिक्की के माँ-बाप की नज़र में था, पर टिन प्लेट की खोपड़ी वाला अपना रूप मुझे सख्त नापसन्द था। इसलिए रिक्की से कहा, "तुम यह ख़्वाहमख़्वाह का खतरा क्यों मोल लेती हो?"

"क्योंकि वह मुझ पर ख़्वाहमख़्वाह की सख्ती कर रहे हैं।" रिक्की ने जवाब दिया।

सो यह 'ख़्वाहमख़्वाह' की 'ख़्वाहमख़्वाह' से लड़ाई थी...

"पर इसका हश्र क्या होगा?"

"फिर इण्टैरोगेशन, फिर हाउस अरैस्ट, फिर सख्ती..."

"पर कितनी बार? किस हद तक?"

"शायद उस हद तक, जहाँ..." रिक्की कुछ चुप हो गई, फिर कहने लगी, "जिस हद तक कई थानों में होता है।"

लगा—रिक्की सिर्फ़ इतना ही नहीं कहना, चाहती थी, इससे आगे भी कुछ कहना चाहती थी। शायद, जिस हद तक थानों में होता है, उसकी तशरीह करना चाहती थी। मैं चुपचाप उसकी तरफ़ देखता रहा।

उसने तशरीह की, "तुम्हें मालूम है, थाने वाले कई बार अपने मुल्ज़िम को खुद ही तीसरी मंज़िल से धक्का देकर मार देते हैं, और कह देते हैं, कि मुल्ज़िम ने अपनी मर्ज़ी से आत्महत्या की है।"

मैं काँप-सा गया—धक्के और हत्या में जो अन्तर था, वह कहाँ नहीं था? और वह क्यों किसी की पकड़ में नहीं आ रहा था?...

"एक और हश्र भी हो सकता है।" रिक्की ने कुछ सोचकर कहा।

"क्या?"

"कि अचानक वह किसी दिन, किसी को पकड़ कर मेरा विवाह कर दें। पर यह भी तीसरी मंज़िल पर से धक्का देकर मार देने वाली बात है, क्यों नहीं?"

मैं रिक्की के बहुत मुलायम, पर बड़े सख्त चेहरे की तरफ़ देखता रहा।

"एक और भी हो सकता है," रिक्की ने फिर कुछ सोचकर कहा—

"क्या?" मेरी आवाज़ शिथिल-सी हो गई—

"तनवीर वाली।"

"क्या?" लगा मेरी आवाज़ चौंक गई थी।

"जैसे तनवीर जलावतन हुआ था, मैं भी हो सकती हूँ।" रिक्की हँस पड़ी और कहने लगी, "टीचर भी माँ-बाप जैसे होते हैं। मिस्टर जोसेफ़ की ज़िद टूटती नहीं थी, तनवीर को देश छोड़ना पड़ा, मेरे माँ-बाप की ज़िद भी, मुझे पता है, टूटेगी नहीं..."

हॉल में मेरे दोस्त और रिक्की की सहेलियाँ रिकॉर्ड बजा रहे थे, और डांस कर रहे थे। रिक्की का जब से 'मिस क्रैमिलन' नाम पड़ा था, लगभग तभी से उसकी एक सहेली का नाम 'मिस ह्वाइट हाउस' पड़ गया था। यह 'फ़िश पौंड' गेम खेलते हुए नहीं पड़ा था, वैसे ही उसकी अंग्रेज़ी के अमरीकन लहज़े से पड़ गया था। वह 'मिस ह्वाइट हाउस' अचानक धमाके-सी मेरे कमरे में आई और रिक्की की बाँह पकड़ उसे उठाती हुई, मुझसे कहने लगी, "कम ऑन मिस्टर कपिल। यू सिली फिलॉसफ़र! ज्वाइन अस!"

मैं और रिक्की, दोनों हॉल में जाकर, डांस करने लगे...

"अगर मैं भी तनवीर की तरह चार सौ सत्तर रुपये जमा कर लूँ, बम्बई से बसरे का टिकट ले सकती हूँ," रिक्की ने मेरे साथ डांस करते हुए अचानक मुझसे कहा...

लगा—तनवीर वाला हश्र, कुछ-न-कुछ हम सबकी तकदीर था...

मिस्टर जोसेफ़ वाली ज़िद शायद सारी हवा में थी—कहीं माँ-बाप की सूरत में, कहीं पूरी राजनीति की सूरत में...कौन था, जिसका कुछ हिस्सा, जलावतन नहीं था...

रिक्की से केवल इतना ही कहना चाहता था—पूरी तरह जलावतन होना हर किसी के वश में नहीं होता। तनवीर मर्द था, रास्तों की धूल में अपने पाँव मैले कर सकता था, पर तुम औरत हो...पर यह भी कोई कहने वाली बात थी, एक औरत से अधिक किसे इस बात का पता हो सकता था...

और सचमुच रिक्की को पता था, कहने लगी—"तुम मेरे साथ चलोगे?"

जवाब में मैंने रिक्की के होंठ चूम लिए...

कितनी ही देर कुछ इस तरह लगता रहा—जैसे हम दोनों एक परदेशी ज़मीन पर खड़े थे, मीलों तक कोई जाना-पहचाना चेहरा नहीं था...किसी जगह रेत के ढेर थे, किसी जगह सिर्फ़ जंगल, किसी जगह सिर्फ़ पर्वत और किसी जगह सिर्फ़ वह नगर, जहाँ हमारे लिए सिर छुपाने की जगह नहीं थी...

रिक्की चलते-चलते थक गई थी, और मैं...

रिक्की भूख से बेहाल थी, और मैं...

रिक्की सर्दी के मारे काँप रही थी, और मैं...

रिक्की बुखार से बेहोश-सी थी, और मैं...

ओ माई गॉड! मेरे पास मेरे अतिरिक्त, क्या था, जो मैं रिक्की को दे

सकता। और मैं—इस भूख, सर्दी और बुखार की दवा के लिए कितना नाकाफ़ी था...

"अभी एकदम नहीं, जब तुम डिग्री ले लोगे..." रिक्की ने खुद ही कुछ समझा, और खुद ही कहा।

कुछ अच्छा नहीं लग रहा था, केवल रिक्की का विश्वास अच्छा लग रहा था। और जिसके कारण, कमरे में बजता गीत अच्छा लग रहा था—लेट अस सी दि अर्थ विद क्रेज़ी ड्रीम्ज़...

9

सिर्फ़ शीरीन नहीं, शीरीन की दोस्ती भी बड़ी सख्त जान थी...जिस पारसी लड़के के साथ शीरीन की मंगनी होनी थी, हो गई। मंगनी के बाद उसने सिर्फ़ एक एतराज़ किया कि शीरीन मुझसे न मिला करे। पर शीरीन का एक ही जवाब था, मुझे ठीक और गलत की पहचान है। कपिल की दोस्ती मुझे उतनी ही ठीक लगती है, जितनी तुम्हारे साथ मंगनी। तुम मुझ पर कोई ऐसी शर्त मत लगाओ कि मुझे तुम्हारे साथ अपनी मंगनी गलत लगने लगे...

सो शीरीन पर किसी का लगाया हुआ कोई बंधन नहीं था। वह अपनी मंगनी के बाद भी उसी तरह मिलने आती थी, जैसे मंगनी से पहले। रिक्की उसे अच्छी लगी थी, पर रिक्की का अपने बाप की सख्ती के आगे झुक जाना उसे अच्छा नहीं लग रहा था। एक दिन, वह मुझे भी बताए बिना, रिक्की के घर मिलने चली गई।

वापस आई तो खीझी हुई थी—उसकी खीझ शायद सिर्फ़ रिक्की पर नहीं थी, रिक्की के गिर्द लपेटे हुए उस जाले पर भी थी, जिसमें फँसी हुई रिक्की, रोए जाती थी और अपनी जान तोड़े जाती थी।

कोई बात नहीं करती, हर बात के जवाब में रोए जाती है, और कहे जाती है—"माई ईडियट फ़ादर विल नेवर अण्डरस्टैंड" शीरीन ने मुझे बताया और यह भी बताया कि पिछली बार जब वह आई थी, उसके बाप ने उसके पीछे एक नौकर भेजकर पता कर लिया था कि वह कितनी देर वहाँ ठहरी थी...

'बाप' शब्द के साथ ईडियट शब्द जोड़ना, साधारण-सी घटना नहीं...

इस शब्द पर संस्कारों के बड़े सख्त दबाव होते हैं—लोहे के पंजों की तरह। और इस शब्द को लोहे के पंजों में से निकालकर मुहब्बत या नफ़रत के असली रूप में देखना बहुत कठिन है। शीरीन के मुँह से रिक्की के मन की हालत सुनकर बेचैनी का अजीब अहसास हुआ...

पता था—यह केवल बाप के लिए नहीं, बाप को जिस माहौल ने जिस तरह का बनाया है, यह शब्द उसके लिए है, और यह शब्द, रोष और घृणा की जिन जड़ों में से उगा है, वे जड़ें केवल एक रिश्ते या एक घर की सीमाओं तक सीमित नहीं, वे सारे सामाजिक ढाँचे की मिट्टी में फैली हुई हैं...

किसी भी गलत ढाँचे से रोष या घृणा, स्वयं में जीवन की निशानी है, सदा रही है, ज़िन्दा डंक की तरह। पर इसके डंक को वर्षों सीने में छुपाए रहकर, कोई विरला ही साबुत रह सका है। प्रायः समझौते की शक्ल में, आदमी इसकी पीड़ा से मुक्ति ढूँढ़ निकालता है। या फिर इसकी पीड़ा से टूटकर, बड़ी असन्तुलित-सी आदतों में, कहीं पनाह ढूँढ़ने लग जाता है...

मैं परेशान था—रिक्की का क्या होगा? नफ़रत सिर को ज़हर बनकर भी चढ़ती है, और ज़हर से ज़हर को काटने वाली दवा बनकर भी मिलती है...

रिक्की को देख नहीं सकता था, कुछ पूछ नहीं सकता था, कुछ कह नहीं सकता था, इसलिए केवल सोचे जा रहा था...

विनोद भी परेशान था। बड़ी कठिनाई से कुछ पैसे जमा कर उसने अपनी पेंटिंग्ज़ का वन-मैन शो किया था, पर उसकी गुमनामी की कोठरी में उसी तरह अंधेरा रहा था। कहीं कोई चर्चा नहीं थी।

"अरेंज्ड पब्लिसिटी, आई हेट इट..." विनोद कड़वे थूक की तरह, इस शब्द को थूकता रहा था, या गले के नीचे उतारता रहा था, पर इससे अधिक वह कुछ नहीं कर सकता था।

अचानक उसको एक क्रेज़ी आइडिया आया। उसने फिर एक आर्ट-गैलरी बुक करवाई। इस बार सारा इन्तज़ाम अकेले ने किया। हमसे, अपने करीबी दोस्तों से भी, न पैसों की मदद ली, न चित्रों को चुनने-चुनाने में।

गैलरी के बाहर एक बहुत बड़ा पोस्टर लगाया—'रियली रियलिस्टिक पेंटिंग्ज़'। गैलरी को वह हर समय ताला लगाए रखता था। उसका कहना था—इस बार वह दोस्तों, दुश्मनों, सबको एक सरप्राइज़ देगा। गैलरी का ताला, उसे सिर्फ़ उस समय खोलना था, जिस वक्त, नुमाइश की ओपिनिंग का समय, उसने पोस्टर में लिखा हुआ था।

समय हुआ। हम सब दोस्त भी, नुमाइश देखने आए बाकी लोगों की तरह दरवाज़े के बाहर खड़े थे। विनोद ने घड़ी देखी और फिर ऐलान किए हुए समय के अनुसार, गैलरी का ताला खोल दिया।

ओ खुदाया...

एक जगह लिखा हुआ था 'पोर्ट्रेट ऑफ़ ए कैट' और उसके नीचे एक बिल्ली

को मारकर कील से टाँगा हुआ था।

एक जगह लिखा हुआ था 'पोर्ट्रेट ऑफ़ ए माउस' और उसके नीचे एक चूहे को मारकर कील से टाँगा हुआ था।

और इसी तरह—कबूतर...कौआ...चिड़िया...

कई जगह—सिर्फ़ एक कील थी, एक कैंची, एक चाकू, या पेन्सिल, ब्रुश या इसी तरह की कोई दूसरी चीज़। और हर एक पर एक-एक टाइटल था...

मैंने घबराकर उससे मज़ाक किया—"ह्वाट अबाऊट दि सैल्फ़ पोर्ट्रेट?"

"वह आखिरी आइटम होगा," विनोद हँस दिया, और कहने लगा—"उससे पहले एक और बहुत ज़रूरी आइटम रहता है। पोर्ट्रेट ऑफ़ एन ईडियट क्रिटिक।"

मैं काँप-सा गया—वही शब्द...रिक्की वाला 'ईडियट फ़ादर...'

अगर कहीं तनवीर यहाँ होता, मुझे लगा, तो वह विनोद को 'पोर्ट्रेट ऑफ़ दि ईडिएट टीचर' बनाने के लिए ज़रूर कहता।

लगा—अलग-अलग दिख रहे हर टाइटल के पीछे सिर्फ़ एक ही टाइटल था 'दि ईडियट सिस्टम'...

तनवीर न मालूम कहाँ था, रिक्की पता होते हुए भी पता नहीं कहाँ थी, सिर्फ़ विनोद सामने था—मैंने उसके गिर्द बाँहें लपेटकर एक बार उसे बाँहों में लिया और सिर्फ़ गैलरी के बाहर उन सड़कों पर आ गया, जो कहीं से चलकर कहीं नहीं पहुँचतीं...

10

मिस ह्वाइट हाउस आई थी, रिक्की की सहेली। उसकी ज़बानी सिर्फ़ यह पता लगा कि रिक्की को बहुत पीटा गया था। पर कई दिनों की लगातार पिटाई के बाद भी जब वह टूटी नहीं थी, तो उसके बाप ने सब हथियार छोड़कर एक दिन उससे पूछा था, "तुम्हें कपिल पसन्द है? तुम उससे मिलना चाहती हो?" और जवाब में जब रिक्की ने हाँ की थी, तो उसके बाप ने एक आखिरी हथियार पकड़ लिया था, "फिर मेरे और कपिल में से जिसको मर्ज़ी चुन लो," और रिक्की चुप की चुप रह गई थी...

यह सब कुछ सुनकर बोला नहीं गया। मैं भी शायद रिक्की की तरह चुप का चुप रह गया था...

हीरू उस समय मेरे पास बैठा था, सिर्फ़ वह बोला, "इजण्ट ही ए परवर्ट?"

एक लड़के की दोस्ती में और एक बाप के रिश्ते में भला क्या मुकाबला होता

है? दोनों को एक सतह पर रखकर, एक को छोड़ने का, और दूसरे को चुनने का सवाल भी कोई सवाल है? हीरू जैसा पागल लड़का भी इसे 'परवर्शन' कह सकता था, पर मुझमें यह कहने की भी शक्ति नहीं रह गई थी...

चुप था, चुप हूँ...

जिन दिनों की यह बात है—उन दिनों हमारे इम्तिहान हो रहे थे। मैंने बहुत सोचा था कि रिक्की को न सोचूँ। कम अज कम इम्तिहान के दिनों में न सोचूँ। वैसे भी मैंने कभी रिक्की को अपनी ज़िन्दगी से नहीं जोड़ा था—अपना-आप हमेशा ख्वाहमख्वाह का रोमियो बना लगता रहा था—और रिक्की का अपने बाप की सख्ती को सहन करना मुझे कभी इतना अपने लिए मुश्किल नहीं लगा था, जितना उसके लिए,...तो भी मैं परेशान था, और रिक्की को सोचे जा रहा था।

उस दिन हमारी टेक्नीकल ड्रॉइंग का पेपर था—मुझे कुछ पता नहीं कि मैंने वह पेपर कैसा किया—सिर्फ़ शाम को जब मेरे साथ पढ़ते फ़ोर्थ ईयर के कुछ लड़के बड़े फ़िक्रमन्द से लगे—मैं भी अपने पेपर के बारे में सोचने लगा। वे मुझसे भी मेरे पेपर के बारे में पूछ रहे थे—पर मैं कुछ ऐसी हालत में था कि उन्हें कुछ बताने के पहले, मुझे यही कुछ खुद से पूछना पड़ रहा था...

पेपर शाम को हुआ था—तीन बजे से छः बजे तक, और यह पता था कि चाहे एग्ज़ामिनेशन हॉल में इस समय ताला लगा हुआ था, पर सबके पेपर उसी तरह सबकी मेज़ों पर पड़े हुए थे। बहुत-से लड़के जब एक-दूसरे से पूछताछ कर चले गए, तो दो लड़के मेरे पास बैठे रहे। मेरे दोस्त नहीं थे, सिर्फ़ वाकिफ़ थे। उन दोनों को कुछ ज़्यादा ही फ़िक्र थी, कुछ सवाल वे वैसे के वैसे छोड़ आए थे।

"अगर कभी सिर्फ़ एक घंटे के लिए, आधे घंटे के लिए, हमारे पेपर हमारे हाथ लग जाएँ..." वे दोनों कहे जा रहे थे, और मुझसे पेपर के बारे में पूछे जा रहे थे।

मैं अपने पेपर के बारे में कुछ भी नहीं बता सकता था, मुझे खुद पता नहीं था।

"मुश्किल यह है कि हॉल तीसरी मंज़िल पर है।" एक ने कहा।

मुझे समझ नहीं आ रहा था कि अगर हॉल पहली मंज़िल पर भी होता तो क्या फ़र्क पड़ता...

"समझे नहीं?" दूसरे ने कहा।

"नहीं..."

"दरवाज़ा भी बन्द है और खिड़कियाँ भी, पर रोशनदान खुले हैं...अगर किसी रोशनदान में से लाँघकर सिर्फ़ आधे घंटे के लिए हम अपने पर्चे ला सकें..." एक ने कहा—"जेब में बैटरी ले जाई जा सकती है या दियासलाई की

तीली जलाकर अपना रोल नम्बर देखा जा सकता है और फिर आधे घंटे बाद उसी तरह पर्चे वहाँ वापस रखे जा सकते हैं..."

"टू रिस्की..." यही लगा था कह दिया।

"रिस्की नहीं, एक कोई पाइप के सहारे चढ़ जायेगा, दो नीचे दूर पर खड़े रहेंगे।" दोनों ने मुझे समझाया, "अगर कोई उधर से गुज़रने लगा, तो नीचे खड़े होने वाले किसी बहाने थोड़ा दूर ही उसे रोक लेंगे...सिर्फ़ मुश्किल यह है कि हम दोनों में से किसी को पाइप पर चढ़ना नहीं आता..."

"फिर!" मैंने पूछा।

"तुम्हें जिमनास्टिक आती है—तुम अगर पाइप पर चढ़ जाओ..." उन्होंने कहा...

मैं कुछ देर सोचता रहा। मेरा पेपर भी शायद अच्छा नहीं हुआ था, कुछ ऐसा ही, इम्प्रैशन था। पता नहीं यह मन का डिप्रेशन था कि अपने पेपर का सचमुच कुछ लोभ-सा जाग पड़ा। मैं मान गया।

हम तीनों काफ़ी देर तक इमारत के पिछले हिस्से वाले बगीचे में घूमते रहे। जब लगा कि उस तरफ़ से लोगों का आना-जाना खत्म हो गया, तो वे दोनों लड़के दोनों मोड़ों की तरफ़ जाकर खड़े हो गए। मेरे सारे बदन पर पसीना आ रहा था—खास कर माथे पर। पर कह चुका था, अब पाइप पर चढ़ना था...

नीमहोशी-सी में पाइप की चढ़ाई भी खत्म की, रोशनदान में से अन्दर छलांग भी मारी, माचिस की तीली जलाकर तीनों रोल नम्बर भी ढूँढ़े, तीनों पेपर भी कमीज़ के बटन खोलकर कमीज़ के अन्दर रखे और फिर उसी तरह वापस भी आया...

वे दोनों लड़के होस्टल के एक ही कमरे में रहते थे। मैं होस्टल में नहीं था, इसलिए अपने पेपर को लेकर अपनी हवेली के कमरे में जाना था, या उन लड़कों के कमरे में। उनके पेपर उन्हें देकर मैं अपनी हवेली के कमरे की तरफ़ चल पड़ा...

फिर पता नहीं क्यों—अपना पेपर लेकर अपने कमरे में जाने को मन नहीं हुआ। मैं हवेली तक गया भी, पर कमरे में नहीं। हवेली के बाहर वाले बगीचे में घूमता रहा...

पेपर को एक बार खोलकर देखा भी नहीं...

पता नहीं कितना समय गुज़र गया, शायद आधा घंटा ही हुआ होगा, या कुछ ज़्यादा, वे दोनों लड़के मुझे ढूँढ़ते मेरे पास आ गए। अब सारे पेपर फिर वापस रखने थे...

पेपरों को वापस, उसी हॉल की उन्हीं मेज़ों पर रखने का सिलसिला भी उसी तरह बिना किसी अड़चन के हो गया, जिस तरह निकालते वक्त हुआ था...

यह सब कुछ मैं किस तरह कर गया, मुझे कुछ समझ नहीं आया...

अपना पेपर अगर इतना खतरा मोल लेकर लाया ही था, तो उसे फिर खोलकर, उसमें कुछ भी लिखने को उत्साह क्यों नहीं रहा था, इसको मैं कभी नहीं समझ सका...

यह एक खतरनाक हरकत थी, मैं कर गया था। पर जब पेपर हाथ में था, उसे खोलने की, और उसमें कुछ लिखने की, बड़ी मामूली-सी हरकत थी, पर वह नहीं हुई...यह क्या था?

क्या यह भी भीतर की किसी खामोशी की कोई सूरत थी?

वे दोनों लड़के बहुत खुश थे। मेरे अहसानमन्द भी। पर उन्हें भी मैंने यह बात नहीं बताई। बताने को मन नहीं हुआ। न मालूम यह कैसी खामोशी थी...

11

चुप था, चुप हूँ...

लगता है—यह चुप कभी नहीं टूटेगी! न इसे मैं तोड़ सका हूँ, न वक्त तोड़ सका है...

वक्त ने और बहुत कुछ तोड़ा है—मसलन शान्ति भवन, जिसकी जगह उससे अगले साल ही इन्कमटैक्स की एक सरकारी इमारत बनने लगी थी...(इन्कमटैक्स की बन रही इमारत को देखकर एक दिन विनोद ने कहा था—जहाँ ज़िन्दगी को न कमाने का मौका हो, न खर्चने का, वहाँ साँसों पर टैक्स लगना चाहिए। लोगों की साँसों में से रोज़ कुछ साँसें निकालकर हुकूमत के बुत में डाल देनी चाहिए...)

और वक्त ने विनोद को भी तोड़ा है—पिछले एक वर्ष से विनोद पागलखाने में है...(एक बार मैं उससे मिलने गया था, उसने मुझे पहचाना नहीं था, पर मैंने उसे गाते हुए सुना था, 'आई एम दि बैस्ट क्रिएशन ऑफ़ गॉड, ब्लैस्ड विद हॉरर एण्ड मिज़री...')

तनवीर के बारे में खबर मिली थी कि वह खुफ़िया राजनीतिक पार्टी में शामिल हो गया था, और विदेशी हथियारों की स्मगलिंग के जुर्म में, पुलिस के हाथों ज़ख्मी होकर पकड़ा गया और अब किसी जेलखाने में है।

अशोक अजीब तरह से टूट गया है—तकरीबन हर सरकारी इमारत पर कुछ मोजेक बनाने का ठेका उसे मिलता है, जिसके लिए सरकारी अफ़सरों को रिश्वत देने की उसकी दरें निश्चित हैं। अब वह पेंट नहीं करता। कई छोटे

कारीगर अपने मातहत रखे हुए हैं, और स्वयं केवल सरकारी दफ़्तरों से सम्बन्ध बनाए रखने का प्रबन्ध करता है...

शीरीन बड़ी सख्त जान है। उसे विवाह करना था किया, पर उसका खाविन्द उसे अंडरस्टैंडिंग जैसा कुछ नहीं दे सका जिसकी उसे सबसे ज़्यादा ज़रूरत थी, और जिसकी वह हकदार थी। उसकी एक छोटी-सी बच्ची है, और खुद वह किसी स्कूल में नौकरी करती है। विवाह अभी भी साबुत दिखाई देता है, पर वह रोज़ जैसे उसे, जहाँ से भी उघड़ता है, टाँके लगा कर सीती रहती है...एक बार फ्रांस के बारे में कही हुई किसी की एक बात कहीं पढ़ी थी, 'फ्रांस हैज़ बीन कांकर्ड बट नाट डिफ़ीटेड' शीरीन के बारे में भी कुछ ऐसा ही है—वह टूटी है पर हारी नहीं...

मेरा अगर वक्त ने कुछ और नहीं तोड़ा, तो उमर का एक टुकड़ा अवश्य तोड़ दिया है, और रोज़ तोड़े, जा रहा है...पढ़ाई के साल पूरे करने के बाद डिग्री मिल गई थी, एक छोटी-सी नौकरी भी। और घड़ी की सुइयों की तरह मैं, घर से दफ़्तर, दफ़्तर से घर घूमता हूँ, और रोज़ एक दायरे में घूमे जाता हूँ...

और रिक्की?

रिक्की मिली थी। किसी खत या खबर की तरह नहीं, प्रत्यक्ष।

कुछ दिनों से खत आ रहे थे कि मेरी नानी उदास थी, कुछ बीमार भी। माँ कह रही थी कि मैं गाड़ी में जाकर, गाँव नानी से मिल आऊँ या उसे साथ ले आऊँ (पढ़ाई खत्म कर, वापस माँ के पास आने पर माँ ने—एक बहुत नई तो नहीं, पर एक गाड़ी खरीद कर मुझे दी थी।) मैं सुबह-सुबह, जब पहर भर अँधेरा था, अपने शहर से चल पड़ा था। एयर लाइन के दफ़्तर के साथ एक पेट्रोल पम्प था, जहाँ से गाड़ी की टंकी भरवा रहा था, कि एयर लाइन के दफ़्तर के आगे, हवाई अड्डे से आकर जो बस खड़ी हुई, उसमें से रिक्की उतरी...

रिक्की ने मुझे देखा, मैंने रिक्की को...

ध्यान नहीं, पर नज़र उधर से हटाना चाहता था, कि रिक्की मेरे पास आकर खड़ी हो गई।

बस में से उतरे, और उतर रहे सब लोग, मुझे रिक्की के साथ जुड़ी हुई परछाइयों की तरह लग रहे थे—पता नहीं इनमें से कौन था जो अभी रिक्की की बाँह पकड़ उसे दूर ले जाने वाला था...इसलिए मैं परछाइयों की ओर देखता रहा, बोला नहीं गया।

"मैं अकेली हूँ, मेरे साथ कोई नहीं," रिक्की ने कहा। उसने मेरी चुप को शायद समझ लिया था...

रिक्की का एक सूटकेस बस में था। रिक्की को अपना सूटकेस लेना था, 'एक मिनट,' कहकर जब वह मुड़ी और सूटकेस ले आई, मैं उसका सूटकेस अपनी

गाड़ी में रखते हुए पहली बार बोला : "चलो, तुम्हें जहाँ जाना है, छोड़ आऊँ।"

रिक्की ने कहा कुछ नहीं, गाड़ी में मेरे बाईं ओर बैठ गई। गाड़ी के स्टीयरिंग पर हाथ रख कर, जब सामने शीशे में से बाहर वाली सड़क को देखा—पता नहीं लग रहा था, यह किस शहर की कौन-सी सड़क थी...

एक्सीलेटर पर पाँव रखा, गाड़ी सामने की तरफ़ बढ़ी और फिर सामने सड़क खत्म हो गई...

कहीं मुड़ना था—बाएँ या दाएँ, इसलिए रिक्की से पूछा, "गाड़ी को किधर मोड़ूँ?"

"जिधर जी चाहे," रिक्की ने ऐसे कहा, जैसे वही एक स्वाभाविक जवाब था।

"जिधर भी मोड़ूँ, उधर ही तुम्हारा घर होगा?" मुझे हँसी-सी आई।

रिक्की हँसी नहीं, कहने लगी, "जिधर मोड़ोगे, उधर ही घर नहीं होगा।"

अपना पाँव एक्सीलेटर पर रखने की जगह लगा—मैंने अपने ख़यालों पर रख लिया था, और वे बड़े तेज़, पता नहीं किधर को, जा रहे थे...

"तुम इतनी सुबह कहाँ जा रहे थे?"

"शहर से कोई सौ मील दूर, अपनी नानी के गाँव..."

"फिर गाड़ी चलाए जाओ, खड़ी किसलिए की है!"

"तुम मेरे साथ चलोगी?"

"हाँ!"

मैं गाड़ी उस सड़क पर ले आया, जो शहर से बाहर जाती थी, पर सोच रहा था, अभी नहीं तो ज़रा ठहर कर, रिक्की, गाड़ी को शहर की तरफ़ घुमाने के लिए कहेगी।

रिक्की ने कुछ नहीं कहा।

थोड़ी देर बाद ही मुझे कहना पड़ा, "गाँव से वापस आने तक रात हो जाएगी, यहाँ पीछे कोई तुम्हारा इन्तज़ार कर रहा होगा..."

"यहाँ कोई नहीं। सिर्फ़ पासपोर्ट बनवाने के लिए इस शहर आई थी। पासपोर्ट आज न सही, कल बनवा लूँगी।"

यह सारा दिन कैसे बीतेगा यह अचानक मुझे क्यों और कैसे मिला था...किसलिए मिला था...कुछ समझ नहीं आ रहा था...

यह दिन, ऐसे लग रहा था, जैसे सड़क पर चलते-चलते, अचानक सड़क पर से, कोई कीमती चीज़ मिल गई हो...और वह कीमती चीज़, अपनी लगने की जगह, हाथों में बेगानी-सी लग रही हो, कि आदमी वह चीज़ उसके असली मालिक को लौटाने के लिए, उसे ढूँढ़ने निकल पड़ा हो...

"तुम्हें पता है—मेरी शादी हो गयी है," रिक्की ने अचानक बताया।

"अन्दाज़ा था, पर पता नहीं था..."

"वह आजकल इंग्लैंड में हैं, इसलिए इंग्लैंड जाना है," रिक्की ने बताया, और फिर हँसने लगी, "तुम्हें याद है एक बार मैंने चार सौ सत्तर रुपये जमा कर बम्बई से किश्ती में बसरा जाने की बात कही थी..."

मैं रिक्की को कुछ भी याद नहीं दिलाना चाहता था इसलिए बात का जवाब नहीं दिया।

"भूल गये हो?" रिक्की ने फिर कहा।

"नहीं," मुझे कहना पड़ा।

"चार सौ सत्तर रुपये मेरे टिकट के थे, और चार सौ सत्तर रुपये तुम्हारे टिकट के..." कम्बख्त रिक्की ने फिर कहा।

जवाब में हँसने की कोशिश की।

"अब चाहे मेरे पास कितने भी पैसे हों, और चाहे तुम्हारे पास भी बहुत पैसे हों, पर वह चार सौ सत्तर रुपये किसी के पास नहीं हो सकते..." रिक्की कह रही थी, और मैं सोच रहा था कि रिक्की कभी इस तरह जज़्बाती नहीं होती थी।

"एक और खबर भी तुम्हें सुनानी है..." अचानक फिर रिक्की ने कहा।

"क्या?"

"कि मेरा एक बच्चा भी है, एक लड़का। उसे तीन-चार दिनों के लिए पीछे अपने माँ-बाप के पास छोड़ आई हूँ..."

बच्चा कितना बड़ा था, उसका क्या नाम था, और बच्चे का बाप कैसा था, क्या करता था, यह विवाह रिक्की की मर्ज़ी से हुआ था या नहीं, कितनी ही बातें थीं रिक्की से पूछना चाहता था, पर रिक्की ने सब कुछ एक ही बार में अखबार की खबरों की तरह सुनाकर, फिर कह दिया—"इट हैज़ नो रिपीट वैल्यू, लैट अस टॉक समथिंग एल्स..."

फिर और बातें करने की जगह, हम चुप-से हो गये। यह और क्या था—जो बातों की पकड़ में नहीं आ रहा था—पर था।

इसी 'और' को थोड़ा-सा पकड़ने की रिक्की ने फिर कोशिश की, "मेरे और मेरे बाप में से किसी एक को हारना था, सो वह नहीं, मैं हारी हूँ। अगर मैं नहीं, वह हारता, तो भी शायद सुखकर न होता। अब वह खुश है, माँ खुश है, सब खुश हैं।"

"तुम?"

"ज़िन्दगी के सब आराम हैं, क्यों, ज़ाहिर नहीं?"

"ज़ाहिर है!"

"फिर आज का दिन...अभी अचानक, यह एक दिन, मुझे अपनी ज़िन्दगी में

से चुराने का मौका मिला है, और मैंने इसकी चोरी कर ली है। इतनी जल्दी से कि तुमने भी इसकी ज़रूरत नहीं पूछी। इसका मतलब—मुझे कहीं, किसी जगह, इसकी बड़ी ज़रूरत थी। क्यों, ज़ाहिर नहीं?''

''ज़ाहिर है,'' मैंने कहा, पर सोच रहा था—यह ज़ाहिर क्या है? जो सीधी तरफ़ से भी वही है, और उल्टी तरफ़ से भी वही...

पता नहीं कितने मील गाड़ी के पहियों के नीचे से गुज़र गए थे, काफ़ी दिन चढ़ आया था—जिस वक्त ख़याल आया—रिक्की ने कुछ खाया नहीं था। मैं सुबह बड़ी जल्दी निकल आया था, पर चाय पीकर चला था। माँ ने गाड़ी में भी कुछ फल, बिस्कुट और थर्मस में चाय डाल कर रख दी थी, इसलिए रिक्की को कुछ खाने के लिए कहा।

रिक्की ने थर्मस में से लेकर चाय पी, मेरे लिए भी डाली, और चाय देते हुए कहने लगी—''लास्ट राइड टुगैदर...''

''फ़र्स्ट राइड टुगैदर''—मैंने जवाब में कहा। यह सचमुच पहला सफ़र था, इससे पहले मैं और रिक्की कभी एक छोटी-सी सड़क पर भी साथ-साथ नहीं चले थे। पर रिक्की जो कह रही थी, वह भी सच था। इसके बाद हमें कब कहाँ जाना था।

और फिर अचानक पक्की सड़क से कच्चा रास्ता अलग होता दिखाई दिया—जो मेरी नानी के गाँव की तरफ़ जाता था, और जिसके एक किनारे पर लकड़ी का एक खम्भा लगा हुआ था, जिसकी तख्ती पर लिखा हुआ था—फतहगढ़।

कच्चे रास्ते पर धूल थी। गाड़ी बहुत आहिस्ता कर ली थी, पर धूल के गुब्बार-से उठकर आँखों के आगे फैल रहे थे। रिक्की की ओर वाला शीशा बन्द करते हुए मैंने उससे मज़ाक किया, ''बम्बई बेड़ी में बैठकर हम बसरे जाते तो आगे कुवैत आता, वहाँ सिर्फ़ रेत ही रेत है, वहाँ ऐसे ही रेत के गुब्बार उठते...''

''वहाँ मैं हर वक्त थर्मस में पानी डालकर रखती, और तुम्हें थोड़ी-थोड़ी देर बाद पानी पिलाती रहती...'' रिक्की हँस दी।

''और फिर तुम इस सब कुछ से कितने दिनों में ऊब जातीं?'' मैंने पूछा।

''ऐसे ही मुँहज़बानी कुछ कहने से क्या होता है,'' रिक्की ने कहा तो लगा शायद रिक्की ने बात को टाला था...

''अब कोई सबूत नहीं हो सकता, इसलिए मुँहज़बानी ही सही,'' मैंने फिर कहा, शायद ख्वाहमख्वाह बात को खींच रहा था...

''सबूत हो सकता है,'' रिक्की ने कहा, तो कुछ हैरानी-सी हुई। पूछा, ''वह कैसे?''

''अभी, यहाँ से, किसी रेगिस्तान को गाड़ी मोड़ लो, चाहे कुवैत की रेत हो,

और चाहे कहीं की..." रिक्की ने एक ही साँस में कहा। मेरी साँस कुछ गर्म-सी हो गई, और कह गया, "पहले रास्ते में सिर्फ़ बाप था, अब..."

"अब तीन लोग! एक मेरा बाप, एक मेरा पति, एक मेरा बच्चा। पर कपिल! जो एक बार नहीं होता, तुम्हारा क्या ख़याल है, वह कभी नहीं होता? क्या पता मेरी एक बार की हार ने मुझे क्या कर दिया हो, कि मैं उससे तीन-गुना मुश्किलों के सामने..." रिक्की के आगे के शब्द उसके गले में भीग गए लगे।

बात हँसी से शुरू हुई थी, पर पता नहीं किस समय कौन-सा मोड़ मुड़ गई थी।

रिक्की कह रही थी, "अभी मैंने कहा था 'लास्ट राइड टुगैदर,' पर तुमने कहा था 'फ़र्स्ट राइड टुगैदर'—तुम इसे सचमुच फ़र्स्ट राइड नहीं बना सकते?"

"यू आर रियली मैड," मैंने जवाब दिया, और अपना बायाँ बाज़ू, अपने पास बैठी रिक्की के कन्धों पर रख दिया।

"तुम्हें याद है—आखिरी दिन, आखिरी बार, जब हमने डांस किया था, उस दिन रिकॉर्ड का कौन-सा गीत था?" रिक्की ने मेरी बाँह पर सिर टिका दिया, और वह गीत गुनगुनाया, "लैट अस सो दि अर्थ विद क्रेज़ी ड्रीम्ज़..."

"पर रिक्की इस धरती में गीत नहीं उगते।"

उस समय मेरे मन में—मेरे सामने—न मैं था, न रिक्की, न रिक्की का कोई बाप या पति, सिर्फ़ रिक्की का बच्चा था, जिसे मैंने कभी देखा नहीं था...

नहीं, वह बच्चा मैं स्वयं था...

मेरे माँ-बाप, जब एक-दूसरे से अलग हुए थे, मैंने वह बच्चा देखा था...

मैं अब बड़ा हो गया था, मर्द बन गया था, पर वह बच्चा मुझे अभी भी याद था...

और उसी बच्चे जैसा रिक्की का बच्चा था...

मैंने जिस बच्चे को हर समय सहमते, डरते और रात को कम्बल में मुँह छिपाकर रोते हुए देखा था, उस बच्चे की शक्ल भी रिक्की के बच्चे जैसी थी...

नहीं...नहीं...मैं रिक्की के बच्चे की शक्ल उस बच्चे जैसी नहीं होने दूँगा...

मैंने रिक्की के कन्धों पर से अपना बाज़ू उठा लिया। मन हुआ—अगर रिक्की का बच्चा इस वक्त यहाँ हो, मैं ज़ोर से उसे अपने सीने से चिपका लूँ, और उसका मुँह चूमकर उससे कहूँ—मैं तुझे कुछ नहीं दे सकता, पर मैं तुझसे कुछ छीनूँगा नहीं...

धूल के गुब्बार आँखों के आगे उड़ते रहे। रिक्की ने फिर अपना चुप और उदास मुँह मेरे कन्धे पर रख दिया था। रिक्की उदास थी, मैं उदास था, पर मेरा

ख़याल है—उस वक्त कहीं दूर किसी पालने में पड़ा हुआ एक बच्चा हँस रहा था...

गाड़ी के शीशे बन्द थे, पर गर्द फिर भी हमारे कपड़ों पर पड़ रही थी। कपड़ों पर से कुछ मिट्टी झाड़ते हुए, अपनी और रिक्की की उदासी को भी झाड़ना था--इसलिए हँसकर कहा, "इस जगह का नाम किसी ने फतहगढ़ क्यों रखा? शायद इसलिए कि बहुत सारी मिट्टी को फतह करके जाना पड़ता है—"

"इस फतह शब्द के जाने क्या अर्थ हैं?" रिक्की को कुछ याद आया और कहने लगी, "मोड़ वाली तख्ती पर जिस वक्त मैंने फतहगढ़ लिखा हुआ देखा था, तब से सोचे जा रही थी कि इसके क्या अर्थ हुए। अजीब स्पैलिंग थे—पी एच ए टी ई एच।"

"बिलकुल नहीं. मैंने खुद तख्ती पर लिखा हुआ यह नाम पढ़ा था—एफ ए टी ई एच," मैंने कहा। मुझे अच्छी तरह याद था कि यही स्पैलिंग थे।

"बिलकुल," रिक्की ने इनकार किया, और पूछा, "रही शर्त?"

"शर्त—जो तुम कहो," मैंने जवाब दिया। मुझे विश्वास था कि मैं ठीक हूँ।

रिक्की को भी विश्वास था कि यह ठीक थी, सिर्फ़ वह कोई बहुत बड़ी शर्त सोच रही थी।

"तुम जो शर्त कहो," मैंने अपनी शब्दों को दुहराया।

"अच्छा फिर—" रिक्की चमक-सी उठी, और कहने लगी, "अगर मैं जीत जाऊँ तो यह फ़र्स्ट राइड, अगर मैं हार जाऊँ तो लास्ट राइड।"

"मंजूर।"

"मंज़ूर का मतलब सोच लिया है?"

"जो भी मतलब हो, मंजूर"

"चाहे यही हो कि यहाँ से सीधे किसी रेगिस्तान में जाना पड़े— !"

मैं हँसने लगा।

"इजण्ट इट ए क्रेज़ी ड्रीम?" रिक्की भी हँस पड़ी।

नानी के गाँव पहुँचने की जल्दी से भी ज़्यादा हम दोनों को अपनी शर्त का हश्र देखने की जल्दी थी। इसलिए गाड़ी को पीछे घुमा लिया।

वही कच्चा रास्ता, वही धूल के गुबार, पर आखिर वह रास्ता खत्म होना था, हो गया। और पक्की सड़क के बगल में लगा हुआ वह लकड़ी का खम्भा आ गया, जिसके किनारे पर लगी हुई तख्ती पर 'फतहगढ़' लिखा हुआ था।

एफ ए टी ई एच--मैंने अपनी आँखों से पढ़ा, और हँसकर रिक्की का हाथ अपने हाथ में दबाया और कहा—सो इट इज़ दि लास्ट राउंड, अवर फ़ेट—

सड़क पर से उड़ती हुई धूल, जैसे सिर्फ़ मटमैले रंग की नहीं थी, पीले जर्द रंग की भी थी—रिक्की का मुँह एकदम जर्द हो गया।

"ओ गॉड..." रिक्की ने पहले ध्यान से तख्ती की तरफ़ देखा, फिर हाथ की हथेली ने तख्ती के शब्दों को ऐसे छुआ, जैसे उसे शक हो कि अभी-अभी कोई अदृश्य हाथों से तख्ती पर लिखे नाम की स्पैलिंग बदल गया था, और जिसकी गीली स्याही को यह हाथों के पोरों से देख सकती थी...

"पर यह हुआ क्या...कैसे हुआ..." रिक्की मुझसे बात करती हुई तख्ती की तरफ़ देखे जा रही थी, जैसे उसे विश्वास हो कि उस तख्ती ने अवश्य ही उसके साथ कोई धोखा किया था।

"सो मैं एक बार फिर हार गई..." रिक्की इतना मुझे नहीं जितना खुद को कह रही लगती थी। उसकी आवाज़ बुझी-सी हो गई थी, कि मुझे एक बार पछतावा हुआ कि रिक्की के साथ मैंने यह शर्त क्यों लगाई थी। अगर लगाई थी तो मैं हार क्यों नहीं गया...

रिक्की से अपना हाथ तख्ती पर से उठाया नहीं जा रहा था, वह जैसे उसे कन्धों से हिलाकर और झंझोड़कर पूछ रही हो—यह तुझे क्या हुआ? मैंने खुद अपनी आँखों से तुम्हें पढ़ा था...तुम एक झूठे गवाह की तरह फिर गईं...

और फिर तख्ती से बातें-सी कर रही रिक्की का ध्यान उसी तख्ती की दूसरी तरफ़ गया—यहाँ भी फतहगढ़ लिखा हुआ था, पर—पी एच ए टी ई एच।

"कपिल! देख!" रिक्की हैरानी से भर उठी, "मैंने तुम्हें कहा था कि मैंने खुद अपनी आँखों से देखा था..."

सो रिक्की गलत नहीं थी...

मन की कोई पीड़ा कभी गलत नहीं होती...

मैं भी ज़िन्दगी की एक तल्ख हकीकत की तरह सच था, एक बहुत बड़ी दलील की तरह सच था...

पर हम दोनों जीतकर भी नहीं जीते थे...

यह तख्ती सिर्फ़ एक खेल थी, पर क्या यह ज़िन्दगी के उस अजीब ढाँचे का प्रतीक नहीं थी, जो हर तरफ़ से अलग दिखाई देता था, पर जिसे जो कोई जिस तरह से देखता है, उसी को सच्चाई मान लेता है...

बस यह रिक्की से आखिरी मुलाकात थी। उस दिन शर्तें जीतकर भी न जीतने में दुपहर हो गई थी। नानी के गाँव फिर दूसरे या तीसरे दिन जाने का ख़याल करके, मैं वहीं से रिक्की को लेकर शहर लौट आया था। दूसरे या तीसरे दिन उसका पासपोर्ट बन गया होगा, और वह अपने बच्चे को उसके बाप के पास ले गई होगी, बस इस अनुमान से अधिक कुछ पता नहीं...

अनुमान...

लगता है—मेरी और रिक्की की ज़िन्दगी सदा एक शब्द के गिर्द घूमती रही है...

उस दिन जब 'फ़िश पौंड' गेम खेल जा रहा था, रिक्की का नाम 'मिस क्रैमिलन' रखा गया था, तो घबराकर रिक्की को किसी का हाथ पकड़ना था—मेरा पकड़ लिया। कुछ सोचकर नहीं, वैसे ही अनुमान से...

रिक्की जब माँ-बाप की सख्ती से घबराई थी, किसी में विश्वास की उसे बड़ी आवश्यकता थी—इस विश्वास के लिए उसने मुझे चुना था, मेरा कुछ जान सुनकर नहीं, वैसे ही अनुमान से...

रिक्की के अन्दर जब एक दिन बगावत जल उठी थी, उसने तनवीर की तरह जलावतन होना सोचा था, तो उन रेतीली राहों के लिए उसने मुझको सोच लिया था, जैसे अपने आपको। पता नहीं क्यों ?—शायद यही अनुमान उसकी और मेरी तकदीर था...

रिक्की को बगावत नहीं रास आ सकती थी, इसलिए वह चुप हो गई। पर चुप का जो दर्द होता है, उसने आधा-आधा कर लिया, और अपने हिस्से का अपने पास रखकर, मेरे हिस्से का मुझे भेज दिया। उसने भी अनुमान से भेजा था, मैंने भी अनुमान से कबूल कर लिया...वह अनुमान क्या है...

हम राह चलते मिले थे—सड़कों पर। पर लगता है—आदमी नहीं चलता, सिर्फ़ सड़कें चलती हैं। मैं और रिक्की वहीं के वहीं खड़े हैं, पर सड़कें कहीं-की-कहीं पहुँच गयी हैं...

अब जब एक दिन, एक सड़क के पास से गुज़री, मैंने रिक्की को देखा, रिक्की ने मुझे, तो दोनों को लगा—हम वहीं-के-वहीं खड़े हैं...

रिक्की ने फिर अपना हाथ बढ़ाया, मैंने फिर उसका हाथ पकड़ा, पर इतने में सड़कें फिर तेज़ी से चलने लगी थीं। और अब अपनी सड़क पर खड़े हुए, मुझे कहीं दूर-दूर भी रिक्की की सड़क दिखाई नहीं देती...

उस दिन—जब फतहगढ़ से लौटकर, फिर वापस शहर आकर, रिक्की को एक होटल में छोड़ा था, तो रिक्की ने अचानक कहा था—"कपिल! तुम कुछ बोलते क्यों नहीं ? कभी कुछ नहीं कहते..."

जवाब दिया था, "तुम्हें 'फ़िश पौंड' गेम वाला दिन याद है ?"

"याद है।" उसने कहा था।

और मैंने बताया, "उस दिन जब तुम एक मज़ाक की कुंडी में फँसी हुई, एक मछली की तरह तड़प उठी थीं, तुमने अचानक मेरा हाथ पकड़ा था। उस समय मुझे लगा था—जैसे अचानक एक-सुनहरी मछली मेरी हथली पर आ गयी हो..."

रिक्की हँस दी, पूछने लगी, "फिर और क्या लगा था ?"

बताया, "मेरे हाथ में एक हरकत आने लगी थी—तुम्हारा हाथ पकड़ लेने

की, पर वह हरकत मैंने रोक ली थी।''

''क्यों ?'' रिक्की ने पूछा।

जो उस दिन मुझे लगा था, मैंने रिक्की को कभी नहीं बताया था, अब इतने दिनों बाद बताया, ''मुझे लगा था, अगर मैंने तुम्हारा हाथ इस तरह पकड़ लिया, तो अपना हाथ मुझे उसी कुंडी की तरह लगेगा, जो एक मछली को अपने में फँसा रहा हो...यह मुझे मंजूर नहीं था...''

रिक्की मेरे कन्धे के पास खड़ी थी, इतनी पास कि कभी-कभी साँस मेरे कन्धे को छू जाती थी। उस दिन वाली बात सुनकर, उसने पता नहीं कैसी साँस ली—कि वह एक साँस मेरे कन्धे में से गुजरकर मेरी बाँह में फैल गयी। सारी बाँह गर्म-सी हो गयी...

''फिर कपिल ?'' रिक्की ने ही याद दिलाया—कि उस दिन वाली बात अभी और भी सुनानी बाकी थी...

''कुछ नहीं'' मैं पूरा नहीं, पर थोड़ा-सा खोया-पाया था। यह दिन भी शायद उस बहुत पुराने दिन का एक और हिस्सा था—उसका बाकी रह गया हिस्सा, पर मोमबत्ती के आखिरी हिस्से की तरह और भड़का हुआ...उस दिन सिर्फ़ हाथ में हरकत आने लगी थी—रिक्की का हाथ पकड़ लेने की। पर आज एक हरकत थी, जो मेरे अंग-अंग में आना चाहती थी...

पर जिस ख़याल को लेकर रिक्की को पहली बार देखा था—वह ख़याल भी मेरे अंग-अंग का हिस्सा था। उसी ख़याल ने मेरे अंग-अंग पर पानी का एक छिड़काव सा किया—और मैंने कहा, ''उस दिन तुम्हारे पतले और मुलायम से हाथ के नीचे शिथिल पड़ा हुआ मेरा हाथ, मुझे तालाब का ही एक हिस्सा लगा था—पानी में पड़ा हुआ पानी का एक हिस्सा। और मैंने सोचा था—जहाँ तुम एक मछली की तरह आने के लिए भी स्वतंत्र थीं और जाने के लिए भी...''

''ओ खुदाया''...रिक्की ने कहा, और एकटक मेरी तरफ़ देखने लगी।

मैं शायद जवाब में हँस पड़ा था, ''अगर मैं मछली पकड़ने वाली एक कुंडी बन जाता, तुम्हें अच्छा लगता ?''

''नहीं कपिल! तुम पानी का सरोवर हो, वही रहो!'' रिक्की ने जवाब दिया और कहा, ''यही तुम्हारी खूबसूरती का राज़ है और शायद इसी से मुझे इश्क है। पर मुझे बताओ कि उस मछली का क्या बने, जिसे न इस पानी में आने की स्वतंत्रता हो, न जाने की...''

जवाब में मेरी आँखें बन्द-सी हो गईं—सामने रिक्की का वह सवाल था, जिसका मेरे पास कोई जवाब नहीं था। न मेरे पास, न रिक्की के पास, न किसी और के पास...

''तुम्हें मालूम है—एक दिन मैंने तुम्हें एक बहुत लम्बा खत लिखा था...''

रिक्की ने अचानक कहा।

"फिर..."

"मैं अपने कमरे में थी—खत की सतरों में डूबी हुई—न जाने तुम्हें क्या-क्या बता रही थी, और तुमसे क्या-क्या पूछ रही थी—कि अचानक कानों में आवाज़ पड़ी—कमरे के बाहर, मेरे दरवाज़े के आगे, मेरा बाप पहरेदार की तरह घूम रहा था—पन्द्रह-बीस फ़ुट के बरामदे में, कभी बाईं तरफ़ से दाईं तरफ़, कभी दाईं तरफ़ से बाईं तरफ़..."

"फिर?"

"उसके पाँव में पता नहीं कैसे बूट थे—आवाज़ लगातार चल रही थी—मुझे लगा जैसे मेरा खत ज़मीन पर बिछा हुआ था, और वह एक-एक शब्द को पाँवों से रौंदे जा रहा था...।"

रिक्की ने बहुत थककर एक गहरी साँस ली, कहने लगी, "मैंने खत को फाड़ा ही नहीं, उसका पुर्जा-पुर्जा चुनकर गुसलखाने में ले गई...क्यों कपिल! उसे किसी के बूटों के नीचे कुचले जाते देखने से, अपने हाथों पानी में बहा देना अच्छा नहीं था? मुझे पता था कि वह तुम्हारे तक पहुँचने से पहले ज़रूर उन बूटों के नीचे आ जाएगा...मैं जब सोई हुई थी, या गुसलमाने में गयी होती थी, तब मेरे कमरे की एक-एक चीज़ को उलट-पलटकर देखा जाता था—"

"काश—चीज़ें उलट-उलटकर देखने वाले किसी के सपनों को भी देख सकते..." रिक्की से कहने लगा था पर कहा नहीं। लगा उसे इसका मुझसे भी ज़्यादा पता था...

बस यही कुछ अनुमान थे, जो हमारे हिस्से में आए थे—मेरे हिस्से भी और रिक्की के भी...

और शायद आगे भी—जब उम्रों की सड़कें चलते-चलते, कहीं-से-कहीं पहुँच जाएँगी, हम इस एक शब्द 'अनुमान' के गिर्द घूमते रहेंगे...या हम खड़े रहेंगे और यह शब्द हमारे गिर्द घूमता रहेगा...

12

मेरे साथ कुछ अजीब घटता रहता है, रोज़ नहीं, अक्सर, पर ठीक उस वक्त जब रात आधी बीत चुकी होती है, और आधी बीतने वाली...

एक कमरा, जिसमें दो चारपाइयाँ और एक पालना...एक चारपाई पर मेरी माँ सोई हुई, एक चारपाई पर मेरा बाप, और मैं पालने में से उतरकर कभी एक चारपाई की तरफ़ जाता हूँ, कभी दूसरी की तरफ़...अपनी छोटी-सी हवेली से

कभी सोई हुई माँ को टटोलता हूँ, कभी दूसरी चारपाई की तरफ़ लौट, सोये हुए बाप के मुँह को...दोनों में से कोई नहीं जागता...और फिर एक बार जब माँ की चारपाई की तरफ़ से लौटकर अपने बाप की चारपाई की तरफ़ देखता हूँ...तो वहाँ कोई चारपाई नहीं होती...मैं बिलखकर रो उठता हूँ...माँ जाग पड़ती है और मुझे जल्दी से फ़र्श पर से उठा लेती है...

चौबीस-पच्चीस साल की उम्र तक आधी रात के इस सपने से मैं इतना वाकिफ़ हो चुका था कि इसे अपना 'मिडनाइट विज़न' कहकर खुंद से मज़ाक कर रहा था...

अपनी माँ और अपने बाप में हुए तलाक का कारण मुझे कभी समझ में नहीं आया था (मैं अक्सर माँ के पास रहता हूँ, पर कभी, जब जी चाहे, कुछ दिन बाप के पास भी रह आता हूँ। दोनों में से कभी किसी ने, किसी के खिलाफ़ कुछ नहीं कहा। दोनों के बीच एक चुप की बर्फ़ जमी हुई लगती थी...) इसलिए मैंने भी धीरे-धीरे इस चुप को कबूल कर लिया था। इसके कारण को समझने का ख़याल छोड़ दिया था। सिर्फ़ कभी-कभी आधी रात को आने वाला यह सपना था, जिससे मैं सोच लेता था कि मेरे अवचेतन मन में अभी भी कुछ था, जिसने मेरे माँ-बाप को अलहदगी को स्वीकारने से इनकार कर रखा था...

यह जो आधी रात को कभी-कभी घटता था, सुखकर नहीं था, पर यह कोई ऐसा रहस्य भी नहीं था, जिसे मैं समझ नहीं सकता था...

पर यह अभी, कुछ दिनों से, न समझने वाला बन गया है...

इस मिडनाइट विज़न ने शक्लें बदल ली हैं...

वैसा ही एक कमरा होता है, उसी तरह उस कमरे में दो चारपाइयाँ और एक पालना...पर एक चारपाई पर रिक्की सोई हुई होती है, और दूसरी चारपाई पर रिक्की का पति (जिसे मैंने देखा नहीं) और पालने में रिक्की का बच्चा (जिस बच्चे को मैंने कभी नहीं देखा)...और फिर वह बच्चा पालने में से उतरकर कभी एक चारपाई की तरफ़ जाता है, कभी दूसरी की तरफ़...और फिर अपनी छोटी-सी हथेली से कभी सोई हुई माँ के मुँह को टटोलता है, कभी सोये हुए बाप के मुँह को...दोनों में से कोई नहीं जागता...और फिर कमरे में से दोनों चारपाइयाँ अदृश्य हो जाती हैं...और वह बच्चा खाली कमरे में बिलखकर रो उठता है...

अजीब मिस्ट्री है...पर शायद ट्रांसपेरेंट मिस्ट्री...

सोचता हूँ—रिक्की के बच्चे का मुँह सोचकर जब मैंने उसे दिलासा-सा दिया था, ''मैं तुझे कुछ नहीं दे सकता, पर मैं तुमसे कुछ छीनूँगा नहीं...'' क्या मैंने सचमुच उसकी किस्मत को कहीं, किसी जगह से, कुछ बचाया था?

शायद अपने जैसा होने से बचाया था, पर क्या उसका, मेरे जैसा न होना ही, उसका बचाव है?

क्या किसी दर्द का नाम बदल देने से दर्द दूर हो जाता है? क्या कोई आदमी सिर्फ़ तभी गैरहाज़िर होता है जब वह एक कमरे में से उठकर दूसरे कमरे में चला जाता है? क्या वह उसी जगह पर, उसी तरह बैठा हुआ, गैरहाज़िर नहीं होता?

कभी-कभी कुछ बातें अजीब तरह याद आती हैं। अजीब इसलिए कि वे हू-ब-हू उस तरह की दिखाई देती हैं, जैसी थीं, और कुछ इस तरह भी जैसे मैं एक जानी-पहचानी चीज़ को किसी नये कोण से देख रहा होऊँ, और उसकी खूबसूरती मुझ पर एक वह प्रभाव डाल रही हो जिससे मैं पहले परिचित नहीं था। यहाँ खूबसूरती शब्द ज़रूरी नहीं, इसे बड़ी आसानी से बदसूरती भी कहा जा सकता है।...

और यह सब कुछ एक बेतरतीबी में याद आता है...या शायद एक उस तरतीब में, जो हर बेतरतीबी की निचली तह में होती है...दिन में सिलसिलेवार घटी घटनाओं को रात को सपने में बड़ी उलट-पुलट हालत में देखने की तरह...और या आलमारी में तहाकर और बड़े करीने से रखे हुए, उन कपड़ों की तरह, जो इस वक्त गुच्छा होकर धोबी की भट्टी में पड़े हुए हों और जहाँ किसी पैंट पर कोई तौलिया लिपटा हुआ हो...किसी कमीज़ की बाँह पर जांघिया पड़ा हो...या किसी जांघिये पर कोई सिरहाने का गिलाफ़...

याद आ रहा है—जिन दिनों हमारी भुतहा हवेली, यानी हमारा शांति भवन गिराया जा रहा था—उन दिनों हम हेनरी मिलर की एक किताब पढ़ रहे थे, और अजीब इत्तेफाक था कि उस किताब में कुछ आर्टिस्टों के वे तंग घर गिराये जा रहे थे, जहाँ बैठकर वे पेंट किया करते थे, और वहाँ उन घरों की जगह एक खूबसूरत मार्केट बनने वाला था, जिसकी कल्पना करते हुए मिलर ने एक पंक्ति लिखी थी—

देअर विल बी नियोन-लिट शॉप विंडोज़ टू इन्स्पायर दि आर्टिस्ट टु पेंट, आर मोर लाइकली, परसुएड हिम टु कमिट सुसाइड...

उस समय यह पंक्ति, हम सबको लगा था, कि हमारे लिए है। हम तीनों को भी जो वहाँ रहते थे, और उन सबको भी, जिनकी वह शामगाह थी। उस वक्त किसी को किसी के हश्र का पता नहीं था, पर यह पंक्ति जैसे हवा में लटक रही थी...

मैं यह नहीं सोचता कि हवेली के हश्र के साथ किसी के भी हश्र का कोई सम्बन्ध था, फिर भी यह पंक्ति जितनी तब सच लगती थी, उससे अधिक अब सच लगती है...

शायद यह अपने अर्थों के छोटे-से घेरे में से बाहर निकल आई है, और बहुत बड़े फैलाव में दाखिल हो गई है। दुनिया के हर शहर की नई इमारतें, नई रोशन खिड़कियाँ और चमकने वाली रोज़ की नई चीजें, और आदमी का जीना

और भी मुश्किल, और भी मुश्किल, और भी मुश्किल...

—जितने नए एयरपोर्ट उतने नए पागलखाने...

आज पागल हीरू की एक बात याद आई है—एक बार हम बहुत-से लड़के एन.सी.सी. की ट्रेनिंग लेने के लिए गए हुए थे, वहाँ एक कैम्प के बाहर वे बाल्टियाँ पड़ी हुई थीं, जिन पर बड़े मोटे और लाल अक्षरों में लिखा हुआ था—फ़ायर! हीरू ने जेब से एक सिगरेट निकालकर एक बाल्टी के अक्षरों से लगाई, कई बार साँस खींची, पर सिगरेट न जली। और हीरू हैरान होकर हम सबसे कह रहा था—अजीब बात है, यह आग अगर सिगरेट भी नहीं जला सकती, तो और क्या जलाएगी...

हम सब उसे देखकर, हँसने लगे थे...

पर आज सोचता हूँ—क्या समाज का और सभ्यता का यह सारा फैलाव, आग की असली लपट की जगह, सिर्फ़ मोटे और लाल रंग में लिखे हुए आग के अक्षर की तरह नहीं, जिससे छुआकर हम कुछ भी नहीं जला सकते?

हीरू अजीब फ़नी क्रिएचर था—उन दिनों देश के राष्ट्रपति की मृत्यु हुई थी, नये राष्ट्रपति के चुनाव में समय लगना था, इसलिए बीच के खाली दिनों को भरने के लिए कोई एक्टिंग प्रेज़ीडेंट बना था—अखबारों की यह ताज़ा खबर हीरू के दिमाग में पता नहीं कैसे छाई हुई थी कि उन्हीं दिनों जब रूबी की माँ गुज़र गई, हम सब दोस्त रूबी के पिता के पास अफ़सोस करने गए, तो जाते हुए रास्ते में बात हुई थी कि रूबी के पिता को जल्दी ही एक और विवाह करना पड़ेगा, क्योंकि उसके तीन बच्चे अभी बहुत छोटे थे, और उन्हें सँभालने वाला कोई नहीं था, और हीरू ने वहाँ पहुँचकर, बड़ा अफ़सोस करने के बाद यह कह दिया—अंकल! छोटे बच्चों की खातिर आपको विवाह तो करना ही पड़ेगा, पर जब तक नहीं करते, तब तक कोई 'एक्टिंग वाइफ़' रख लीजिए एक्टिंग प्रेज़ीडेंट की तरह...

हम सब शर्मिन्दा हो गए थे, सोच रहे थे—अगर हमें मालूम होता कि हीरू ऐसी बदतमीज़ी करेगा, तो हम हीरू को साथ न लाते...

पर आज यह बात याद आई है तो लगता है—हीरू ने कुछ भी गलत नहीं कहा था...

किसी का कोई रिश्ता अपनी असली शक्ल में कहाँ है? अपने पूरे अधिकार से? और अपनी पूरी आवश्यकता से? और हमेशा के लिए सारी जगह रोककर बैठा हुआ?

रूबी का एक कज़िन था, शायद उसका नाम सुनील था। उसे अपने बाप से बहुत बड़ी शिकायत यह थी कि उसने उसकी माँ के होते हुए, एक और औरत से नाजायज़ सम्बन्ध रखे हुए थे, पर जिस दिन उसके बाप की मौत हुई, उसी दिन

उस 'और औरत' ने ज़हर खा लिया था। वह कम्बख्त एक दिन भी बिना उसके ज़िन्दा नहीं रह सकती थी, जिसके साथ उसका रिश्ता भी जायज़ नहीं था...यह नाजायज़ कैसा जायज़ था? हम दूर खड़े रहकर यह सब खबर सुनने वाले ही उतने ही परेशान हुए थे, जितना खुद सुनील...वह भी यह सब कुछ सोचता रह गया था...

यह सब कुछ—धोबी की भट्टी में गुच्छा होकर पड़े हुए कपड़ों की तरह...पर फ़र्क यह है कि वे कपड़े कुछ देर के बाद भट्टी में से निकल आते हैं, और तह होकर फिर करीने से रखे जाते हैं—और यह सब कुछ पता नहीं किस भट्टी में पड़ गया है, कभी बाहर नहीं निकलता...

यह हमारा जीने का कुछ हक था, हमारे सपने—जो किसी माँ ने, किसी बाप ने, किसी महबूब ने, या विवाह संस्था बनाने वाले किसी ने, या सामाजिक ढाँचा बनाने वाले किसी ने, या राजनैतिक ढाँचा बनाने वाले किसी ने—एक धोबी की तरह हमसे लिए थे कि वह इन्हें धो बनाकर, और हमारे गले में पहनने लायक बनाकर, हमें लौटा देगा...पर सबका सब कुछ गुच्छा होकर पता नहीं कैसी भट्टी में जा पड़ा है, जो बाहर नहीं निकलता...

और अपने सपनों के बिना हम सब ऐसे शर्मिन्दा से बैठे हुए हैं, जैसे कोई तन के कपड़ों के बिना बैठा हुआ हो...

कुछ दिन पहले शीरीन ने एक पत्र लिखा था, "कपिल! कभी लगता है कि लिखने के लिए बहुत कुछ है, पर कभी लगता है कि लिखने के लिए कुछ भी नहीं रहा...देश में रुपये की डिवैल्युएशन हो गई है, लेकिन यह अब की बात है, बहुत थोड़े दिनों की। पर मैं तुम्हें एक बहुत पुरानी बात सुनाऊँ। पता नहीं कब की, पर तब की जब सपनों की डिवैल्युएशन हुई थी...ख़यालों की डिवैल्युएशन हुई थी, और इन्सान के माथे पर आने वाले पसीने की डिवैल्युएशन हुई थी...और कपिल! बहुत चीज़ें हैं—जिनकी डिवैल्युएशन हुई थी—पोयट्री की, पेंटिंग की, फूलों की, और होंठों की, साँसों की..."

कम्बख्त शीरीन...

शीरीन मेरी कुछ भी नहीं, पर लगता है, शीरीन मेरी दुखती रग है...और शायद सिर्फ़ मेरी नहीं, मेरे जैसे हर इन्सान की दुखती रग है...

हर कोई—जब छाती में बहुत-से सपने, और माथे में बहुत-से ख़याल पालकर घर से ज़िन्दगी खरीदने निकलता है—और ज़िन्दगी के बाज़ार में ज़िन्दगी की कीमत सुनता है, तो उसकी छाती में खनकते सब सिक्के बेकार हो जाते हैं...और वह जब एक सिगरेट पीता हुआ ज़िन्दगी के बाज़ार में से खाली हाथ लौटता है, तो शीरीन, जैसे हर मोड़ पर खड़ी उससे कह रही होती है—"मैंने तुम्हें बताया था—इन सब सिक्कों की डिवैल्युएशन हो चुकी है...मैंने तुम्हें बताया

था...''

कभी-कभी चाचा जी याद आ जाते हैं—अपने कुत्ते से कह रहे होते हैं सिट डाउन...शट-अप...सिट डाउन...शट-अप...

हम में से कौन है, जिसके अन्दर कुत्ते की तरह भौंकता नहीं, और जिसके अन्दर कभी जो भी कुछ उठ खड़ा हुआ है, वह बैठता नहीं...

मुझे यकीन है—विनोद, पागलखाने की सलाखों को पकड़कर ज़रूर बड़े ज़ोर से चीखता होगा...तनवीर अपने जेल खाने की कोठरी से सिर पटककर रो उठता होगा...अशोक, ज़रूर कभी रात को सपने में पेंट करता होगा, और दिन में अपनी कैनवस को खाली देखकर तड़प उठता होगा...शीरीन...रिक्की—मैं—सब चुप दिखाई देते हैं, पर क्या हमारी चुप भी हमारी छाती में कुत्ते की तरह भौंकती नहीं?

हम हर खड़ाक को, और हर परछाईं को देखकर भौंकते हैं। न जाने किससे क्या कहना चाहते हैं—(शायद कहने के लिए जो कुछ था, उसे किसी ने नहीं सुना, इसीलिए सब कुछ हमारा भौंकना बन गया है...) और जो कुछ हमारे अन्दर उठा था, अब पता है—उसे कहीं से चलकर कहीं नहीं पहुँचना—पर वह अभी भी बैठता नहीं—और ज़िन्दगी का पैटर्न, चाचा जी की तरह हम सबसे कह रहा है, 'सिट डाउन...शट-अप...सिट डाउन...शट-अप...'

अन्तिका

मेरी नौकरी कच्ची थी—इस हफ़्ते मियाद पूरी हो गई है—सो मैं पक्की नौकरी की तलाश में हूँ—

तनवीर की नौकरी भी कच्ची थी—यानी उसे उमर कैद नहीं थी—पर इस हफ़्ते पक्की हो गयी है—उसकी कैद दुगुने वर्षों में बदल गयी है—(दस वर्षों बाद जब रिहा होगा, उमर के बाकी साल कैदी-जीवन की पैन्शन की तरह होंगे)...

लगता है—जो कुछ कच्चा होना चाहिए था, वह पक्का हो गया है, और जो कुछ पक्का होना चाहिए था, वह कच्चा हो गया है...

मेरा कसूर यह था कि मैंने काम में ज़रूरत से ज़्यादा मेहनत की थी, और सरकारी अमला ऐसे आँख मलने लगा था, जैसे उसकी आँखों में तीले की तरह पड़ गया होऊँ। और फिर एक के बाद एक हादसा होता गया। डैम बन रहा था, मुझे इन्सपैक्शन के लिए जाना होता था। देखता था कि सीमेंट की बोरियों की गिनती दिन-ब-दिन घटती जा रही थी और रेत की बोरियों की गिनती दिन-ब-दिन बढ़ती जा रही थी, सो रिपोर्ट लिखता रहा, और फिर इस बात के पीछे पड़ गया कि रिपोर्टों वाली फ़ाइल पर एक्शन लिया जाएँ—सो जिस इंजीनियर की

लम्बी बीमारी के कारण, उसकी लम्बी छुट्टी के वक्त, उसकी खाली जगह पर मैं लगा था, उसे तार देकर बुलाया गया। उसकी बाकी छुट्टी कैंसिल की गयी, कि उसके बिना काम नहीं चलता था—और मुझे 'रिलीज़ ऑर्डर' दिया गया।

काम चलता नहीं था, या रुकता नहीं था, इस बारे में कुछ भी कहने का कुछ अर्थ नहीं। या इसका अर्थ वह है जो किसी की पकड़ में नहीं आ सकता है, वह सिर्फ़ इतना—मेरे लिए रिलीज़ ऑर्डर...

तनवीर को रिलीज़ ऑर्डर की जगह 'स्टे ऑर्डर' मिला है। कम्बख्त ने जेल में एक नज़्म लिख मारी, और किसी तरह जेल में स्मगिल करवाकर, बाहर किसी अखबार तक भेज दी।

पिछले हफ़्ते नज़्म छप गयी। नज़्म के साथ लिखा उसका नोट छप गया, और नज़्म पर लिखा उसका नाम भी।

नाम तनवीर नहीं था, नहीं तो जिस वक्त नज़्म छपी थी। मैं उसी वक्त हस्र समझ जाता। नाम की जगह लिखा हुआ था—कैदी नं. 689-9। मैंने अखबार में से नज़्म वाला टुकड़ा काटकर, अपनी डायरी में रख लिया था। तनवीर की नज़्म समझकर नहीं, किसी कैदी नं. 689-9 की नज़्म समझ कर।

वैसे मैं नज़्म पढ़कर भी चौंका था, और कैदी का नम्बर पढ़कर भी। लगा था—जैसे यह नम्बर मैंने पहले भी कहीं पढ़ा हो। फिर उसी रात कुछ किताबें उलटते-पलटते हुए मैंने ढूँढ़ निकाला था कि यह नम्बर गोर्की की कैद के वक्त, उसका कैदी नम्बर था। सो मैंने लिखा—जिस कैदी ने यह नज़्म लिखी थी, वह ज़रूर काफ़ी पढ़ा-लिखा होगा (उस नज़्म से भी ज़ाहिर था)—और उसने अपना असली कैदी नम्बर देने की जगह, गोर्की के कैदी नम्बर को आइडियल बनाकर लिखा होगा—

पर आज अखबार में खबर आई है—कि नज़्म के साथ लिखा हुआ कैदी नम्बर, कैदी का असली नम्बर था, इसलिए उसका असली नाम बड़ी जल्दी ढूँढ़ निकाला गया। असली नाम तनवीर है, और नज़्म लिखने के अपराध में, और फिर उसे कैद में से बाहर किसी अखबार को भेजने के अपराध में, उसकी सज़ा दुगुनी कर दी गयी है—

नज़्म को फिर से डायरी में से निकालकर पढ़ रहा हूँ—उसके साथ लिखा नोट भी, और हैरान हूँ—मैंने उसकी लाइनों में से तनवीर को क्यों नहीं पहचाना था...

नोट बड़ा साफ़ है—"आज जेल का दरोगा जब बाहर वाले बरामदे में आराम कर रहा था, उसका ट्रांजिस्टर बज रहा था—कभी आवाज़ आती थी सहगल का गीत सुनिए, और फिर जब सुनने वाला सहगल की आवाज़ में डूब रहा था, तो आवाज़ आती थी, हमारा नया बना साबुन प्रयोग में लाएँ, उसका झाग बहुत सफ़ेद

है—और फिर कोई गालिब की गज़ल, और फिर किसी टूथपेस्ट का विज्ञापन...मैं कुछ भी सोचना नहीं चाहता था, कुछ भी कहना नहीं चाहता था, पर मैं, खुद से भी बागी होकर, एक नज़्म लिख गया हूँ..."

और इस नोट के नीचे एक नज़्म है—'कमर्शल सर्विस।' मैं इसकी एक-एक लाइन को आज बार-बार पढ़ रहा हूँ—जैसे तनवीर से बातें कर रहा होऊँ...

नहीं, मैं चुप हूँ, सिर्फ़ तनवीर बोल रहा है और—मेरे हाथों में नज़्म का कागज़ नहीं, एक ट्रांजिस्टर है—ट्रांजिस्टर जो अभी ईजाद नहीं हुआ—

और ट्रांजिस्टर में से आवाज़ आ रही है—पोर्टफ़ोलियो वेब—मिनिस्टरी मीटर पोर्टफ़ोलियो वेब—मिनिस्टरी मीटर—

नई योजना का एक नया गीत सुनिए, एक हज़ार नए कारखाने!

विदेशी मशीनें खरीदिए उनका परिमिट मेरे बेटे के नाम है...

अब सबकी पसन्द का एक गीत सुनिए, खेती-बाड़ी की उपज तीन गुना!

ट्रैक्टर खरीदो, उनकी ब्लैक सिर्फ़ दो गुना हुई है...

नये सैशन का भाषण सुनिए, मेरा तन-मन देश के अर्पण!

सिर्फ़ धन फ़ॉरेन बैंक में होता है...

अब सुनिए गालिब की गज़ल-सी—माँगें—हड़तालें—मुज़ाहरे—

इस पहली तारीख से सिर्फ़ डेढ़ गुना टैक्स बढ़ेगा...

एक ज़रूरी ऐलान सुनिए। आज की बहस का एजेंडा था—टोटल एजुकेशन, टोटल एम्प्लाइमेंट का प्रस्ताव पास हुआ है—टोटल प्राहिबिशन। आखिर में खबरें सुनिए। हर राज्य ने निर्णय किया है कि गाओ, गाओ, जीने वालों का क्या है मरे हुओं की बरसी मनाओ!

अब इस वक्त चुनावों का समय है, आज्ञा दें, नये इलैक्शन के बाद हम फिर आपकी सेवा में हाज़िर...

तनवीर हँस रहा है और बोल रहा है—नहीं कुत्ते की तरह भौंक रहा है...

पाँच साल की जगह, दस साल की कैद कोई उससे भी ऊँची आवाज़ में कह रहा है, और चिल्ला रहा है 'सिट डाउन...शट-अप...सिट डाउन...शट-अप...'

इसमें कुछ भी सिंबॉलिक नहीं। अखबार में तनवीर के केस की पूरी रिपोर्ट है। जब तनवीर को कचहरी में नज़्म की जाँच-पड़ताल के लिए पेश किया गया तो तनवीर ने बिलकुल इनकार नहीं किया कि यह नज़्म उसकी नहीं थी, बल्कि गर्व के साथ उसने कहा, "गोर्की ने जेल में एक नॉवेल लिखा था, मैंने जेल में एक नज़्म लिखी है। देखो मेरा कैदी नम्बर भी वही है जो गोर्की का था, यह नम्बर बहुत लकी है—" और कचहरी में जो आवाज़ सबसे ऊँची थी, वह मेज़ पर हाथ मारकर चीख उठी थी—शट-अप...

जैसे वी आर ऑल डॉग्ज़...बट सैल्युट टु दि वर्किंग वन्स...

एक और अन्तिका

एक मुद्दत के बाद आज अचानक शीरीन का खत आया, लिखा है—"कपिल! सुबह स्कूल में क्लास ले रही थी कि एक हादसा हो गया। बाहर नहीं, मेरे अन्दर। सामने बोर्ड पर दुनिया का नक्शा लगा हुआ था—यानी दुनिया भर के रास्ते सामने बिछे हुए—और हर रास्ते के शुरू में उनका नाम गाड़ा हुआ—और मुझे लगा हर नाम जैसे एक सूली की तरह गाड़ा हुआ हो, और जिस पर हर रास्ता सूली चढ़ गया हो...और अब कहीं भी ज़िन्दा रास्ता नहीं। सारी दुनिया में रास्तों की सिर्फ़ लाशें बिछी हुई हैं—कपिल! कोई ज़िन्दा पाँवों से मरे हुए रास्तों पर कैसे चले? और मैंने मरे हुए रास्तों से घबराकर नहीं अपने ज़िन्दा पाँवों से घबराकर स्कूल से छुट्टी ले ली, और घर आ गई—इस वक्त बड़ी गहरी रात है, मैं सारा दिन अपने पाँवों की तरफ़ देखती रही हूँ, और सारा दिन सोचती रही हूँ कि मेरे ये पाँव इतने ज़िन्दा क्यों हैं? अगर पांव ज़िन्दा हैं, तो कोई रास्ता क्यों नहीं ज़िन्दा? और अगर रास्ते मर गए हैं, तो ये पाँव क्यों नहीं मर जाते?"

आँखों के सामने शीरीन आई, रिक्की भी आई। रिक्की शायद शीरीन का ही दूसरा रूप बनकर आई—

याद आया—एक दिन रिक्की ने कहा था, ह्वाई आर यू सो एलाइव? और आज शीरीन कह रही थी, 'मैं मरे हुए रास्तों से नहीं घबराई, अपने ज़िन्दा पाँवों से घबरा गई हूँ।'

सोचता हूँ, जिसके पाँवों में, हाथों में, माथे में, जो कुछ ज़िन्दा है, उसका वह क्या करे—

यह सब सवाल उसी ज़िन्दा हिस्से में उगते हैं—नहीं तो मरी हुई धरती में कब कुछ उगता है—

और जिसमें जो कुछ भी ज़िन्दा है, वह धीरे-धीरे सवालों का एक जंगल बन जाता है—

कुछ सपने सबके पास थे, अब भी हैं, पर वे जंगल के जानवरों की तरह हो गए हैं—

मासूम फ़ाख्ताओं और गिटारों जैसे भी, और बड़े ज़हरीले, जंगल के साँपों जैसे भी, और जंगल के चीतों जैसे भी और हम—इस जंगल के वासी, भूख लगने पर फ़ाख्ताओं और गिटारों जैसे अपने ही सपनों को भूनकर खाते हैं, और फिर हम

खुद ही वक्त-बेवक्त इन सपनों के हाथों डसे जाते हैं...

कभी-कभी—कोई 'आज' ऐसा भी होता है जब शीरीन का खत आता है, और फिर वह 'आज' कल में भी, शामिल हो जाता है, परसों में भी, चौथे में भी, पंचमी में भी, छठमी में भी...और वह चलता जाता है। रोज़ अगले दिन को पाँवों के नीचे मसलता, उससे अगले दिन की तरफ़ बढ़ता जाता है। और तब तक चलता रहता है, जब तक बड़ा ही थककर कहीं गिर नहीं पड़ता...

मैं आज विनोद से पागलखाने मिलने गया था। शीरीन के खत वाला 'आज' बड़े दिनों से मेरे साथ चल रहा था। मेरे साथ नहीं समय के कैलेण्डर के साथ (यह कैलेण्डर तारीख भी बदलता था, तो इस 'आज' से मुँह छुपाकर बदलता था, और हर बार तारीख बदलते वक्त फीका-सा पड़ जाता था—शायद इस 'आज' से वह बहुत शर्मिन्दा है...)

सो आज मैं विनोद से पागलखाने में मिलने के लिए गया था। वैसे 'मिलने के लिए' शब्द नहीं कहना चाहिए, सिर्फ़ 'देखने के लिए' शब्द ही काफ़ी है, क्योंकि 'मिलने' का सम्बन्ध पहचान से है, और विनोद अब किसी को नहीं पहचानता।

विनोद, विनोद था, सिर्फ़ मैं अजनबी था...

वह मुझसे बातें करता रहा। मुझे मैं समझकर नहीं, कोई अजनबी समझ कर।

अजनबी शब्द विनोद का दिया हुआ है, सिर्फ़ मुझे नहीं, हर किसी को। कोई भी उससे बात करना चाहे, वह कितनी देर उसके मुँह की तरफ़ देखता रहता है, फिर जब भी कुछ कहता है, कहते वक्त, उस फिकरे के साथ अजनबी शब्द जोड़ देता है—देखो अजनबी!

शायद दुनिया के सब शब्दों में से उसे यही शब्द सबसे ठीक लगा था, और उसने हर एक के लिए, यही एक शब्द चुन लिया है...

सोचता हूँ—बहुत शब्द थे—दोस्त बड़ा प्यारा शब्द था, साथी बड़ा प्यारा शब्द था, कामरेड बड़ा प्यारा शब्द था, पर ये सब इन्सान के साथ कितनी दूर चल सके?

इन्सान चलता रहा, ये सब शब्द थक गए...

विनोद शायद ठीक कहता है—यह अजनबी शब्द सबसे शक्तिशाली है। जब से आदमी का वंश चला है, यही शब्द उसके साथ-साथ चला है, और आज तक चला आ रहा है...

न जाने इस शब्द की जड़ें धरती में कितनी गहरी हैं...

शायद आदमी की छाती में सवालों का जो जंगल उगता है यह शब्द उस जंगल का सबसे पुराना पेड़ है...

विनोद ने भी कभी सपने देखे थे—फ़ाख़्ताओं और गिटारों जैसे सपने। पर

सपने—सिर्फ़ फ़ाख़्ताएँ और गिटारें नहीं होते। समय पाकर वे सवालों के जंगल में साँप भी बन जाते हैं,...चीते भी बन जाते हैं...। ऐसे ही किसी साँप ने विनोद को डंस लिया था, और साँप के ज़हर से तड़पता विनोद आज पागलखाने में है...

सलाखों के पीछे वह एक दीवार के साथ लगा हुआ खड़ा था। मैंने बातें करने की कोशिश की थी, पर वह चुप, दीवार के साथ लगा, खड़ा रहा...

मुझे उसकी वह नुमाइश याद हो आई, जिसमें उसने 'रियली रियलिस्टिक पेंटिंग्ज' दीवारों पर लगाई थीं। 'पोर्ट्रेट ऑफ़ ए माऊस' दीवार पर लिखकर, उसने एक चूहे को कील से लटकाया था, 'पोर्ट्रेट ऑफ़ ए कैट' लिखकर एक बिल्ली को, और मैंने जब घबराकर उससे मज़ाक किया था, "ह्वाट अबाउट दि सैल्फ़ पोर्ट्रेट?" तो उसने हँसकर कहा था, "वह आखिरी आइटम होगी!"

ओ खुदाया! आज मैंने जब विनोद को सलाखों के पीछे दीवार से सटकर खड़े देखा, मेरी आँखें काँप गयीं—सो उसने दीवार से अपने ज़िन्दा-मरे हुए की तस्वीर टाँग ली थी—सैल्फ़ पोर्ट्रेट...

"पर विनोद! तुमने तो कहा था वह आखिरी आइटम होगी?" मैं पागलों की तरह आज उससे पूछता रहा। पूछता रहा, "तुमने कहा था कि आखिरी आइटम से पहले एक और बहुत ज़रूरी आइटम रहता है—पोर्ट्रेट ऑफ़ एन ईडियट क्रिटिक—पोर्ट्रेट ऑफ़ एन ईडियट सिस्टम...वह कहाँ है?"

विनोद चुप था, उसे कुछ याद नहीं था। पर मैं अपनी याद का क्या करूँ? उस बहुत ज़रूरी बात का क्या करूँ जो कहीं नहीं पहुँच सकी?

पर यह भी एक सवाल है, सवालों के जंगल में उगा हुआ सवाल! इसका जवाब कोई नहीं दे सकता।

मुझे तड़प-सा गया देखकर, शायद विनोद को कुछ हुआ। उसे याद कुछ नहीं आया, पर वह बोलने लगा। कहने लगा, "देखो अजनबी! मैंने एक नज़्म लिखी है, तुम सुनोगे?" और फिर सामने शून्य में घूरते हुए उसने नज़्म सुनाई—

"सूरज, सोने का कटोरा था
चाँद, चाँदी का कटोरा,
और धरती, मिट्टी का एक हरा फूलदान...
पर सभ्यता को चिरकाल से तपेदिक है...
और जो कुछ सामने आता है, वह पीकदान समझ लेती है
और सोने के कटोरे में वह लहू थूक रही—
चाँदी के कटोरे में वह लहू थूक रही—
और हरे फूलदान में भी वह लहू थूक रही..."

रुलाई रुकती नहीं थी, इसलिए विनोद के पास से जल्दी लौट आया हूँ...लौट नहीं आया, भाग-सा आया...हूँ।

और एक और अन्तिका

विनोद के पास से आ गया था, पर अपने आपके पास से कहाँ जाऊँ?

कहीं नहीं जा सकता, सो खड़ा हूँ...

धरती घूम रही है, मैं खड़ा हूँ...

सवालों का जंगल और घना हो गया है—इतना कि सारे परिचित चेहरे इस जंगल में खो गए हैं—

और दूर कहीं, जहाँ कोई सवाल नहीं, वहाँ कोई जंगल नहीं और वहाँ लोग बसते हैं, अजनबी बसते हैं...

अजनबी कभी इस तरफ़ नहीं आते। सिर्फ़ वक्त जब कभी इधर से गुज़रता है, तो जंगल की तरफ़ देखता है, उसे पता है कि यहाँ कुछ लोग रहते हैं—

मेरे लिए वक्त भी अजनबी है, उसे देखकर अगर मैं कभी कुत्ते की तरह भौंकता हूँ, तो वह ज़ोर से चीखता है...शट-अप...सिट डाउन...शट-अप...

और मैं कुछ वह जल्दी से सवालों के इस जंगल के पास से दूर चला जाता है—

और फिर देर तक ख्वाहमख्वाह एक शून्य में भौंकता रहता हूँ...

उसे, वक्त को, शायद पता नहीं—कि मैं, और मेरे जैसे सब भौंकने वाले यह जान गए हैं कि उसे, जो हमारा अधिकार हमें देना था, वह हमसे छुपाकर अपनी जेब में डाल लिया है...

एक बेबसी है—कि हम उसकी जेब में से वह नहीं निकाल सकते, जो हमारा अपना है, और हम सिर्फ़ भौंकते हैं...

पर कितनी देर?

आज बहुत ज़ोर से हँसने को मन करता है...और एक बड़ी भयानक बात भी कह देने को मन करता है कि हम एक दिन अचानक चुप हो जाएँगे, बिलकुल नहीं भौंकेंगे, पर हमारी चुप बहुत खतरनाक होगी—अपनी आवाज़ को हम अपने गले में से निकालकर अपने हाथों में पकड़ लेंगे—आवाज़ को एक कैंची बना लेंगे, और—फिर एक दिन वक्त की जेब कतर लेंगे...

इस वक्त अभी—सचमुच कुछ घट रहा है...बोला नहीं जा रहा है... सचमुच मेरे गले में एक शिथिलता आ रही है और हाथ में एक हरकत...

काली सड़क

1

ऐसे—जैसे कोई खिड़की के शीशे को नाखूनों से खुरचता हो...

मीना हाथ में ली हुई किताब को पढ़ती-सी इस वक्त कमरे में अकेली थी, पर उसका ध्यान किताब में नहीं था, शायद कमरे में भी नहीं था—उसने चौंककर कमरे की ओर, दरवाज़े की ओर, और फिर खिड़की की ओर देखा।

उसे लगा—अभी खिड़की के शीशे के आगे एक बाँह-सी दिखी थी, फिर परे हो गई थी।

उसका दिल ज़ोर से धड़का, और वह कमरे में से दौड़ती-सी बाहर वहाँ रसोई में चली गई, जहाँ दलीप उसके लिए चाय बना रहा था।

दलीप चाय की केतली को ट्रे में रखता हुआ कहने लगा—लो मालकिन, चाय तैयार है।

मीना उखड़े हुए साँसों से भी हँस-सी दी—मेहमान को फ्रेंच में मालकिन कहते हैं?

दलीप कहने लगा—फ्रेंच पढ़ते-पढ़ते अगर कोई मेहमान से मालकिन बन जाएँ, तो... ?

मीना ने प्याले और चमचे भी ट्रे में रख दिए, और दलीप ने ट्रे उठा ली। कमरे की मेज़ पर ट्रे रखते हुए दलीप ने देखा—मीना कुछ घबराकर खिड़की की तरफ़ देख रही है...

दलीप ने प्यालों से चाय डाली, और मीना उसके हाथ से चाय का प्याला पकड़ती हुई कुरसी पर बैठ गयी। पर उसने मुश्किल से अभी दो घूँट भरे थे—लगा जैसे कोई खिड़की के शीशे को नाखूनों से खुरचता हो...

उसका हाथ काँप-सा गया, और उसने प्याला मेज़ पर रखकर, पहले खिड़की की तरफ़ देखा, फिर दलीप की तरफ़।

—क्या बात है मीनू?

जवाब में मीना ने खिड़की की तरफ़ हाथ किया।

दलीप ने उठकर खिड़की के पास जाकर बाहर की ओर देखा, फिर मीना की

तरफ़ लौटता हुआ कहने लगा—वहाँ तो कुछ भी नहीं।

—कोई था।

—कहाँ? कब?

—अभी जब मैं यहाँ अकेली बैठी हुई थी।

—कौन था?

—किसी की बाँह-सी थी, फिर परे हो गई।

दलीप हँसने लगा, और खिड़की के पास जाकर खिड़की को ज़रा-सा खोलकर, उसमें से अपनी बाँह को बाहर निकालकर, उसने बुगनवेलिया की बेल को हाथ से इधर खिड़की के आगे करते हुए कहा—हवा से इसकी टहनी कभी ऐसे हिलती है जैसे कोई खिड़की के आगे बाँह हिला रहा हो।

बुगनवेलिया के लाल और सिलकी रंग के फूल सचमुच किसी की छोटी-छोटी उँगलियों की तरह हिल रहे थे।

—नहीं, शीशे को कोई नाखूनों से खुरच रहा था...

—बेल के कांटे शीशे से रगड़ते हैं...

दलीप ने हाथ में पकड़ी हुई टहनी को छोड़ दिया। वह खिड़की के शीशे के साथ घिसटती हुई जब परे हुई, तब मीना को यकीन आ गया कि पहले भी बिलकुल यही आवाज़ आई थी।

वह कच्ची-सी होकर हँस पड़ी। कहने लगी—मेरा सचमुच आजकल दिमाग खराब हो गया है।

दलीप ने कुछ चिन्तित हो पूछा—तू आज भी साइकल पर आयी है?

मीना ने 'हाँ' में सिर हिलाया।

दलीप ने कुछ गुस्से से कहा—मैंने कल भी तुमसे कहा था कि साइकल पर मत आना, बस से आ जाना। मैं वापसी पर तुझे मोटरसाइकिल पर छोड़ आऊँगा।

मीना कुछ परेशान-सी दलीप की ओर देखने लगी।

दलीप ने पूछा—आज किस रास्ते से आयी थी? पुल की तरफ़ से?

—नहीं, रेलवे लाइन की तरफ़ से।

—फिर आज तो रास्ते में वह कार वाला नहीं होगा!

—सारे रास्ते नहीं था, पर जहाँ रिंग रोड मिलती है, वहाँ वह खड़ा था।

और साथ ही मीना हँस-सी दी—यह भी शायद मेरा भुलावा हो, उसने मुझसे कभी कुछ नहीं कहा। रोज़ वही गाड़ी देखती हूँ, रास्ते में किसी-न-किसी जगह, कभी मेरे पीछे आती, कभी किसी जगह खड़ी हुई। शायद ऐसे ही डर गयी हूँ।

दलीप हँसने लगा—तू आजकल कोई सस्पेंस नॉवल तो नहीं पढ़ रही?

—नॉनसेंस।—और मीना घड़ी की ओर देखते हुए कहने लगी—छः बजने

वाले हैं, उठो, क्लास का वक्त हो गया है।

मीना का घर निज़ामुद्दीन में था। वह रोज़ साउथ एक्सटेंशन फ्रेंच पढ़ने आती थी। कॉलेज की पढ़ाई खत्म करके वह फ्रेंच का कोर्स करने लगी थी। दलीप कालकाजी के कॉलेज में पढ़ाता था। पर उसका घर यहाँ साउथ एक्सटेंशन में था—जहाँ फ्रेंच की क्लासें होती थीं, वहाँ से बिलकुल पास। और वह भी शाम के खाली वक्त में फ्रेंच का कोर्स करने लगा था। उनका यही परिचय उनकी दोस्ती बन गया था—

मीना कभी-कभी आधा घण्टा पहले आ जाती थी, दलीप के पास, और फिर दोनों चाय का प्याला पीकर फ्रेंच की क्लास के लिए चले जाते थे।

आज भी रोज़ की तरह छह से साढ़े सात बजे तक दोनों ने क्लास अटेंड की, पर मीना ने जब घर जाने के लिए अपनी साइकल उठायी, दलीप ने उससे कहा—साइकल यहीं रहने दे, मैं तुझे मोटरसाइकल पर छोड़ आता हूँ।

—नहीं, सुबह छोटे भाई को साइकल की ज़रूरत होती है—मीना नहीं मानी।

—अच्छा, फिर पुल की ओर से मत जाना। इस वक्त वह रास्ता बड़ा सूना-सूना होता है।

—वैसे भी वह लम्बा पड़ता है, मैं इधर रेलवे लाइन की तरफ़ से जाऊँगी। यहाँ हर समय रौनक रहती है।

रिंग रोड मुड़ने वाली सड़क तक दलीप उसके साथ गया। दूर, जहाँ तक अन्दर की सड़क दिखती थी, देखा, और फिर मीना से कहने लगा—कोई हाथ का इशारा करे या रोके तो साइकल से मत उतरना।

—मेरा डर अब तुम्हें लगने लगा है?—मीना ने हँसकर कहा और साइकल पर चढ़ने लगी।

दलीप ने जल्दी से पूछा—उस कार का रंग क्या है?

—काला...

—और नम्बर?

—देखा नहीं।

—उसमें कैसा आदमी होता है?

--पतला-सा काला-सा। वह हमेशा गॉगल्स लगाए होता है...

—अकेला होता है?

—हमेशा अकेला...

दलीप ने साइकल के हैंडल पर से हाथ उठाया, फिर पूछा—उसने कभी कोई इशारा किया है?

—नहीं। ऐसा लगता है कि वह मेरी ओर ताकता रहता है। पर वह गॉगल्स

लगाए होता है, मुझे आँखें नहीं दिखतीं, शायद यूँ ही लगता है...

सड़क पर दूर, जहाँ तक नज़र जाती थी—कहीं कोई काले रंग की कार नहीं थी। दलीप कुछ देर वहाँ खड़ा रहा, फिर अपने घर की ओर लौट पड़ा।

मीना वह सड़क लाँघ गयी, अगली भी, और फिर रेलवे लाइन वाली जगह आ गयी। फाटक बन्द था, वहाँ कितनी ही कारें, स्कूटर और साइकलें रुकी हुई फाटक के खुलने का इन्तज़ार कर रही थीं। मीना भी साइकल पर से उतरकर उस भीड़ में खड़ी हो गयी।

साइकल वाले ऊबकर कभी-कभी साइकल की घंटी बजा देते—जैसे बन्द फाटक को रास्ते से हटने के लिए कह रहे हों।

एक स्कूटर वाला कह रहा था—पाँच बरस हो गए हैं सुनते हुए कि यहाँ पुल बनेगा...

और एक साइकल वाला जवाब दे रहा था—जनाब! यह बात तो उन्होंने इलेक्शनों के वक्त कही थी, अब फिर इलेक्शनों के वक्त कह देंगे...

एक और साइकल वाला कह रहा था—नहीं, अब वे इलेक्शनों के वक्त कागज़ पर इसका नक्शा बनाएँगे और फिर उससे अगले इलेक्शनों में नींव खुदवाएँगे।

मीना को भी सबकी हँसी के साथ कुछ हँसी-सी आ गई, पर इसी वक्त दूर से आती हुई गाड़ी की आवाज़ सुनायी दी, और सबका ध्यान गाड़ी की तरफ़ हो गया कि इस वक्त यहाँ से गुज़रने वाली गाड़ी सवारी गाड़ी थी या माल गाड़ी। माल गाड़ी अक्सर बड़ी लम्बी होती थी और बहुत धीमी चाल से गुज़रती थी।

—मिस शर्मा!

मीना को कन्धे के पास एक लड़की की धीमी-सी आवाज़ सुनायी दी। उसके एक तरफ़ खड़ी, उसी की उम्र की एक लड़की उसकी ओर देखते हुए कह रही थी—मिस मीना शर्मा! भीड़ से ज़रा-सा इधर आ जाओ। मुझे तुमसे एक बात करनी है।

मीना ने हैरान हो उसकी ओर देखा—क्या बात है?

गाड़ी अब लाइन पर से गुज़र रही थी, और उसकी आवाज़ में किसी पास खड़े हुए की भी आवाज़ सुनायी नहीं दे रही थी। खड़ी कार वालों ने कारों की चाबियाँ घुमा ली थीं, और चाहे अभी कारें वहीं-की-वहीं खड़ी थीं, पर उनके इंजनों की आवाज़ सड़क पर फैल गयी थी।

वह अजनबी लड़की कुछ कह रही थी—पर मीना को सिर्फ़ उसके हिलते होंठ नज़र आ रहे थे, आवाज़ सुनायी नहीं दे रही थी।

उस लड़की ने एक दोस्ताना-सी अदा से मीना की साइकल का हैंडल हाथ से पकड़कर ज़रा-सा परे चलने का इशारा किया—जहाँ भीड़ कम थी।

मीना ने साइकल नहीं मोड़ी, पर वह गौर से उस लड़की की ओर देख रही

थी। लड़की चुस्त और पढ़ी-लिखी लग रही थी—किसी हद तक खूबसूरत भी।

मीना को बिलकुल याद नहीं आया कि उसने पहले भी कभी उसे देखा हो, पर वह एक परिचित की तरह अब उसे मिस मीना शर्मा के बजाय मीनाजी कहकर बुला रही थी।

गेट शायद खुलने वाला था—गाड़ी की आवाज़ अब परे जा रही थी, पर मोटरों और स्कूटरों की और ऊँची हो गयी थी। कुछ गाड़ियाँ अपनी जगह से चल पड़ी थीं—और पीछे खड़ी साइकलें भी बाढ़ के पानी की तरह आगे बढ़ने लगी थीं—मीना को पीठ की तरफ़ से धक्का-सा लगा, और वह साइकल को सँभालती, साइकल पर चढ़ने के लिए एक तरफ़ हो गयी।

उस अजनबी लड़की ने साइकल के हैंडल को कसकर पकड़ लिया—मीनाजी, एक मिनट मेरी बात सुन लीजिए।

मीना ने कुछ खीझकर उस लड़की की ओर देखा और कहा—मेरे घर आ जाना, मैं यहाँ नज़दीक ही निज़ामुद्दीन में रहती हूँ।

लफ़्ज़ मुँह से निकल गए, पर मीना को लगा कि उसे यह नहीं बताना चाहिए था कि उसका घर कहाँ है।

पर मीना का यह पछतावा, पछतावा न रहा, वह लड़की कह रही थी—मुझे पता है, घर का नम्बर भी पता है—सी-बाइस, पर बाद में तुम कहोगी कि मुझे तुम्हारे घर आकर यह बात नहीं बतानी चाहिए थी।

—नॉनसेंस।—मीना के मुँह से गुस्से में निकला और वह लड़की का हाथ हैंडल से परे करती हुई कहने लगी—अच्छा, वहाँ आ जाना जहाँ मैं पढ़ने जाती हूँ।

—नहीं, वहाँ भी नहीं, और प्रोफ़ेसर दलीप के घर भी नहीं।—लड़की ने जल्दी से कहा।

मीना कुछ हैरान उसके मुँह की ओर देखती रह गयी। वह कह रही थी—मुझे पता है तुम रोज़ फ्रेंच पढ़ने जाती हो। मिस्टर दलीप के घर भी जाती हो। पर फिर बाद में तुम कहोगी कि मुझे यह बात किसी के सामने नहीं करनी चाहिए थी।

—क्या बात है ? मीना ने खीझकर पूछा।

—बात बड़ी दर्दनाक है...किस तरह बताऊँ ? यहाँ सड़क पर ही बता दूँ ?

फाटक खुल चुका था। बहुत-सी कारें और स्कूटर गुज़र चुके थे—इधर की सड़क खाली होती जा रही थी, पर अभी दूसरी ओर ट्रैफ़िक रुका हुआ था, जिसे अभी इस सड़क पर से गुज़रना था—सो सड़क अभी वीरान नहीं थी। मीना ने जल्दी से पूछा—हाँ बताओ, जल्दी।

उस अजनबी लड़की ने कहा—तुम्हारे पिताजी का नाम मिस्टर हरबंसलाल

शर्मा है ना?

—हाँ फिर?

—पर वह तुम्हारे असली पिता नहीं, असली पिता मिस्टर डी.आर. मलिक हैं।...और वह बहुत बीमार हैं, तुमसे एक बार मिलना चाहते हैं...

—नॉनसेंस!—मीना के मुँह से जल्दी से निकला और उसने साइकल के पैडल पर पैर रखते हुए उस लड़की से कहा—न मैं तुझे जानती हूँ, न किसी डी.आर. मलिक को।

उस लड़की ने फिर जल्दी से हैंडल पर हाथ रखते हुए कहा—मेरा नाम सोफ़िया है, मैं उनकी सेक्रेटरी हूँ। तुम किसी बहाने से अपनी माँ से पूछना कि मिस्टर डी.आर मलिक...मेरा मतलब है, मिस्टर देसराज मलिक को वह जानती थीं?...

मीना उसके हाथ को फिर साइकल के हैंडल से परे कर रही थी कि सोफ़िया ने जल्दी से कहा—वह बहुत बीमार हैं, एक बार अपनी बेटी को देखना चाहते हैं...इस वक्त यहाँ अशोका होटल में आए हुए हैं—वैसे बम्बई रहते हैं...

मीना ने देखा—अचानक एक कार उसके एक ओर आकर खड़ी हो गयी थी। और फिर चौंककर देखा—वही काले रंग की कार थी, और वही पतला-सा काला-सा आदमी ड्राइव कर रहा था।

लड़की ने कार की ओर देखा, कहा—यह बेचारा ड्राइवर छः-सात दिन से तुम्हें यही बताने के लिए तुम्हारे पीछे फिर रहा है...

मीना को घबराहट भी हुई, हैरानी भी, पर देखा—उस लड़की ने साइकल का हैंडल छोड़ दिया था, और परे कार की ओर जाती हुई कह रही थी—मीनाजी! तुम घबराओ नहीं। अच्छी तरह सोच लो, फिर जी करे तो कल अशोका होटल आ जाना। आखिर वह तुम्हारे पिता हैं...पता नहीं कितने दिन और जिएँगे...

और वह लड़की परे जाकर कार में बैठ गयी। पर ड्राइवर कार में से उतरा, उसने मीना के आगे हाथ जोड़े, कहा—मेरा नाम रॉबर्ट है।—और फिर अदब से मीना के आगे सर झुकाया और कार में बैठकर कार चला दी।

कार चली गयी। मीना साइकल को चलाती साइकल के हैंडल की ओर ऐसे ताक रही थी—जैसे उसके दोनों हाथों से वह फिसल रहा हो...

2

एक रात में जैसे कई रातें गुँथी हुई हों, और सूरज को देखे हुए जैसे कई बरस बीत गए हों...

मीना की यह रात खत्म होने में नहीं आ रही थी। देसराज नाम उसने घर में सुन रखा था। अक्सर नहीं, पर कभी-कभार।

और मीना को याद आया—उसके जन्मदिन के दिन किसी-न-किसी बात पर उसकी माँ ज़रूर यह नाम लिया करती थी...

याद आया—उसकी पुरानी एलबम में उसके पहले जन्मदिन की एक तस्वीर थी, जिसमें उसने सितारों-जड़ा फ्रॉक पहना हुआ था। माँ ने उसे गोद में उठा रखा था और घर की पुरानी नौकरानी राधा उसे एक रबड़ का खिलौना दिखाकर हँसा रही थी, और पास ही पापा खड़े हुए थे...पापा...हरबंस शर्मा...

मीना के माथे में तेज़ पीड़ा की लकीरें-सी खिंचीं—पापा...देसराज...पर वह कहाँ थे?...तसवीर में क्यों नहीं?...

वह फ्रॉक?—मीना को याद था कि उसे वह तसवीर दिखाते हुए माँ ने कहा था कि यह फ्रॉक तेरे देसराज मामाजी ने बनवाया था...

देसराज मामाजी...यह लफ़्ज़ 'मामाजी' मीना के माथे की नाड़ी की तरह उभरकर दुखने लगा...

माँ ने किस ख़याल से यह लफ़्ज़ उनके नाम के साथ जोड़ दिया? और मीना ने होंठों को भींचकर एक बार कहना चाहा—देसराज पापाजी...पर दोनों लफ़्ज़ 'मामाजी' और 'पापाजी' उसकी कनपटियों की तरह दुखने लगे।

पता नहीं—कब नींद आयी, कितनी-सी, मीना की आँखें खुलीं तो सूरज ऊँचा चढ़ आया था।

उठकर रसोई में गयी। माँ ने उसे देखकर चूल्हे पर चाय का पानी रखते हुए कहा—आज तुझे क्या हुआ है? मैंने तुझे कितनी आवाज़ें दीं, तू तो घोड़े बेचकर सो गयी थी...

मीना के मन में आया—मैं तो घोड़े बेचकर सोई थी या खरीदकर, पर माँ, तुमने कैसे घोड़े बेचे थे कि सारी उम्र तुम्हें किसी का ध्यान ही न रहा—

माँ ने उसे चुप देखकर कहा—रात बहुत देर तक पढ़ती रही थी?

मीना ने इसका जवाब भी मन में दिया—हाँ, बड़ी देर तक किस्मत की लकीरें पढ़ती रही—

फिर माँ के हाथ से चाय का प्याला पकड़ते हुए, बड़े गौर से माँ के मुँह की ओर देखा, बोली—रात मुझे अजीब से सपने आते रहे—एक कोई आदमी था, मैंने कभी देखा नहीं, पर वह कह रहा था, मेरा नाम देसराज है—

माँ के हाथ से चीनी का चम्मच गिर गया—

मीना हँस-सी दी—कोई बात नहीं, चीनी का क्या है, लोग कहते हैं, हाथ से नमक नहीं गिरना चाहिए—नहीं तो अगले जन्म में आँखों की पलकों से उठाना पड़ता है—

माँ का ध्यान न गिरी हुई चीनी की ओर था, न नमक की बात की ओर, कहने लगी—हैं, सचमुच—उसने तुझसे क्या कहा—

मीना ने फीकी चाय का घूँट भरते हुए कहा—कुछ कहा था, पर अब याद नहीं रहा—

माँ कहने लगी—निगोड़ा ऐसा गया जैसे दीन-दुनिया से ही चला गया हो—

मीना कहने लगी—बड़ा ही लम्बा सपना था, पर कुछ याद ही नहीं आ रहा है—

मीना ने देखा, माँ का मन भर आया था, पूछने लगी—कुछ मेरे बारे में भी कह रहा था?

मीना ने 'नहीं' में सिर हिलाते हुए कहा—बस इतना याद है, कहा था, मैं बड़ा बीमार हूँ—

—हाय मैं मर गयी!—माँ के मुँह से निकला, तो मीना को लगा, उसको रोना आ जाएगा—

माँ एक विलाप की तरह कह रही थी—तुझे, पैदा होते ही उसने अपनी गोद में ले लिया था...अब बीस बरस बाद तेरे ही सपने में आया है...तुझसे तो पता नहीं उसका पिछले जन्म का क्या रिश्ता था!—मीना का मन भारी हो आया—पिछले जन्म का तो पता नहीं, पर इस जन्म का क्या बना...

फिर मन को सँभालकर बोली—माँ, तुमने मुझे वह जन्मदिन की तस्वीर दिखायी थी न...

माँ की आँखें नम थीं। कहने लगी—निरी तसवीर काहे की, मैंने तो वह सितारों-जड़ा फ्रॉक भी अभी तक सँभालकर रखा हुआ है—उसकी निशानी...

मीना से और न झेला गया। उठकर अपने कमरे में चली गयी। कमरे की कुंडी अन्दर से बन्द करके वह अपनी चारपाई पर बैठकर ऐसे रोने लगी—जैसे माँ के हिस्से का रोना भी उसकी आँखों में भरा हुआ हो।

फिर लगा, कोई दरवाज़े को खटखटा रहा था, शायद माँ थी। मीना ने उठकर गुसलखाने में अच्छी तरह मुँह धोया, फिर दरवाज़ा खोला।

राधा घर की नौकरानी थी, पर इतनी पुरानी कि मीना और मीना का भाई उसे राधा चाची कहते थे। वह चाय का प्याला लिए खड़ी थी।

—राधा चाची, मैं तो अभी चाय पीकर आयी हूँ। फिर क्यों बना दी?

—तेरी माँ कह रही है, उसके हाथ से चीनी गिर गयी, और तू फीकी चाय के घूँट भरकर ही आ गयी...

मीना ने चाय का प्याला पकड़ लिया। पीछे लौटने लगी तो राधा चाची ने उसकी बाँह टटोलते हुए कहा—बिटिया, तेरा तो बदन गर्म है...आँखें भी कैसी चढ़ी-चढ़ी-सी हो रही हैं...

—रात अच्छी तरह नींद नहीं आयी थी...

मीना दरवाज़ा बन्द करने लगी तो देखा, माँ उसके कमरे की ओर आते हुए बड़ी चिन्तित-सी कह रही थी—यह सपना तुझे किस वक्त आया? सुबह-सवेरे आया था या आधी रात को?

मीना को कोई जवाब नहीं सूझ रहा था। लगता था, माँ खुद ही कह रही है और खुद ही सुन रही है—सुबह-सवेरे का सपना अच्छा नहीं होता...

माँ कमरे में आ गयी तो उसके पीछे राधा चाची भी आयी, बोली—यूँ ही वहम न कर, सुबह-सवेरे के सपने सच्चे नहीं होते...

माँ मीना की खटिया पर बैठते हुए राधा चाची से कहने लगी—है री राधा! बीस बरसों बाद उसने लड़की को झलक दिखा दी—पर कहती है, वह बीमार था...क्या पता वह सचमुच बीमार हो...

मीना को लगा, जो कुछ भी था, राधा चाची से छुपा नहीं था। माँ कितनी निर्भीकता से उससे बातें कर रही थी। और मीना को राधा पर गुस्सा-सा आ गया।

गुस्से का कोई कारण नहीं था। अगर राधा को सब कुछ पता था तो इसमें राधा का कोई कसूर नहीं था। पर उसे यह पता होना मीना को अच्छा नहीं लगा। उसने कुछ खीझकर राधा की ओर देखा।

राधा मानो अपने से ही कह रही थी—सवेरे का सपना उलटा होता है, मेरी तो आज सुबह बाईं आँख फड़क रही थी, क्या पता निगोड़ा कहीं से आ टपके...

—काहे को—माँ उतरे हुए मुँह से कह रही थी—बस, एक बार उसका मन टूट गया, फिर उसने पलटकर इस दरवाज़े की ओर देखा ही नहीं...

मीना नहीं चाहती थी, पर पूछ बैठी—वह पापा का दोस्त था ना?

—सगे भाइयों से भी ज़्यादा, एक-दूसरे के साँसों में घुले-से—माँ ने कहा, तो राधा चाची भी बोल पड़ी—बस, लोगों की नज़र लग गयी। मुझे तो जुड़वाँ भाई सरीखे लगते थे...

मीना ऐसी बातें राधा के सामने कहना नहीं चाहती थी, पर लगा कि ज़िन्दगी में ऐसी कोई जगह नहीं थी जो राधा ने न देखी हो। इसलिए पूछा—फिर राधा चाची! हो क्या गया था?

—तुझे बताया जो है बिटिया, कि लोगों की नज़र खा गयी। दोनों सुन्दर जँचते। और एक यह तेरी परी जैसी माँ...उस उम्र में तो इसकी ताब झेली नहीं जाती थी... बस, जहाँ जाएँ तीनों...लोग दाँतों तले उँगलियाँ दबा लेते थे...बस, लोगों ने ही तेरे बाप को उलटी पट्टी पढ़ा दी...

राधा कहे जा रही थी कि मीना के मन में आया, पूछे—बाप को या माँ को? पर खामोश, माँ के मुँह की ओर देखने लगी।

माँ अपने में खो-सी गई, कहने लगी—किस्मत की बात होती है! नहीं तो लोगों के कहने पर कोई कुएँ में छलाँग मार देता है? जब तक दोनों मिलकर करते रहे—काम में भी बरकत थी...

मीना माँ की बातों से कुछ व्यग्र-सी होकर पूछने लगी—पर कोई तो बात होगी ना...

—बात तो कोई भी नहीं थी—माँ कहने लगी—तेरी पहली बरस-गांठ थी, वह बड़े चाव से तेरा सितारों-जड़ा फ्रॉक सिलवाकर लाया, उधर तेरी दादी ने भी शगुन के कपड़े भेजे। मैंने उसका लाया हुआ फ्रॉक तुझे पहना दिया तो तेरे बाप ने बुरा मनाया। और वह बड़ा स्वाभिमानी था...फिर कभी दरवाज़े पर नहीं आया।

राधा चाची बड़े दुःख से कहने लगी—उसने अपने हाथों मिठाइयाँ खरीदीं, मैं ही उठाकर लाई थी। कहता था, आज तुझे नया जोड़ा लेकर दूँगा, और खुद बिना खाए उठ गया...भला तेरी माँ ने क्या बुरा किया? उसका दिल रखने के लिए जो कपड़ा लाया था—तुझे पहना दिया...

मीना को लगा—राधा चाची को या तो असली बात पता नहीं है, या उसने भी माँ का रहस्य माँ की तरह छुपाया हुआ है।

3

मीना ने एस्प्रो की गोली खाई, सोने की कोशिश की, पर बड़ी उखड़ती-सी नींद में खटिया पर पड़ी रही। सो नहीं सकी।

जी में आया, दलीप को फ़ोन करे, वह इस वक्त कॉलेज में होगा। पर साथ ही मीना तड़प उठी—यह बात उसे कैसे बताऊँगी? यह मेरी नहीं माँ की इज़्ज़त की बात है...

और मीना को लगा—उसकी ज़बान का एक टुकड़ा हमेशा के लिए गूँगा हो गया था...

फिर कानों में कोई शब्द चुभने लगे—'आखिर वह तुम्हारे पिता हैं, पता नहीं वह और कितने दिन जिएँगे...'

मीना के घर फ़ोन नहीं था, पर सोचा, वहाँ जाने से पहले अगर फ़ोन करूँ?

ख़याल आया, उसे कमरे का नम्बर तो पता नहीं था। न उसने पूछा था, न उस लड़की ने बताया था। पर साथ ही सोचा—उसकी ज़रूरत नहीं थी, सिर्फ़ नाम काफ़ी था, होटल वाले सिर्फ़ नाम पर फ़ोन मिला देंगे...

एक बार मन में आया—अगर माँ को सारी बात बता दूँ...जितने बरस बीत गए सो बीत गए...क्या पता वह भी एक घड़ी—आखिरी घड़ी...

और मीना ने अपनी जीभ दाँतों तले दबा ली। नहीं, उससे यह नहीं हो सकता। यह बहुत मुश्किल है। माँ शायद बिछोह को झेल सकती है, पर कोई शर्मिन्दगी न झेली जाएगी...

पड़ोस में फ़ोन था। मीना कुछ बुखार से, पर ज़्यादा अपने ख़यालों से, काँपती सी पड़ोसी के घर चली गई।

डायरेक्टरी में होटल का नम्बर देखा, पर डायल करते वक्त हाथ रुक गए...ख़याल आया...जिसे उम्र के बीस बरस नहीं जाना, अब आज अचानक उसे कैसे जान पाऊँगी...

मन में एक उबाल-सा भी आया—उसे क्या हक था कि ऐसे अचानक मेरे मन का सुकून छीन लेता...

उँगलियाँ शायद डायल पर घूमती रही थीं, मीना के कान फ़ोन के दूसरी तरफ़ से आती हुई आवाज़ से चौंक-से गए—अशोका होटल...

प्लीज़ गेट मी मिस्टर देसराज मलिक—यह अपनी आवाज़ भी मीना को अजीब-सी लगी।

फिर एक खामोशी के बाद एक लड़की की, शायद उसी सेक्रेटरी की आवाज़ के बाद, एक धीमी पर मर्दानी आवाज़ आई, और जवाब में जब मीना ने कहा—मैं...मीना—तो लगा जैसे ये दोनों लफ़्ज़ कहीं बहुत दूर से, बहुत परे से सुनाई दे रहे हों—उसके अपने होंठों में से नहीं।

दूसरी ओर की मर्दानी आवाज़, जो शायद बीमारी के कारण कमज़ोर-सी थी, एकाएक भर आई—मीना बेटी...मीना बेटी!

मीना को लगा—यह उस दुनिया की आवाज़ थी, जिसे वह जानती नहीं थी। यह अजनबी दुनिया उससे बहुत दूर थी...उससे बीस बरस दूर...कानून से भी दूर...रिश्ते से भी दूर...पहचान से भी दूर...

यह पहला सम्बन्ध था जो एक पतले-से तार में से गुज़रकर कहीं परे जुड़ रहा था, और जो अभी एक झटके से तोड़ा जा सकता था—मीना यह सोचती हुई कुछ देर फ़ोन की ओर देखती रही, फिर कानों में कुछ जलने-पिघलने लगा। आवाज़ आई—मीना बेटी...एक बार आ जा...एक बार...

—कब?

मीना का माथा गर्म भी था, पर सुन्न-सा भी। उसे अपनी आवाज़ भी ऐसे दूर से सुनाई दे रही थी, जैसे दूसरे की हो। उसने अपने-आपको कहते सुना—आज?...नहीं...शायद कल...शायद आज...

फ़ोन करके मीना घर लौटी, पर खटिया पर लेटते हुए उसे लगा—अब

उससे आज...खटिया पर से उठा नहीं जाएगा...

दोपहर को मीना ने फिर एक बार चाय पी, माँ ने चिन्तित होकर माथा छुआ, बदन पर पतली चादर की जगह कम्बल ओढ़ाया और राधा से कहने लगी—यह अचानक लड़की को हो क्या गया?

राधा ने कम्बल में हाथ डालकर मीना के पाँवों को छुआ, दबाया और तलवों को मसला, कहा—इसकी तो खैर है, थोड़ा-सा बुखार है—पर—अभी मेरी दाईं आँख फड़क रही थी...

माँ ने राधा के कंधे को ऐसे झिंझोड़ा, जैसे वह उस ओर की कोई खबर बताएगी। राधा कह रही थी—शरीर का क्या पता होता है, शायद उसने कोई आखिरी दर्शन-मेला करना हो—नहीं तो लड़की के सपने में क्यों दिखाई देता...

मीना के बदन में से एक जलती हुई-सी लकीर गुज़र गई, जी में आया, चीख-कर कहे—माँ, अगर तुम्हें अन्तिम दर्शन करने हैं तो अभी—अभी जाओ, यहाँ से मुश्किल से दो-चार मील...

पर मीना के गले से निकलने वाली आवाज़ को उसके माथे में से निकलती एक और आवाज़ ने रोक लिया—पहले उन्होंने मुझे बुलाया है, मैं एक बार उन्हें देख लूँ...फिर अगर वह कहेंगे।

अंग-अंग में थकी हुई मीना को नींद-सी आने लगी। माँ की और राधा की कुछ मिली-जुली आवाज़ें उसके कानों में पड़ती रहीं—उनसे कहूँ...कहीं से पता करें...पर न पता न ठिकाना...लड़की में उसकी ममता थी...उस जैसे लोग आज के ज़माने में नहीं होते...

ये आवाज़ें कुछ देर तक टूटती-जुड़ती मीना के कानों में आती रहीं। फिर शायद उसे नींद आ गई थी, जब जागी—गहरी साँझ उतर आई थी—

मीना चौंककर उठी। उसे ख़याल आया, दलीप उसके बारे में परेशान होगा, सोचता होगा, आज रास्ते में कोई बात न हो गई हो, और उसे एक ही उपाय सूझा कि दलीप के घर तो फ़ोन नहीं था, पर जहाँ फ्रेंच की क्लास होती थी, वहाँ फ़ोन था। अगर वह वहाँ दलीप को फ़ोन कर दे...

उठी, मुँह धोया, पर कमरे से बाहर जाने लगी तो माँ जल्दी से आई, उसकी बाँह को छुआ और कहने लगी—अब तो बुखार नहीं लगता...

—मैं एक फ़ोन कर आऊँ?

—कहाँ? जहाँ पढ़ने जाती है?

मीना ने 'हाँ' में सिर हिलाया तो माँ ने कहा—वहाँ से कोई तुझे पूछने आया था, मैंने बता दिया, तुझे बुखार है। तुझे जगाने लगी थी, पर उसने कहा, रहने दो, बस खबर ही लेनी थी...

मीना फिर खटिया पर लेटते हुए पसीने से भीग-सी गई। जी में आया—दौड़कर दलीप के पास जाएँ...सब कुछ बता दे...उसके पास बैठकर खूब रोए...और उसे साथ लेकर एक बार उस आदमी को देख आए जो उसका बदनसीब बाप...

इस आखिरी लफ़्ज़ 'बाप' से उसके ख़याल अटक गए, जैसे सामने एक बड़ी-सी पत्थर की दीवार आ गई हो...

दूसरे दिन सुबह कोई ग्यारह बजे मीना ने माँ को बताया कि अब वह बिलकुल ठीक है, और उसे लाइब्रेरी जाना है।

लाइब्रेरी लफ़्ज़ को चाहे मीना ने मन में नया अर्थ दे दिया—'ज़िन्दगी की एक बन्द किताब को आज खोलकर देखूँगी।'—पर तो भी मीना ने माँ की तरफ़ नहीं देखा, उसे झूठ बोलने की आदत नहीं थी।

साइकल निकाली, बदन में एक झुरझुरी-सी दौड़ गई। साइकल वहीं रख दी। पैदल चली, और कुछ दूर जाकर मोड़ से एक स्कूटर ले लिया, कहा—अशोका होटल।

रेसकोर्स के मैदान में कुछ अंगरेज़ बच्चों को हँसते-खेलते देखा, ख़याल आया...कि उसका अपना बचपन शायद कहीं बहुत ही उदास और रीता-सा था, पर याद करते हुए भी कोई खास तरह की उदासी और रीतापन याद नहीं आया...वह हैरान-सी ऊँचे-ऊँचे पेड़ों वाली सड़क को देखती रही...

पत्थर की एक बहुत बड़ी इमारत में जाते हुए मीना का दिल इतना धड़कने लगा कि स्कूटर के खड़े हो जाने पर भी उतरा न गया। मन में आया, स्कूटर वाले को पैसे देने की बजाय कहे—चलो वापस, चलो।

अचानक देखा, रॉबर्ट स्कूटर वाले के पास आकर उसे पैसे दे रहा था...

मीना स्कूटर में से उतरी। रॉबर्ट हाथ जोड़कर और सिर झुकाकर मीना को नमस्कार कर रहा था।

शीशों के बड़े-से दरवाज़े में से लाँघकर जब मीना ने भीतर के बहुत मोटे कालीन पर पाँव रखा तो लगा, उसके पैर-नीचे धरती में, और धरती से भी नीचे जैसे पाताल में धँसते जा रहे हों...

रिसेप्शन से कमरे का नम्बर पूछने की ज़रूरत नहीं थी,रॉबर्ट उसके आगे-आगे चलता राह दिखा रहा था। लिफ़्ट में जाते हुए—चाहे अन्दर पूरी रोशनी थी—मीना को लगा, जैसे वह एक गुफ़ा में से गुज़र रही हो...

लिफ़्ट का दरवाज़ा खुला, सामने सजी हुई पर खाली बैठने की जगह थी, शायद मिलने वालों के लिए, इन्तज़ार करने वालों के लिए! रॉबर्ट ने मीना से बैठने के लिए कहा, और खुद बाईं ओर बने कमरों के आगे से गुज़रता हुआ परे किसी कमरे में इत्तला देने चला गया।

मीना सोफ़े के बाज़ू से लगकर उसी की लकड़ी की तरह सिकुड़कर बैठ गई। कुछ देर बाद वही परसों वाली अजनबी लड़की आई—सोफ़िया, जिसने आज काली स्लैक्स और नीले रंग का पतला-सा स्वेटर पहन रखा था। मीना को पहचानने में ज़रा दिक्कत हुई, पर उसकी परसों वाली नरम-सी आवाज़ ने जब उससे कहा—'मीनाजी!' तो मीना पहचान गई।

वह मीना के पास बैठती हुई कहने लगी—तुम्हें मुबारक हो मीनाजी! तुम्हारे पापाजी की बीमारी कल से, जब से उन्होंने तुम्हारी आवाज़ सुनी है, जाने कहाँ चली गई है...बहुत फ़र्क पड़ गया है...

सोफ़िया उठकर, मीना को भी उठाती हुई बाएँ हाथ की ओर कई कमरों को लाँघती, एक कमरे के आगे खड़ी हो गई और हाथ से बन्द दरवाज़े को खोलकर मीना को अन्दर जाने के लिए कह खुद बाहर खड़ी रह गई...

मीना दरवाज़े के पास भीतर जा ज़रा रुक गई...

पीछे सोफिया ने दरवाज़ा बन्द कर दिया था, सामने शीशे की बड़ी-सी खिड़की थी, जिसके खुले हुए परदे में से आती धूप आँखों को चौंधिया रही थी। धूप की चमक से मीना की आँखों के आगे एक अन्धेरा-सा आ गया, पर आँखों को मूँदते और खोलते हुए उसने खिड़की से नज़र हटाकर कमरे में देखा...

एक बड़े-से पलंग पर कोई था, मीना को देखकर, कोहनी के सहारे सिर को उठाता कहने लगा—मीना, मेरी बेटी...

मीना काँपती-सी, जैसे उस आवाज़ का हाथ थामकर पलंग के पास चली गई...पर आँखें भरी हुई-सी थीं—कोई अच्छी तरह दिखाई नहीं देता था—सिर्फ़ इतना लगा—एक हाथ उसके हाथ को पकड़कर अपने पास करता हुआ अपनी छाती पर रख रहा था। फिर एक आवाज़ कानों में पड़ी—मीना!

मीना निढाल-सी पलंग की पट्टी पर बैठ गई...

पलंग पर से धीरे-धीरे एक आवाज़ ऊपर उठती और फिर पलंग पर गिर-सी पड़ती लगती थी—लगता था, तुझे देखे बिना ही मर जाऊँगा...कई बार सोचा था...पर तू छोटी थी...तुझे कैसे बताता...क्या बताता...पर इस बार मेरी बीमारी ने मेरा हौसला तोड़ दिया...तू आ गयी...मैं अच्छा हो जाऊँगा...

और उसने तकिये के नीचे से एक तसवीर निकालकर मीना को दिखायी, बोला—बस, इसे रोज़ देख भर लेता था...उस दिन तेरा पहला जन्मदिन था...यह मैंने तेरा सितारों-जड़ा फ़ॉक बड़े शौक से खरीदा था...

मीना को यह सब पता था, वही जो माँ ने बताया था। आँखें भर आईं, मुँह से धीरे से निकला—पापा!

—बस, इसी आवाज़ को सुनने के लिए मैं ज़िन्दा था...

उसने पलंग के साथ लगे हुए एक बटन को दबाया और कुछ देर बाद अन्दर

आकर उसकी सेक्रेटरी पूछ रही थी—जी सर!—और वह कह रहा था—मेरी बेटी के लिए चाय लाओ...नहीं, चाय नहीं...ऐपिल जूस...

—नहीं, कुछ नहीं...

पर मीना की आवाज़ उसकी आवाज़ से दब-सी गई थी। वह कह रहा था—मैं अपनी बेटी को कुछ भी नहीं दे सका, कुछ भी नहीं...बस, मुझे एक ही इकरार दो मीना! कि कभी-कभी जब मैं दिल्ली आऊँ...तो तुम आ जाओगी—

मीना ने धीरे से सिर हिलाकर 'हाँ' की। उसने फिर, कुछ साँस-सा रोककर कहा—दम्मो का क्या हाल है?

मीना के पैरों तक कँपकँपी उतर गई। उसकी माँ का नाम दमयन्ती था, और उसके वह पापा भी उसको कई बार दम्मो कहकर आवाज़ दिया करते थे—

—ठीक है—मीना ने धीमे से अपने होंठ को काटते हुए कहा।

—पर मुझसे इकरार करो—उसने मीना का हाथ अपने हाथ में लेते हुए कहा—माँ से कुछ न कहना, मैं—मैं उसकी बीती हुई ज़िन्दगी का प्रेत हूँ...

माँ की कल की हालत, मीना का जी किया, बता दे। पर लगा, अपने मुँह से माँ की बात नहीं की जा सकेगी।

बैरा दो गिलास ऐपिल जूस ट्रे में रखकर ले आया था। पलंग के पास छोटी मेज़ पर रखवाते हुए, सोफ़िया ने बिल पर दस्तखत किए, और एक गिलास मीना को देकर, दूसरा पलंग के पास खड़े होकर आगे करते हुए कहा—सर! आप भी ले लें। इसमें कोई हर्ज नहीं। डॉक्टर से पूछ लिया है।

सोफ़िया के जाने के बाद उसने मीना से कहा—बहुत अच्छी लड़की है, मेरा बड़ा ध्यान रखती है—बहुत ट्रेवेल करना पड़ता है, हमेशा मेरे साथ रहती है—

और अचानक मीना से पूछा—वह प्रोफ़ेसर दलीप अच्छा लड़का है न?

मीना ने कुछ हैरानी से सामने देखा, फिर कहा—हाँ।

—तुम उसके साथ ब्याह करना चाहोगी?

मीना ने सिर झुका-सा लिया—

—कब?

—अभी पता नहीं।

वह कुछ देर चुप रहा, सोचता रहा, फिर कहने लगा—सामने अंगीठी पर एक दवाई की शीशी रखी है, मुझे उसमें से एक गोली दे दो।

मीना ने उठकर सामने अंगीठी पर से दवा की एक शीशी उठाई—वहाँ एक ही शीशी थी इसलिए पूछने की ज़रूरत नहीं थी—उसमें से उन्नाबी-से रंग की एक गोली निकाली और दे दी।

उसने ऐपिल जूस के घूँट के साथ एक गोली खाते हुए कहा—अपने दलीप से

मेरी बात न करना। मुझे तो कोई डर नहीं पर वह तुम्हारी माँ के बारे में क्या सोचेगा?...और क्या पता—फिर वह तुमसे ब्याह करे न करे—

मीना को दलीप में अपना भविष्य कहीं टूटता-सा लगा। कल से ही मन कुछ सहमा हुआ-सा था कि जब यह सब कुछ दलीप को मालूम होगा, उसकी आँखों में वह पहली-सी मीना नहीं रहेगी—

मीना घबराई-सी उठकर खड़ी हो गई। कहने लगी—अब मैं जाऊँ?

—पर फिर आओगी न?

मीना ने 'हाँ' में सिर हिलाया।

उसने तकिये के नीचे से सौ-सौ के कुछ नोट निकाले और मीना से कहा—मैं तमाम ज़िन्दगी तुझे कुछ नहीं दे सका...

मीना ने हाथ को छू रहे, नोटों से हाथ परे कर लिया। मुँह से कुछ घबराहट में निकला—नहीं...नहीं...

नोटों वाला हाथ उदास-सा पीछे हो गया, पर मीना के कानों में एक आवाज़ जैसे तड़प उठी—ठीक है, न मैं दम्मो का कुछ लगता हूँ, न तुम्हारा—

मीना का हाथ कुछ घबराकर आगे हुआ, पर उसकी 'हाँ' जैसे हवा में लटक कर रह गई। न हाथ से नोट पकड़े जा रहे थे, न हाथ पीछे किया जा रहा था।

—जी करता था, उस फ्रॉक की तरह आज तुम मेरी खरीदी हुई कोई साड़ी पहनतीं—

मीना ने जवाब में हाथ आगे करके नोटों में से एक नोट ले लिया—यह काफ़ी है।

उस आदमी ने पलंग के पास लगे हुए बटन को फिर दबाया। सोफ़िया दरवाज़ा खोलकर अन्दर आई तो उसने कहा—रॉबर्ट से कहो, मेरी बेटी को छोड़ आए। एकदम घर तक न जाएँ, बाहर की सड़क तक छोड़ आए।

—अच्छा, सर!—सोफ़िया ने कहा, और मीना उसके पीछे चलती हुई होटल के बाहर आ गई—

4

किसी एक घटना का, चाहे किसी दूसरी घटना से बिलकुल कोई सम्बन्ध नहीं होता, पर कभी वह किसी एक जगह से इस तरह जुड़ जाती है कि उनके खौफ़नाक रंग एक-से लगने लगते हैं।

मीना ने अखबार में एक खबर पढ़ी कि एक सुखी विवाह अचानक एक दिन

में ही इसलिए टूट गया कि बीवी अपने खाविंद की चोरी से कभी-कभी कहीं जाया करती थी और एक दिन उसका पीछे करने पर खाविंद को पता चला कि उसकी बीवी का कोई पहला बच्चा भी था, जिससे मिलने वह आश्रम जाया करती थी—

मीना को अपना भविष्य दलीप से इसी तरह टूटता-सा लगा। उसने कल्पना करके देखा...कि उसका और दलीप का ब्याह हो चुका था। दलीप उसे बड़ा प्यार करता था, वह दलीप को। पर कभी-कभी उसे अशोका या किसी और होटल से सन्देशा आता था और वह दलीप से चोरी से वहाँ जाती थी, और एक दिन दलीप ने पीछा करके जान लिया कि उसकी बीवी का कोई एक पहला बाप भी था—जिससे मिलने वह किसी होटल में जाती थी...

और मीना भयभीत सोचने लगी—क्या गैरकानूनी बच्चे की तरह गैर-कानूनी बाप भी होता है...

मीना रोज़ फ्रेंच की क्लास के लिए जाती थी, पर इन दिनों में चाहकर भी दलीप के घर नहीं जा सकी थी। न सच बोला जा सकता था न झूठ, और वह घबराई-सी बहुत दिन तक दलीप से मिलने का समय टालती रही।

मीना जानती थी—अब उसे आते-जाते रास्ते में किसी काली कार का खतरा नहीं था, अब कोई उसका पीछा नहीं कर रहा था, पर वह दलीप को कुछ बता नहीं सकती थी। वह रोज़ अन्धेरा होने पर साइकल पर घर जाने लगती तो दलीप चिन्तित होता, पर मीना उससे कुछ भी न कह पाती।

पाँचवें दिन—रात को घर लौटते हुए, मीना को रेलवे लाइन के पास राबर्ट मिला और दूसरे दिन सवेरे ग्यारह बजे होटल में आने का सन्देशा देकर चला गया।

दूसरे दिन मीना गई, पर इस बार वह ज़्यादा घबराई नहीं थी, इसलिए साइकल ले ली। पर उसकी साइकल मुश्किल से सड़क के मोड़ के पास पहुँची थी कि राबर्ट वहाँ कार लिए उसकी प्रतीक्षा करता हुआ मिला। मीना ने अपनी साइकल एक परिचित लड़की के घर रख दी और राबर्ट के साथ कार में चली गई।

आज मिस्टर मलिक बाहर होटल के लॉन में उसकी प्रतीक्षा कर रहे थे। मीना पहुँची तो राबर्ट गाड़ी से उतर गया, मिस्टर मलिक गाड़ी को खुद ड्राइव करते हुए कहने लगे—मेरी तबीयत अब बहुत ठीक है, शायद दिल्ली से जल्दी चला जाऊँ। सोचा, जाने से पहले अपनी बेटी के साथ एक छोटी-सी ड्राइव पर हो आऊँ...

जब राबर्ट गाड़ी चला रहा था, मीना पिछली सीट पर बैठी थी, पर अब जब मिस्टर मलिक खुद गाड़ी चला रहे थे, मीना उनके साथ अगली सीट पर बैठ

गई थी।

—तुम्हें ड्राइविंग सिखाऊँ?—मिस्टर मलिक ने एयरपोर्ट वाली सड़क पर जाते हुए रास्ते में कहा।

—मुझे? मैं सीखकर क्या करूँगी?

—क्यों? मेरी बेटी गाड़ी नहीं चलाएगी?

—गाड़ी?...पर मेरे पास गाड़ी...मीना का वाक्य अधूरा-सा रह गया, पर उसका अर्थ अधूरा नहीं था।

मिस्टर मलिक ने कहा—मुझे यही दुख है मीना कि मेरी गाड़ियाँ, मेरा पैसा तुम्हारे किसी काम नहीं आ सकता। पर मेरी सारी जायदाद पर सिर्फ़ तुम्हारा हक है—पता नहीं चलता, तुम्हें कब, किस तरह दूँगा...शायद तुम्हारे ब्याह के बाद...शायद वह लड़का समझदार हो...तुम्हें भी प्यार करे, मुझे भी...मैं सब कुछ तुम दोनों को दे दूँगा।

और मिस्टर मलिक ने गहरी सोच में पड़ी मीना से कहा—पर अभी ब्याह की जल्दी मत करना। इस दलीप को अच्छी तरह देख लें। नहीं तो मैं जो हूँ, उससे भी अच्छा लड़का ढूँढ़ दूँगा...यह तो सिर्फ़ एक लेक्चरर है...मुश्किल से पाँच-छह सौ कमाता होगा।

मीना को पिछले कई महीनों से अपनी समूची दुनिया दलीप में दिखाई देने लगी थी। दूर जहाँ तक देखती थी, उसे दलीप दिखता था और उससे परे कुछ भी नहीं। पर इस वक्त पापा के मुँह से 'कोई उससे भी अच्छा लड़का' सुनकर उसके मन में एक टीस-सी हुई पर कुछ भी कहने से अपनी ज़बान रोक ली।

पापा ने कहा—खैर, तुम ड्राइविंग सीखो। जब मैं दिल्ली आया करूँगा, मैं आराम से गाड़ी में बैठूँगा, तुम ड्राइव किया करना। राबर्ट है, पर जब हम बाप-बेटी सैर करने जाएँ, उस वक्त एक गैर आदमी को अपने साथ रखना अच्छा नहीं लगता।

मीना, सोच रही थी—अगर ऐसे ही कभी गाड़ी में बैठे, या ड्राइव करते दलीप ने मुझे देख लिया, या छोटे भाई ने, या उस पापा ने...

और मीना ने घबराकर इस पापा की ओर देखा। वह कह रहे थे—मेरा तो जी करता है—मैं अपने ट्रिप में तुम्हें अपने साथ लंदन ले जाऊँ...चाहे सिर्फ़ चार-पाँच दिन के लिए। तुम्हें लंदन दिखाऊँ, पेरिस दिखाऊँ यह हो सकता है, अगर तुम पाँच-सात दिन किसी सहेली के पास जाने की बात कह सको...तुम्हारी कोई सहेली नहीं है बम्बई, अमृतसर या कहीं भी?

मीना को सब कुछ एक परी-कथा-सा लग रहा था—सम्भव भी, असम्भव भी...

एक जगह गाड़ी रोककर मिस्टर मलिक ने गाड़ी में रखा हुआ सैंडविचेज़ का

पैकेट निकाला। चाय से भरा थरमस भी था। इर्द-गिर्द, दोनों ओर खेत थे, और जहाँ तक नज़र जाती थी—हरियाली थी।

और परे दूर दिल्ली के खण्डहर दिखाई दे रहे थे।

5

मीना रोज़ ड्राइविंग सीखने लगी। कभी मिस्टर मलिक से, कभी राबर्ट से। रोज़ घर से जाते वक्त 'लाइब्रेरी' जाती थी, पर बाहर के मोड़ से या ओबेराय होटल के मोड़ से राबर्ट के साथ कार में बैठते हुए, वह अपने मन में कह लेती थी—क्या इन्सानी रिश्ते की किताब को पढ़ना लाइब्रेरी की किताब पढ़ने की तरह नहीं है... ?

मन में कभी-कभी ख़यालों की भीड़ हो जाती, और हॉर्न की तरह कानों में किसी खतरे की सूचना भी बजती—ऐसे कब तक चलेगा ? कभी-न-कभी मुझे कोई इस कार में ज़रूर देख लेगा...

पर खतरे के सामने से जल्दी से परे होती हुई वह अपने-आपको तसल्ली देती—तो माँ को सब कुछ बता दूँगी। इसमें जो कुछ छुपाव करना है वह माँ को करना है, मुझे नहीं। मुझसे तो नौकर-चाकर भी अदब से मिलते हैं, अदब से बात करते हैं...

सिर्फ़ सोफिया मीना को ज़्यादा अच्छी नहीं लगती थी, इसलिए नहीं कि वह मीना को अपने बॉस की बेटी होने के नाते पूरा अदब नहीं देती थी, सिर्फ़ इसलिए कि पापा के सामने वह जितनी चुप रहती थी, राबर्ट के सामने बातें करती हुई वह उतनी ही शोख-सी हो जाती थी। मीना को अच्छा नहीं लगता था।

पर छोटे काम वाले लोगों का अखलाक और होता है, मुझे उसकी निजी बातों से क्या ?—मीना ने अपने-आपसे यह कह लिया था। पर परसों जब वह पापा के कमरे में गई थी, पापा गुसलमाने में थे, और भिड़काए दरवाज़े को खोलकर वह जब कमरे में आई थी, उसका पैर ऐसे अटक गया था जैसे वह गलत कमरे में आ गई हो।

सामने पापा के पलंग पर सोफिया अलसाई-सी लेटी हुई थी।

मीना से भी ज़्यादा घबराकर सोफिया पलंग पर से उठी थी—जैसे वह पापा की चोरी से वहाँ लेटी हो।

उस दिन सोफिया ने मीना से दोस्ती करने का कुछ खास यत्न किया था, पर मीना का मन उकताया हुआ था, उसने सोफिया का हाथ झटक-सा दिया।

सोफिया अपने पर्स में से पेरिस के सेण्ट की एक शीशी निकालकर मीना को

जैसे ज़बरदस्ती दे रही थी, पर मीना ने नहीं ली।

'रिश्वत' सरीखा एक शब्द मीना के माथे में टूटता और जुड़ता रहा...

पापा जब गुसलखाने से आ गए, सोफिया कमरे से चली गई, तो पापा ने दो फ़ार्मों पर मीना से दस्तखत करवाते हुए कहा—यह एक तुम्हारा ड्राइविंग लाइसेंस बनवाने के लिए, और दूसरा तुम्हारा पासपोर्ट बनवाने के लिए...

मीना हैरान घबराई-सी पापा के मुँह की ओर देखने लगी...

पापा खुश भी थे पर उदास भी! कह रहे थे—इन फ़ार्मों पर अपने हाथ से तुम्हारे बाप का नाम—किसी और का नाम लिखूँगा...कोई हरबंस शर्मा...इसका मुझे बड़ा दुख है। काश, मैं यहाँ अपना नाम लिख सकता...

मीना के मन में भी कुछ उदासी उतर गयी। सोच रही थी—अपनी बेटी को जब बेटी न कहा जा सके...इसका दर्द वही जान सकता है जिसने भुगता हो...और उसका मन उस आदमी के लिए कुछ छलक-सा आया...

पर पापा खुश भी थे, कह रहे थे—फुलिश सेंटीमेंट...मैं तुम्हें देख सकता हूँ, क्या यह काफ़ी नहीं? पाँच-सात दिन तुम्हें पेरिस-लंदन अपने साथ रख सकूँगा, क्या यह काफ़ी नहीं?

और मीना के मन में पेरिस या लंदन जाने के नाम पर जो घबराहट हुई थी, वह पापा की खुशी के सामने छोटी हो गई...

उसने सिर्फ़ एक बार कहा—पर घर से क्या कहकर जाऊँगी?—और पापा ने तसल्ली-सी दी—तुम कहती थीं, बम्बई में तुम्हारी एक सहेली रहती है। पाँच-सात दिन उससे मिलने जाने के नाम पर कुछ कह देना...

मीना को तसल्ली नहीं हुई, पर एक और बात भी मन में आई, कहने लगी—सोफिया भी साथ जाएगी?

पता था, वह पापा की सेक्रेटरी है, हर जगह हर वक्त साथ रहती है, पर पापा कह रहे थे—बिलकुल नहीं। मुझे बिज़नेस का कुछ काम ज़रूर है, पर इस बार मैं चाहता हूँ...पाँच-सात दिन सिर्फ़ मैं होऊँ, और मेरी बेटी...

और मीना उस तरफ़ से निश्चिन्त-सी हो गई...

आज उसने पापा को बताया हुआ था कि वह नहीं आएगी, आज उसने फ्रेंच की क्लास से भी छुट्टी ले ली थी, आज उसे दलीप के साथ दिल्ली से कोई बीस मील गुड़गांव से कुछ दूर, वहाँ जाना था, जहाँ दलीप के पिता का फ़ार्म था।

दलीप के साथ उसकी मोटरसाइकिल पर उसके फ़ार्म पर जाने की इजाज़त उसने माँ से भी ले ली थी, और अपने उस पापा से भी।

''यह पापा, वह पापा'', जब ये लफ़्ज़ इकट्ठे उसके मन में आ जाते थे...

टकरा जाते थे...

वह सोचने लगी—दोनों में से कोई लफ़्ज़ भी कहीं से टूटता नहीं, सिर्फ़ वह खुद ही कहीं एक जगह से कुछ टूट जाती है...

परसों पापा ने बड़े दुख से कहा था—तुम मेरे हाथ का खरीदा हुआ कुछ भी नहीं पहनोगी ?—और उसने परसों शाम, पुराने सँभालकर रखे हुए उस सौ के नोट को किताब में से निकाल लिया था, जो पहले दिन उसने पापा से लिया था।

परसों शाम उसने एक सिल्क की साड़ी खरीदी थी—हरे काँच के रंग की। और कल पापा को खुश करने के लिए वही साड़ी पहनकर पापा से मिलने गई थी...

मेरी सब्ज़परी-सी बिटिया...कहते हुए पापा ने उसका गाल चूम लिया था।

उस दिन नहीं, पर आज, रात के चौथे पहर अपनी खटिया पर सोती-जागती-सी मीना को ख़याल आया—पापा की ज़िन्दगी कितनी प्यासी थी...और साथ ही उस दिन सोफिया को पापा के पलंग पर लेटे हुए देखकर, जो गुस्सा-सा आया था, वह ढलने लगा।

सोचने लगी—इतनी रीती ज़िन्दगी पापा ने किस तरह बिताई होगी...सिर्फ़ मन की नहीं, तन की ज़रूरतें भी होती हैं। कभी ब्याह नहीं किया—कोई मुँह देखने को सामने कुछ भी नहीं—अगर वही सेक्रेटरी उन्हें कभी कोई सुख देती है तो इसमें उसका क्या कसूर...पापा का भी क्या कसूर...

मन पिघल-सा गया, साथ ही मन में कुछ तन-सा भी गया—पर वह राबर्ट के साथ भी बहुत खुली हुई है...अगर उसे पापा जैसा संजीदा आदमी मिल गया है तो वह उस राबर्ट के साथ क्यों ?...मालिक और ड्राइवर के बीच जो एक अन्तर होता है, उस अन्तर की तमीज़ तो उसे होनी चाहिए थी...

और साथ ही एक गलीज-सा ख़याल आया—राबर्ट जवान है...पापा जवान नहीं...और मीना का मन इन विचारों से भी कुछ घिनिया-सा गया।

भोर का उजियारा हल्की-सी लौ बन रहा था। मीना अपने विचारों से छूटने के लिए खटिया पर से उठ बैठी। उसने विचारों को बदन पर ओढ़े हुए कम्बल की तरह परे किया, और गुसलखाने में जाकर नहाने लगी।

अब रसोई में से भी खटखटाहट आने लगी थी—शायद माँ सबके लिए सुबह की चाय बना रही थी।

मीना ने खिड़की से बाहर देखा—दलीप ने कहा था—वह बिलकुल सुबह आ जाएगा, ताकि वे बिलकुल सुबह, सड़कों पर, दिन की भीड़ से भी पहले, दिल्ली से निकल सकें, और साँझ को समय से वापस लौट आएँ।

मीना ने जल्दी से कपड़े पहनकर तैयार हो जाना चाहा। अलमारी खोली।

सामने कल पहली बार पहनी हुई साड़ी पड़ी थी, जिसे देखकर पापा ने कहा था—मेरी सब्ज़परी-सी बेटी...

वह दलीप की आँखों में भी आज हरी सब्ज़परी की तरह लगना चाहती थी। इसलिए वही साड़ी निकालकर पहनने लगी।

शीशे के आगे खड़े होकर साड़ी पहनते हुए उसे ख़याल आया, आज वह दलीप के पिताजी से पहली बार मिलेगी। चाहे अभी दलीप ने उन्हें इस तरह की कोई बात नहीं बताई थी, पर फिर भी वह इस तरह की बात को कुछ समझ जाएँगे, उसे गौर से देखेंगे, मन में कुछ परखेंगे भी...और शायद वह भी हँसकर कुछ इस तरह कह दें—मेरी हरी सब्ज़परी-सी बेटी...

मीना ने वह साड़ी पहन ली। दलीप अभी आया नहीं था। उसे चाय की कुछ तलब-सी लगी, रसोई में माँ के पास चाय का प्याला पीने चली गई।

—वह भी आ गया है?—माँ ने केतली से चाय उँड़ेलते हुए पूछा।

—अभी नहीं, जब आएगा तब और गर्म चाय पी लूँगी।

माँ हँस रही थी—पानी की मछली तो होती है, तू चाय की मच्छी है...

—यह चाय की मछली आज कहाँ चली है?—पीछे से रसोई की ओर आंते हुए पापा की आवाज़ आई।

मीना ने प्याले में से चाय का घूँट भरते हुए, पापा की ओर देखा, कहा—आपसे पहले पूछ तो लिया था। भूल गए?

पापा ने वही फिकरा दोहराया, जो मीना के पहली बार पूछने पर कहा था—अच्छा-शरीफ़ लड़का है न?

मीना की जगह माँ ने जवाब दिया—शरीफ़ है तभी तो अपने बाप के पास ले जा रहा है...

पापा शायद मीना की साड़ी की ओर देख रहे थे, देखकर कहने लगे—यह तूने कब खरीदी? क्या माँ ने खरीद दी है?

मीना ने कल शाम फ्रेंच की क्लास के समय भी वही साड़ी पहनी थी, दलीप ने भी यही बात पूछी थी, पर उस वक्त मीना ने दलीप से जो कहा था, उसे पापा से नहीं कह सकती थी। उस वक्त मीना ने कहा था—हाँ, माँ ने ही खरीद दी है, और कौन खरीदेगा...पर इस वक्त माँ सामने बैठी थी, इसलिए यह बात वह पापा से नहीं कह सकी थी। सो कहा—उसने...दलीप ने...

इस वक्त दलीप लफ़्ज़ झूठ से जुड़ा हुआ था, इसलिए मीना के गले में अटक-सा गया। कल सुबह माँ ने भी जब नई रेशमी साड़ी देखकर पूछा था, तो मीना ने उसे भी यही जवाब दिया था, और उस वक्त भी यह उसके गले में अटक-सा गया था।

पर जिस तरह माँ ने उसके गले में अटके हुए लफ़्ज़ को उसकी शर्म समझा

था, इस वक्त पापा ने भी वही समझा। पर माँ ने सुनकर कुछ नहीं कहा था, पापा कहने लगे—रिश्ते की बात पक्की हो जाएँ तो और बात है, पर मीनू! तुझे यूँही किसी से चीज़ें नहीं लेनी चाहिए।

मीना को पापा की बात बुरी नहीं लगी—उसने सचमुच दलीप से या किसी से भी कभी कुछ लेना कबूल नहीं किया था। पर इस वक्त वह पापा की नज़रों में वह नहीं दिख रही थी जो वह थी।

मीना को अपना-आप कसूरवार-सा लगा, कोई कसूर नहीं था तो भी कसूरवार।

नज़र भरकर पापा की ओर देखा—पापा का वही संजीदा और सादा चेहरा था। हमेशा की तरह।

सिर्फ़ उसका अपना मुँह ही अपनी नज़रों में कुछ भटकता-सा लग रहा था...

पापा कह रहे थे—तू आज उसके साथ चली जा, शायद वह अपने बाप को दिखाना चाहता हो...पर फिर उसके साथ इस तरह मत जाया करना...या वह कोई फ़ैसला करे, सीधी तरह ब्याह का फ़ैसला करे।

पापा के लफ़्ज़ साफ़ थे, सीधे थे, और उस फ़िक्र से जुड़े हुए, जो एक जवान बेटी के बाप को होती है।

और पापा कह रहे थे—मुझे ज़्यादा अमीरी नहीं चाहिए, बस लड़का गुज़ारे लायक कमाता हो और शरीफ़ हो।

मीना को अचानक उस पापा के लफ़्ज़ याद आए—अभी ब्याह की जल्दी मत करना...यह तो सिर्फ़ लेक्चरार है, मुश्किल से पाँच-छह सौ कमाता होगा...

'यह पापा'—'वह पापा' दोनों लफ़्ज़ फिर मीना के अन्दर टकरा गए और उसे अपने अन्दर फिर कुछ टूटता-सा लगा...

वह पापा बहुत अमीर हैं...दलीप की पाँच-छह सौ तनख्वाह उनकी नज़र में कुछ भी नहीं, इसलिए दलीप भी कुछ नहीं...यह सोचकर मीना के अन्दर जो कुछ टूटा था, उसकी मिट्टी की तरह वह खुद बिखरने लगी।

दलीप उसे उस हद से परे तक अच्छा लगता था, जहाँ उसकी तनख्वाह या किसी जायदाद की गिनती-विनती बहुत पीछे रह जाती थी...और उसे लगा—उस पापा की गिनती-विनती उसे कहीं से दलीप से तोड़ रही थी...

'और यह पापा' मीना उसके सीधे-सादे लफ़्ज़ों को मन में दोहराती हुई सोच रही थी—सिर्फ़ उसकी शराफ़त को देखना चाहते हैं।

पैसा एक हद तक आकर रुक जाता है...मीना चाय के गर्म घूँट की तरह अपने ख़यालों को पीती रही—इसलिए अगर इन्सान की पहचान सिर्फ़ पैसे से करनी हो, तो यह पहचान भी उतनी ही होगी जितना उसका पैसा। पर अगर...उसकी पहचान उसकी अच्छाई से करनी हो, उसकी शराफ़त से, तो जैसे इन

चीज़ों का अन्त नहीं होता, इन्सान का भी नहीं। वह दूर वहाँ तक दिख सकता है, जहाँ तक मुहब्बत उसे देखना चाहे...

और मीना को, सामने मूढ़े पर बैठे चाय पीते, 'यह पापा' बहुत अच्छे लगे। यह कमज़ोर-से साधारण-से पापा—जिनकी जेब में न सौ-सौ के नोटों की साधारण कागज़ों की तरह गड्डियाँ थीं न दरवाज़े पर खड़ी कार और ड्राइवर था, न अपने कामों के लिए रखी कोई सेक्रेटरी थी...

और मीना को यह पापा, साधारण घर की उस छत जैसे लगे, जो अपने जिस्म के मांस की तरह अपनी होती है। उसका सुख भी अपना होता है, उसकी पीड़ा भी।

और मीना को 'उस पापा' की शान-शौकत—उन तंग चमकीले सितारों-जड़े कपड़ों की तरह लगी जिन्हें पहनकर कोई सो जाएँ, तो वे सारी रात बदन पर चुभते रहें...

पता नहीं कहाँ पढ़ा था, किसने लिखा था, मीना को लिखने वाले का नाम याद नहीं आया, पर याद आया कि उसने अपनी ज़िन्दगी की बातें लिखते हुए लिखा था—मैंने सब कुछ ज़िन्दगी में अपनी मर्ज़ी से चुना है, सिर्फ़ माँ-बाप अपनी मर्ज़ी से नहीं चुन सकता था...और मीना को एक रुलाई जैसी हँसी आ गई—यह इन्सान की कैसी मजबूरी है! हर इन्सान की, मेरी भी...

पर मीना के मन में एक हसरत-सी आयी—अगर यह चुनाव भी मेरे बस में होता, तो मैं उस पापा को नहीं, इस पापा को चुनती...

और मीना को माँ पर एक गुस्सा-सा आ गया...लगा—अभी नहीं पर किसी दिन माँ से खूब लड़ूँगी, रोऊँगी, लड़ूँगी...

बाहर मोटरसाइकिल की आवाज़ आयी, और मीना ने अपने छोटे भाई को दरवाज़ा खोलते और कहते सुना—दलीप भैया, मुझे भी मोटरसाइकिल की सैर करवाओ...

और फिर दोबारा मोटरसाइकिल के चलने की आवाज़ से पहले दलीप की आवाज़ सुनाई दी—चल, तुझे एक राउंड लगवा दूँ।

माँ ने चूल्हे पर चाय का और पानी रखा। पापा कह रहे थे—मीनू, उसके बाप का नाम-पता अच्छी तरह पूछ आना। मैं ज़रा उसके घर-खानदान का पता लगाऊँगा।

और मीना ने जिस विचार को कुछ दिनों से टाला हुआ था, वह उसके सामने आ खड़ा हुआ—पर मेरा घर-खानदान... ?

6

दलीप मीना के छोटे भाई को मोटरसाइकिल की एक छोटी-सी सैर करवाकर लौटा। माँ ने सबको चाय दी, और एक-एक परांठा भी।

मीना को भूख नहीं थी, पर माँ कह रही थी—थोड़ा खा ले। वहाँ पहुँचते-पहुँचते देर हो जाएगी, रास्ते में क्या खाएगी?

दलीन ने परांठे का ग्रास तोड़ते हुए कहा—माँ! यह परांठा कैसा है? मैंने तो कभी ऐसा परांठा नहीं खाया, मुझे तो एक और खिला दो!

माँ परांठे की तरह नर्म-सी होकर कहने लगी—यहाँ पता नहीं इसे क्या कहते हैं। हमारी तरफ़ तो इसे 'चिकड़ी' कहते थे...

—चिकड़ी? दलीप सचमुच स्वाद से खा रहा था। माँ बता रही थी—आटे में घी गूँथकर, और बेलकर एक बार तवे पर डाल देते हैं, फिर धीमी-धीमी आँच पर सेंककर उसे नीचे उतार लिया जाता है और फिर उसमें और घी डालकर, गूँधकर और बेलकर फिर तवे पर डाल देते हैं, फिर धीमी-धीमी आँच पर सेंकते हैं, फिर नीचे उतारकर फिर और घी डालकर...।

और दलीप ने स्वाद में खाते हुए, माँ से धीरे से कहा—यह मीनू को सिखा दीजिएगा...

माँ हँस सी दी, लाड़ से कहने लगी—इसे तो बस किताबें पढ़नी आती हैं, और खाक भी नहीं आता...।

और मीना ने देखा, उसके पापाजी वहीं रसोई में बैठे कुछ प्यार से दलीप की ओर देख रहे हैं...

मीना के मन में कुछ घिर आया—यह एक सुख-सा था, जिसमें कुछ महँगा नहीं था, पर तो भी...पर तो भी शायद यह रहेगा नहीं...

मोटरसाइकिल पर बैठने से हवा के कारण बाल बिखर जाते, इसलिए मीना ने अलमारी से एक स्कार्फ़ निकालकर सिर पर बाँध लिया।

स्कार्फ़ लाल रंग का था। बाहर निकलकर जब मीना मोटरसाइकिल के पीछे बैठने लगी, दलीप ने एक बार उसकी ओर देखा, फिर हँसकर धीमे से कहा—लाल परी, ज़रा साड़ी को सँभालकर बैठना।

और मोटरसाइकिल की आवाज़ की तरह मीना के सिर में कुछ ज़ोर से चलने लगा—ज़िन्दगी का पता नहीं, क्या कुछ इस जिस्म से कसकर लपेटकर चलना पड़ेगा...

मीना का एक हाथ दलीप के कन्धे पर था। मोटरसाइकिल की आवाज़ में न उसकी आवाज़ दलीप को सुनाई दे रही थी, न दलीप की उसे, पर इसके बिना भी

हाथ को कन्धे का पूरा सहारा था और पैरों के नीचे रास्ता कट रहा था।

मीना के ख़याल स्कार्फ़ की गांठ की उड़ती हुई किनारी की तरह हवा में तैरने लगे—क्या इस तरह ज़िन्दगी की राह नहीं चली जा सकती? न मैं कुछ दलीप को बताऊँ, न वह मुझसे कुछ पूछे, सिर्फ़ अपना हाथ उसके कन्धे पर रखकर हमेशा उसके साथ चलती जाऊँ...सारी ज़िन्दगी...

पर यह रात सिर्फ़ बीस मील की थी...

...और गुड़गांव से थोड़ा-सा आगे जाकर दलीप ने सड़क से दायें हाथ मोटर-साइकिल को जब धीमी चाल से मोड़ा, मीना ने सामने कच्ची सड़क से परे एक छोटा-सा बोर्ड लगा हुआ पढ़ा—मलिक फ़ार्म। कच्ची सड़क पर पड़े हुए मोटरसाइकिल की तरह मीना को एक धक्का-सा लगा—इस लफ़्ज़ 'मलिक' को वह आज याद नहीं करना चाहती थी, पर कुदरत अजीब थी। वह उसे कुछ भी भूलने का वक्त नहीं दे रही थी...

दलीप ने अभी मोटरसाइकिल एक जगह रोकी ही थी और मीना अभी पिछली सीट से उतरने ही लगी थी, देखा—सामने एक सौम्य-सा आदमी बड़े प्यार से उसे देख रहा था।

—पिताजी!—दलीप के होंठों पर था, जब पिताजी ने आगे बढ़कर मीना के सिर पर हाथ फेरकर कहा—आओ बेटी!

मीना के ख़याल हवा में उड़ते स्कार्फ़ की कन्नी की तरह थम गए और शांत-से हो गए।

यह मार्च का महीना था—पुराने पत्ते झड़ रहे थे, नए निकल रहे थे। दलीप कभी दाईं ओर, कभी बाईं ओर हाथ करके मीना को दिखा रहा था—यह गेहूँ के खेत...यह अंगूरों का बगीचा है, पर आजकल इसके पत्ते झड़े हुए हैं, जब इन पर नए पत्ते आएँगे...

पिताजी पूछ रहे थे—बेटी! पहले चाय पिओगी या खाना ही खाओगी...

मीना ने देखा—ज़रा-सा परे दो पक्के कमरे थे, जहाँ एक बरामदे में जल रही चूल्हे की आग किसी छोटे-से शान्त घर की तरह चमक रही थी।

—मेरी माँ मुझे चाय की मछली कहा करती है—मीना ने हँसकर बताया और कहने लगी—पिताजी! आज मैं चाय बनाती हूँ, रोटी भी मैं पकाऊँगी...

—किसलिए बिट्टो!—वह कह रहे थे—मैंने तुम्हारे लिए चावल पकाए हुए हैं, मटर-पनीर बना रखे हैं...पिछली फ़सल के मटर हैं बड़े नर्म-नर्म...तुम लोग महीना एक पहले आते तो मैं तुम्हें सरसों का साग खिलाता...।

वह पीछे कमरों की ओर मुड़े तो मीना उनके पीछे खिंची-सी चलने लगी। दलीप के दिल में था—पहले खेतों की मेंड़ पर चलते हुए वे दोनों कुछ टहल आएँ, पर मीना पिताजी के पीछे चल रही थी, इसलिए दलीप भी पीछे चलता मीना को

चिढ़ाने लगा—चाय की मछली...

पिताजी ने चूल्हे पर चाय के लिए पानी रखकर, और फिर गर्म पानी से धुले हुए गिलासों को फिर से धोते हुए कहा—अब तो तुम दोनों को फ्रेंच काफ़ी आ गई होगी?

मीना ने कुछ हँसकर दलीप की ओर देखते हुए जवाब दिया—नहीं, पिताजी! फ्रांस जाएँ बिना यह ज़बान नहीं आ सकती, अच्छी तरह नहीं आ सकती।

पिताजी हँसने लगे—जिस तरह हमारे वक्त में जब हम अंगरेज़ी हाँकते थे तो हमारे माँ-बाप को ज़रा भी समझ में नहीं आता था, अब तुम लोग इतनी तो सीख ही गए होगे कि जब फ्रेंच की गिटपिट करोगे—हम लोगों के खाक भी पल्ले नहीं पड़ेगा!

मीना का ध्यान इतना फ्रेंच सीखने या बोलने की बात की ओर नहीं था जितना पिताजी की इस बात की ओर—'तुम लोग जब'—और इसमें वह हमेशा के लिए मीना को और दलीप को जोड़कर बात कहते लगते थे।

मीना को मन में किसी जगह एक सुख हुआ, पर किसी जगह सुख खोता-सा भी लगा—जब...जब वह बात इन सबको पता चलेगी...।

'वह बात' अब हमेशा मीना के साथ चलती थी, साथ सोती थी, साथ जागती थी, और मीना को लगा, वह उससे बहुत थक गई थी...

थकी-सी ने पीठ को दीवार का सहारा दिया।

दलीप पिताजी से चाय का गिलास लेकर उसके आगे करता हुआ बोला—चाय की मछली, जल्दी चाय पी और चल, फिर सारे खेतों का एक चक्कर लगाकर आएँ।

पिताजी शायद रह-रहकर उसकी ओर देख रहे थे। मीना के थके हुए मुँह पर गुस्सा-सा आ गया। वह अपने-आपको हँसाती-सी दलीप से कहने लगी—मैं तो सब खेतों को धीरे-धीरे देखूँगी, तुझे शहर जाने की जल्दी है, आज चले जाना, मैं तो यहाँ पाँच-सात दिन रहूँगी—पिताजी के पास...

और साथ ही मीना को एक और बात याद हो आई, जो परसों किसी ने उससे कही थी—पाँच-सात दिन सिर्फ़ मैं होऊँ और मेरी बिटिया...

वे पाँच-सात दिन...जो किसी ने उसके साथ लन्दन में और पेरिस में गुज़ारने के लिए कहे थे, और ये पाँच-सात दिन...जो उसने यहाँ खेतों में किसी के साथ गुज़ारने की बात की थी...मीना का दिल और ज़ोर से धड़कने लगा, और यह पाँच-सात दिन की गिनती उसके कानों में बजने लगी...

सामने बैठे दलीप के पिताजी ने कुछ पूछा था, पर मीना को शायद सुनाई नहीं दिया, वह उसी तरह चुप थी, इसलिए उसने अपनी जगह दलीप को जवाब देते सुना—मीना के पापाजी का नाम? इसके पापाजी का नाम हरबंसलाल है...

और मीना ने देखा—वह एकटक मीना के मुँह की ओर देख रहे थे...

उसका दिल एकाएक घबरा गया। सोचने लगी—यह लोग भी मलिक हैं, वह पापा भी मलिक, जाने इन्हें पहले ही कुछ पता हो...सुना-सुनाया...

और मीना घबराकर उठ बैठी।

दलीप उसके उठने के इन्तज़ार में था, जल्दी से उठकर कहने लगा—हम खेतों का एक चक्कर लगा आएँ...

मीना ने चाय पीते हुए सोचा था कि पिताजी को उनके जूठे गिलास न धोने पड़ें, वह सारे गिलास धोकर जाएगी, पर इस वक्त उन गिलासों की बात भूल चुकी थी—वह जल्दी से खेतों की ओर चल दी।

काफ़ी दूर चली गई, तब उसे लगा दलीप साथ नहीं आया था, अब भी अपने पिताजी के पास खड़ा बात कर रहा था...

उन्होंने दलीप को रोक लिया होगा...मीना झड़े हुए पत्तों वाली अंगूर की बेल की तरह काँपने लगी, "और वह दलीप को बता रहे होंगे..."

पर दलीप दौड़कर उसके पास आ गया, कहने लगा—तुझे यह जगह अच्छी लगी है न, यह 'मलिक फ़ार्म', अब मैं तुझे मीना की जगह मलकी कहा करूँगा...मलिक फ़ार्म की मालिक मलकी...

और मीना को टूटे हुए पत्ते जैसी एक हँसी आ गई।

7

मीना जब अशोका होटल पहुँची, पापा के कमरे में, पापा की मेज़ पर मीना का ड्राइविंग लाइसेंस और पासपोर्ट पड़े हुए थे...

मीना हैरान उनकी ओर देखती रह गई...

मलिक साहब हँस रहे थे...

—पर मैंने तो अभी ड्राइविंग का टेस्ट ही नहीं दिया, यह लाइसेंस किस तरह मिल गया? मैं तो टेस्ट से डर रही थी...

—मेरे होते हुए तुम्हें कोई डर नहीं, टेस्ट देने का भी नहीं...

—पर इस तरह...इस तरह कैसे मिल जाता है?

—खरीदकर...

मीना हैरान थी—क्या दुनिया में हर चीज़ खरीदी जा सकती है?

पापा कह रहे थे—मीना, तुम सचमुच बहुत भोली हो, ड्राइविंग लाइसेंस से लेकर असेम्बली की सीट तक, सब कुछ बिकता है, सिर्फ़ खरीदने की ताकत चाहिए...

मीना ने हैरान होकर पापा की ताकत की ओर देखा, फिर पूछा—और यह पासपोर्ट?

—यह भी...

—मैं तो डरती थी...सुना था कि पासपोर्ट के लिए एप्लाई करो, तो वे लोग तहकीकात करने के लिए घर आते हैं।

—मैंने यह बात पहले सोच ली थी, इसलिए तुम्हारे घर कोई तहकीकात करने के लिए नहीं गया, न ही जाने दिया।

मीना दुनिया की इस ताकत के आगे छोटी-सी चीज़ की तरह चुप कुर्सी पर बैठ गई...

—कोई मिलने आया है, मैं उसे कमरे में नहीं लाना चाहता। मैं नहीं चाहता, तुम्हें कोई भी देखे, इसलिए तुम यहाँ बैठो, मैं उससे बाहर ही मिल आऊँ...

मिस्टर मलिक जाने लगे, तो मीना ने पासपोर्ट की काली ज़िल्द की ओर देखकर घबराते हुए कहा—पर मुझे इतनी दूर, लन्दन या कहीं भी जाते डर लगता है...

—मेरे होते हुए तुम्हें काहे का डर है?

—वहाँ नहीं पर यहाँ...जो यहाँ किसी को पता लग गया?

—लग ही नहीं सकता...

'लग ही नहीं सकता' बन्द किले जैसे शब्द थे, जो हर खतरे की पहुँच से दूर था, पर मीना का मन डूब-सा रहा था—आखिर किलों के भी रास्ते होते हैं, वे किले कहीं से टूट भी सकते हैं...

पापा पूछ रहे थे—तुमने घर में बम्बई जाने की बात तो कर दी थी न?

—की थी, पर मुझे पता है कि...

'कि' के आगे वह कहने लगी थी 'पापा', पर यह लफ़्ज़ हमेशा की तरह गले में अटक गया था, और उसने उसकी जगह 'वह' कहकर चला लिया था—वह नहीं मानेंगे...

—बेटियाँ कभी ज़िद भी पकड़ लेती हैं...

मिस्टर मलिक यह कहकर चले गए, पर यह सलाह मीना की आँखों में कुन-कुना-सा पानी बन गई—बेटियों की तरह किससे ज़िद करूँ? एक पापा को कहती हूँ, पर वह जानती हूँ वह पापा नहीं, दूसरे को ऊँची आवाज़ से पापा भी नहीं कह सकती।

कमरे में टेलीफ़ोन की घंटी बजी...

मीना ने आवाज़ सुनी, पर टेलीफ़ोन उठाया नहीं। वह अभी भी पासपोर्ट की जिल्द की ओर ऐसे देख रही थी जैसे वह उसके अन्दर लिखे हुए लफ़्ज़ 'लन्दन' में हो, इस कमरे से बहुत दूर।

टेलीफ़ोन की घंटी बजे जा रही थी...

चेतना को एक झटका-सा लगा, मीना ने टेलीफ़ोन उठा लिया, कहा—हैलो!

आवाज़ आई—कामिल दिस साइड, गेट मी राणाजी।

—रौंग नम्बर—मीना ने कहा तो फिर आवाज़ आई—इज़ दिस फ़ाइव नाइन?

मीना ने कमरे का नम्बर याद किया, कहा—हाँ, फ़ाइव नाइन।

उधर से फिर आवाज़ आई—गेट मी राणाजी, दिस इज़ अर्जेंट।

मीना ने कुछ खीझकर जवाब दिया—देअर इज़ नो राणाजी, रौंग नम्बर।

उस तरफ़ कुछ खामोशी-सी छा गई, फिर धीमी-सी आवाज़ आई—आई सी... यू आर ए न्यू बर्ड—और टेलीफ़ोन बन्द हो गया।

लोग टेलीफ़ोन पर कैसे 'टीज़' करते हैं, मीना को और खीझ हुई। याद आया, उसकी एक सहेली बताया करती थी कि रात को रोज़ कोई बारह-एक बजे टेलीफ़ोन करके उससे कहा करता था—अजी एक गाना तो सुना दीजिए...

बैरा कमरे में आकर ऐपिल जूस का गिलास रख गया, नीचे से शायद पापा ने भिजवाया था। मीना को इस नई खीझ से सचमुच प्यास-सी लग आई थी। वह कुछ आराम से कुर्सी पर बैठकर ऐपिल जूस पीने लगी...

8

नौ तारीख...नौ तारीख...

मीना को लगता, जैसे चीनी लोग बर्फ़ के पानी की एक-एक बूँद लगातार किसी के सिर पर डालकर उसे कुछ दिनों में मार देते हैं—यह नौ तारीख भी लगातार टिप-टिप उसके सिर पर बज रही थी, वह उसके नीचे धीरे-धीरे मर रही थी...

पापा ने कहा था—हम नौ तारीख की सुबह हवाई जहाज़ से लन्दन चलेंगे...

मीना ने लन्दन के म्यूज़ियम और पेरिस की आर्ट गैलरियों के बारे में जो कुछ पढ़ा या सुना था, उसकी कल्पना करके खुश होना चाहा, पर मन में पल-भर के लिए आई खुशी भी मन में टिकती नहीं थी...

उसने घर में माँ से, कई दिन पहले कहा था, कि वह कुछ दिनों के लिए बम्बई अपनी सहेली के पास जाएगी, और माँ ने उसकी बात नहीं मानी थी, पर आजकल उसकी दादी गाँव से आई हुई थी और उसके कहने पर कि लड़की अब सयानी है,

जाने भी दे अगर इसका जी करता है—माँ कुछ मान-सी गई थी।

पर मीना से अपना झूठ अपने कानों से नहीं सुना जा रहा था...

हरबंसलाल पापाजी ने 'नहीं' जैसी 'हाँ' कर दी थी, पर वह खुश नहीं थे...

वैसे वह इन दिनों एक बात से बड़े खुश थे कि दलीप ने उनके दफ़्तर आकर, अकेले में उनके पास बैठकर, उनसे उनकी बेटी का हाथ माँगा था और कहा था कि कुछ दिनों में उसके पिताजी खुद आकर उनसे मिलेंगे।

देसराज पापाजी इन दिनों बहुत खुश थे कि आखिर उनकी बेटी कुछ दिनों उनके पास रहेगी, चाहे सिर्फ़ कुछ दिन।

—तुम्हें वहाँ गर्म कपड़ों की ज़रूरत होगी—उन्होंने खुद ही पूछा था।

यह ख़याल मीना को भी था, और उसने कहा था—पर बम्बई जाने के नाम पर तो मैं घर से गर्म कपड़े नहीं ला सकती।

उन्होंने मीना के लिए गर्म कपड़े यहाँ बाज़ार से खरीद लिए थे, और उसके लिए एक नया सूटकेस लेकर वे कपड़े वहीं होटल में रख लिए थे, और कहा था—बाकी मैं तुम्हें लंदन पहुँचते ही खरीद दूँगा। वैसे तो वहीं खरीदूँगा, ये तो यूँही रास्ते के लिए हैं।

यह सब कुछ एक सपने जैसा था, पर मीना हर बात पर एक गहरे सोच में पड़ जाती थी, कपड़ों के बारे में भी—वापस वे घर कैसे लाऊँगी, क्या बताऊँगी, कहाँ से लाई हूँ ?

पहले सिर्फ़ एक साड़ी थी—उसके बारे में कह दिया था कि दलीप ने लेकर दी है, पर अब...

सोचें खत्म नहीं होती थीं, पर नौ तारीख में जितने दिन रह गए थे, वे खत्म हो रहे थे।

एक बार फिर घबराकर मीना ने देसराज पापा से कहा था—आप अकेले चले जाइए। मेरा जी घबराता है।

पर उन्होंने जब कहा था—अच्छा, मुझे तो जाना ही पड़ेगा, कुछ काम है, मैंने सोचा था...मेरी तबीयत ठीक नहीं रहती, तुम साथ होगी तो मेरा ख़याल रखोगी...वैसे भी मुझे इतनी खुशी होगी कि शायद मैं बीमार ही न होऊँ—तो मीना को उनकी उदासी के सामने अपनी घबराहट बड़ी छोटी लगने लगी थी।

उसने घर से—बम्बई जाने के नाम पर एक छोटा-सा सूटकेस तैयार कर लिया था, पर अब उसके सामने एक और चिन्ता थी—उसका छोटा भाई संदीप कह रहा था कि वह स्टेशन जाकर उसे गाड़ी में बिठा आएगा।

देसराज पापा ने घर में दिखाने के लिए उसे बम्बई का एक टिकट खरीद दिया था, पर स्टेशन पर जाने के लिए जो उसके भाई की ज़िद थी, उसको टालने की सूरत नज़र नहीं आ रही थी।

मीना ने कसैले-से मुँह से एक और झूठ बोला—किसी को स्टेशन पर जाने की ज़रूरत नहीं, दलीप उसे खुद जाकर गाड़ी में बिठा आएगा।

फ्रेंच क्लास से कुछ दिन की छुट्टी लेते हुए उसने दलीप से भी बम्बई जाने की बात कही थी, पर उसकी ओर से उसे आजकल कोई फ़िक्र नहीं थी, क्योंकि पापा ने उससे खुद कहा था कि आजकल वह घर न आए। आजकल दादी आई हुई थी। ब्याह से पहले लड़के का इस तरह घर आना उसे पसन्द नहीं था।

सो मीना भाई और माँ से यह कहकर निश्चिंत हो गई कि वह स्कूटर से दलीप के पास चली जाएगी और आगे वह स्वयं जाकर उसे गाड़ी में बिठा देगा...

देसराज पापा कितने दूरन्देश हैं—मीना को कुछ फ़िक्रों की ओर से तसल्ली-सी हो गई, तो ख़याल आया—डीलक्स शाम को साढ़े चार बजे जाती है, पर उन्हें बम्बई का फ्रन्टियर मेल का टिकट लेकर दिखाने के लिए दिया था, जो सवेरे नौ बजे जाती है—उसी समय जब लन्दन वाला प्लेन जाता है...

सिर्फ़ जिस दिन सवेरे सात बजे घर से जाना था, उससे पहली रात एक बात की उसे कुछ हैरानी-सी हुई, पर यह सोचकर कि कल रास्ते में देसराज पापाजी से पूछ लूँगी, उसने बात पर बहुत ध्यान नहीं दिया।

रात को खाने के बाद जब राधा अभी चौके को सँभाल रही थी, और माँ अभी चौके में बैठी हुई थी, दादी भी वहाँ थी, न जाने किस तरह पुराने बीते हुए समय की बातें छिड़ गईं।

मीना पहले से ही कुछ सोचती हुई-सी बैठी थी, क्योंकि माँ उसके लिए कल गाड़ी में सफ़र के लिए खाने का प्रबन्ध करने में लगी थी और आलू उबालते हुए कह रही थी—लड़की ऐसे ही रास्ते में जाने कैसा खाना खाएगी, मैं आलू के परांठे बनाकर साथ रख दूँगी, ये सूखते नहीं—और मीना को माँ की इस चिन्ता के आगे अपना झूठ अच्छा नहीं लग रहा था...

फिर माँ और दादी की बातों में न जाने किस तरह—किस समय—देसराज का नाम आ गया।

मीना को दादी के मुँह से यह नाम सुनने की कभी आशा नहीं थी, पर वह कह रही थी—मुझे तो यह पेट का जाया-सा लगता था, निगोड़े ने आकर सूरत भी नहीं दिखाई...

और माँ कह रही थी—बस, इस लड़की को एक बार ही सपने में दिखाई दिया है, और किसी को तो उसका नाम-निशान भी मालूम नहीं है।

—हमारे समय में लोग कौल निभाते थे—दादी कह रही थी—यह मेरा बसा कुछ तेज़ मिज़ाज का था। मैं कभी दुखी होती थी तो देसू कहता—माँ, तुम फ़िक्र मत करो, तुम्हारे एक नहीं दो बेटे हैं। वह तुम्हारी सेवा नहीं करेगा तो मैं जो हूँ...

ख़ैर, ये बातें मीना के लिए नई नहीं थीं, उसकी अच्छाई की बातें, पहले माँ भी किया करती थी, राधा भी, पर जो नया था, वह यह कि दादी कह रही थी—एक बरस का फोहे जैसा बालक छोड़कर जब उसकी औरत गुज़र गई थी, वह तो जैसे तन-मन से साधु ही हो गया था...

सो, देसराज पापा ने पहले कभी ब्याह भी किया था और उनका कोई पहला बच्चा भी था...न जाने लड़की या लड़का...और मीना हैरान थी कि यह बात उन्होंने कभी नहीं बताई थी, न और किसी लड़के या लड़की का ज़िक्र किया था।

शायद वह बच्चा जीता न रहा हो...मीना को कुछ ऐसा भी ख़याल आया, पर उसने सोचा—कल रास्ते में उनसे पूछूँगी।

एक यह ख़याल भी आया—शायद मेरी कोई बहन या भाई कहीं जीता ही हो, पर पापा ने सिर्फ़ इसलिए बात न की हो कि वह मेरा सगा भाई या बहन नहीं था...और उसे हँसी-सी भी आई, जो भी है, अगर जीता है तो मेरा आधा भाई तो हुआ ही, या आधी बहन, जैसे यह मेरा आधा भाई संदीप...

और मीना सवेरे के सफ़र के बारे में सोचते हुए रसोई से उठकर चली गई।

9

मीना सवेरे घर से होटल, और वहाँ से एयरपोर्ट ऐसे गई, जैसे अपनी आँखों से अपना बदन चुराया हो।

घर से एयरपोर्ट तक सारे रास्ते पहचाने हुए लग रहे थे, सिर्फ़ अपना-आप अपने से पहचाना नहीं जा रहा था...

पापा ने उसके लिए एक जीन्स और स्वेटर खरीदा था, जो उसने होटल में, पहने हुए कपड़े बदलकर, पतली-सी साड़ी की जगह, पहन लिया था। शायद इसलिए भी सब कुछ नया और अजीब लग रहा था...

एयरपोर्ट की भीड़ में, दाएँ-बाएँ दूर परे कई बार उसे भुलावा-सा हुआ—जैसे दलीप खड़ा हो। ध्यान से देखने पर भुलावा दूर हो जाता था, पर हर बार वह काँपकर रह जाती थी।

उसे लगा—उसका कुछ था, उसके तन-बदन का कुछ, जो वहाँ—एयरपोर्ट के बाहर—इसी शहर में रह गया था...और दलीप, जो उसके साथ नहीं था, वहीं से थोड़ा-सा उसके साथ जा रहा था...

यह एक बिलकुल नया एहसास था, जो यहाँ एयरपोर्ट पर खड़े हुए मीना को हुआ। लगा—वह दलीप को अपने अन्तरतम से ऐसा प्यार करती थी कि वही उसकी ज़िन्दगी का सबसे बड़ा सच लगता था।

और इस एहसास के साथ ही उसे पहली बार एक बहुत बड़े गुनाह का एहसास हुआ कि वह सबसे बड़े सच के साथ एक सबसे बड़ा झूठ बोल रही है...

अन्दर कस्टम से होकर जाने का समय आ गया।

पूछा गया—सामान में, या पर्स में, या बक्स में कोई कीमती चीज़ है? कोई जेवर, घड़ी, कैमरा?

मीना की उँगली में एक सोने की अँगूठी थी, और हाथ में एक सोने की चूड़ी, वह लिखा दी, पर मन में कुछ और भी आया—एक रिश्ता है, बड़ा कीमती, बाप और बेटी का, जो अपने साथ लिए जा रही हूँ, पर किसी को बता नहीं सकती, कानून को भी नहीं...

उसके पासपोर्ट पर लिखा हुआ उसके पापा का नाम हरबंसलाल इस समय, मीना के विचार से, शर्मिन्दा-सा हो रहा था...

हवाई जहाज़ में उसकी सीट पापा के बिलकुल पास थी, पर खिड़की की तरफ़ नहीं थी। खिड़की के पास की सीट पापा की थी। वह अपनी सीट पर बैठने लगी तो पापा ने अपनी खिड़की वाली सीट उसे दे दी।

हवाई जहाज़ ने उड़ान भरी तो खिड़की वाली सीट पर बैठे हुए खिड़की से बाहर देखकर मीना को धरती अपने से बहुत दूर छूटती जान पड़ी...

हवाई जहाज़ में पहला एहसास हमेशा अकेलेपन का होता है—मीना को किसी किताब के ये शब्द याद हो आए...

और साथ ही याद आया कि उसे पापा से वह रात वाली बात पूछनी थी...

पूछा—पापा! आपने कभी...माँ से मिलने से पहले ब्याह किया था?

पापा, उदास, खिड़की के बाहर, घिरते और बिखरते हुए बादलों को देखने लगे...

—सॉरी पापा! मुझे मालूम है आपके एक बच्चा भी था, और उसकी माँ भी, वह जवानी में ही मर गई थी...मैं सिर्फ़ उसके बारे में पूछना चाहती थी—अपने भाई के बारे में...

—वह भी...पापा ने सिर्फ़ इतना ही कहा और चुप हो गए।

मीना को लगा—उसने पापा के किसी गहरे घाव पर हाथ रख दिया था...उनका ध्यान दूसरी तरफ़ करना चाहा, पर कुछ भी सूझ नहीं रहा था।

फिर शायद पापा ने स्वयं ही उसके मन की तकलीफ़ को समझ लिया, अपने बैग से एक एलबम-सी निकाली और मीना को लन्दन की तस्वीरें दिखाने लगे—यह हाउस ऑफ़ पार्लियामेंट के उत्तर की तरफ़ क्लॉक टॉवर...यह थेम्ज नदी का दृश्य...यह पूरे लन्दन का एरियल व्यू...यह बर्कले चौक...यह ब्रिटिश म्यूज़ियम

की गैलरी...यह रोमन वॉल का हिस्सा...यह बर्किंघम पैलेस का पूर्वी हिस्सा...यह सेंट पाल का कैथेड्रल...

एयर होस्टेस नाश्ता देते हुए पूछने लगी—चाय या कॉफ़ी? तो पापा ने अपने बैग में से एक छोटा-सा पैकेट निकालकर उसे देते हुए कहा—चॉकलेट प्लीज़!

और वह मीना को बताने लगे—सेण्ट्रल और दक्षिणी अमेरिका में, कहते हैं, कोका का पेड़ चालीस फुट ऊँचा होता है। कोलम्बस अपनी यात्रा में, 1502 में, इसके दाने स्पेन ले गया था, जहाँ इसकी ड्रिंक तैयार की गई थी। यह ड्रिंक तैयार करने का नुस्खा स्पेन वालों ने कई सौ साल तक छुपाए रखा, पर फिर धीरे-धीरे यूरोप में यह मालूम हो गया। कहते हैं 1657 में फ्रांस के किसी आदमी ने पहली बार लन्दन में इसकी दुकान खोली, पर यह इतनी महँगी होती थी कि बहुत अमीर आदमी ही इसे पी सकते थे।

एयर होस्टेस नाश्ता ले आई थी और दो गिलास चॉकलेट भी। चॉकलेट का घूँट भरते हुए पापा कहने लगे—फिर अमीर शहरों में चॉकलेट हाउस खुले और चॉकलेट क्लब भी। 1700 में अंग्रेज़ों ने इसमें दूध मिलाकर इसे और स्वादिष्ट बना दिया, पर इम्पोर्ट ड्यूटी इतनी लगाई गई थी कि यह बहुत ही महँगी थी...यह तो 1853 में ड्यूटी कम हुई, तो सस्ती हुई...

मीना चॉकलेट पीते हुए चॉकलेट का इतिहास सुनती रही, पर साथ ही, भीतर-ही-भीतर एक विचार बड़ी दूर तक चला गया—एक दिन आएगा, न जाने कब, शायद बहुत बरस बाद, जब वह दलीप के पास बैठकर उसे हौले-हौले सुनाएगी—मैं जब इक्कीस बरस की थी, एक बार लन्दन गई थी...

हवाई जहाज़ को कुछ हिचकोले-से लगे, ऐलान हुआ—मौसम खराब है, इसलिए सेफ़्टी-बेल्ट बाँध ली जाएँ।

मीना ने सबकी तरह सेफ़्टी-बेल्ट बाँध ली, पर कुछ देर बाद मन को भी कुछ हिचकोले-से आने लगे—अगर हवाई जहाज़ गिर पड़े...सबकी लाशें न जाने कहाँ-कहाँ पड़ी होंगी...मेरी भी...सवेरे अखबार में खबर छपेगी, पर कोई भी इस खबर को पढ़कर नहीं सोचेगा कि मैं मर गई...सब लोग बम्बई से मेरे आने का इन्तज़ार करते रहेंगे...

और मीना के अन्दर कुछ बादलों की तरह घिरने लगा—कुछ दिन इन्तज़ार करेंगे...फिर घबराएँगे...फिर ढूँढ़ेंगे...और फिर...फिर न जाने क्या सोचेंगे...

कुछ देर बाद ऐलान हुआ—अब मौसम ठीक है, सेफ़्टी-बेल्ट खोल लें।

दिल्ली में, होटल से चलते हुए, पापा ने एक दवा 'जेवरल' उसे दी थी, और कहा था—मुझे खाना याद नहीं रहता, पर डॉक्टर ने कहा है, दिन में तीन बार इसे ज़रूर खाना है, हर खाने के बाद। अब ठीक वक्त से खिलाना तुम्हारा ज़िम्मा है...

मीना ने अब नाश्ता खत्म होने पर याद से वह शीशी अपने पर्स से निकाली, और उसमें से लाख के रंग की एक गोली निकालकर पापा को दी।

पापा ने गोली खा ली, फिर अचानक हँसने लगे, कहने लगे—तुम्हें एक बात बताना तो भूले ही जा रहा था...

—क्या ?

—मैंने दिल्ली में तुम्हें किसी दोस्त से इण्ट्रोड्यूस नहीं कराया, सोचता था, फ़िज़ूल में बात फैल जाएगी...

—पर सोपिया और राबर्ट जानते हैं...

—उनकी और बात है, वे मेरे नौकर हैं...पर यहाँ लन्दन में शायद तुम्हें एक दोस्त से इण्ट्रोड्यूस कराऊँ...शायद हम उसके घर भी जाएँ, वहाँ कहीं गलती से अपना नाम मीना शर्मा न बता देना...

—क्यों ?—मीना कुछ हैरान हो गई।

मिस्टर मलिक फिर हँसने लगे—मैं मलिक, तो तुम मेरी बेटी शर्मा किस तरह हो गईं ?

मीना को खुद भी हँसी आ गई, कहने लगी—वैसे तो मैं अपना नाम मीना ही लिखती हूँ, साथ कुछ भी नहीं लिखती या कहती, फिर भी ध्यान रखूँगी...

—बस, सिर्फ़ मीना या मीना मलिक। ध्यान रखना।

मीना को पासपोर्ट पर लिखे हुए नाम का ध्यान आया, वहाँ मिस मीना शर्मा लिखा हुआ था, कहने लगी—पर पासपोर्ट पर लिखा हुआ है...

—हाँ—मिस्टर मलिक कहने लगे—जी तो करता था वहाँ भी बदलवा दूँ, पर साथ ही तस्वीर होती है न, बाद में अगर कभी वैरीफ़ाई करें तो तुम्हें कोई तकलीफ़ न हो...पर पासपोर्ट की कोई बात नहीं, वह कोई दोस्तों को दिखाना है ?

और मीना ने धीरे से अपने होंठों में अपना नया नाम दुहराया—मिस मीना मलिक!

10

लन्दन के हवाई अड्डे पर मीना ने देखा, पापा का एक दोस्त उन्हें लेने के लिए आया हुआ है।

—यह मेरी बेटी, इकलौती बेटी मीना!—पापा ने जब मीना को उससे परिचित कराया तो वह अपने जेहन में अपने नाम के साथ शर्मा शब्द हटाकर मलिक शब्द जोड़ रही थी। शायद इसलिए उसकी आँखें इतना बाहर की ओर

नहीं देख सकीं, जितना अन्दर की ओर, और उसका मुँह कुछ उतरा हुआ लगता था।

पापा मीना की ओर देखते हुए कह रहे थे—यह मेरा सबसे अज़ीज़ दोस्त है राजिन्दर गिल।—पर वह राजिन्दर गिल मीना से हाथ मिलाने के लिए अपना हाथ आगे बढ़ाते हुए कह रहा था—बड़ी प्यारी लड़की है, पर सफ़र में थक गई है—ऐसा लगता है...

बाहर राजिन्दर गिल की गाड़ी खड़ी थी। मीना और पापा जब अपना सूटकेस रखवाकर गाड़ी में बैठ गए तो पापा ने पूछा—क्यों भई गिल, कौन-सा होटल ठीक करोगे?—और साथ ही कहने लगे—यह होटल शब्द पुरानी फ्रेंच के 'ओस्टल' शब्द से आता है, गिल! मैंने शायद तुम्हें नहीं बताया कि मेरी बेटी फ्रेंच भी जानती है।

—बहुत खूब!—गिल ने गाड़ी ड्राइव करते हुए कहा, और गाड़ी के शीशे में से, पिछली सीट पर बैठी हुई मीना की ओर देखते हुए कहने लगा—मैं तो मीना का चाचा हुआ न?—और बराबर की सीट पर बैठे मलिक साहब से कहने लगा—जनाब, आपको होटल में रहना है तो आप रहें, पर हमारी बेटी होटलों में नहीं रहेगी। लन्दन में चाचा का घर हो और बेटी होटलों में रहे? नहीं, यह नहीं हो सकता।—गिल कह रहा था कि मीना घबरा-सी गई, सोचने लगी—नहीं, जहाँ पापा रहेंगे, मैं वही रहूँगी। पर गिल कह रहा था—पहले सीधे घर ही चलिए। घर पर तो इसकी चाची और बहनें इसका इन्तज़ार कर रही हैं।

मीना के मन को कुछ तसल्ली-सी हुई। वह कार के शीशे में से बाहर लन्दन की सड़कों को देखने लगी।

पापा भी उन सड़कों की ओर देखते रहे, फिर पीछे की ओर, पिछली सीट पर बैठी हुई मीना की ओर देखकर कहने लगे—पुराने ब्रिटेन में रोमन सड़कों पर सिर्फ़ सराएँ होती थीं—इन्ज़। तुम्हें मालूम है न कि यह 'इन' शब्द भी साधारण आई-एन इन से बना है—मतलब था भीतर जाने से। बाद में आई-डबल एन हो गया।—और गिल की ओर देखते हुए कहने लगे—न जाने क्यों, मुझे सरायों का युग बहुत आकर्षित करता है। काश, मैं उस युग में पैदा हुआ होता—मुझे ये कारें-शारें फ़िज़ूल लगती हैं, घोड़ों पर चढ़कर सफ़र करता, तब कुछ बात भी थी...

गिल हँसने लगा—हुज़ूर, आप अब भी बादशाह हैं, उस समय भी होते तो न जाने क्या होते...

घर पहुँचे तो पत्नी से परिचय कराते हुए गिल ने मीना से कहा—यह तुम्हारी चाची है—और अपनी पत्नी से कहने लगा—यह मेरे सबसे प्रिय मित्र हैं मलिक साहब, और यह इनकी बेटी—घर में दो छोटी लड़कियाँ थीं, पर एक बड़ी भी थी, मीना से कुछ ही छोटी। वह सुरिन्दर थी, जिसे सब प्यार से सुरा पुकारते थे।

वह मिनटों में मीना से हिल-मिल गई।

चाय का प्याला पीते हुए गिल की पत्नी ने मीना से पूछा—परसों तुम्हारे पापा का फ़ोन आया था, हमें यह तो पता था कि तुम आओगी, पर तुम्हारी माताजी नहीं आयीं? उन्हें भी साथ ले आते...

मीना ने कुछ परेशान-सी होकर पापा की ओर देखा, और उसकी जगह मलिक साहब ने ही जवाब दे दिया—इस बार इसे सैर करा दूँ, उसे फिर कभी सही...

गिल की पत्नी सीधी-सादी साधारण औरत मालूम पड़ती थी, जवाब में कहने लगी—बस, यही आप मर्दों की अजीब बात है, खुद सारी दुनिया घूम आएँगे और सोचेंगे कि घरवाली घर के बाहर न जाएँ—और अपने पति की ओर देखते हुए कहने लगी—यह भी हमें यहाँ कहाँ बुलाते थे! चाहते थे, मैं लड़कियों को लेकर वहाँ गाँव में ही बैठी रहूँ...मैं तो एक बरस हुआ लड़-भिड़कर आ गई हूँ, अब बताओ, इन्हें क्या तकलीफ़ है?

वह शायद और भी दुख-सुख की बातें करती, पर मलिक साहब कुरसी से उठ खड़े हुए, कहने लगे—चलो भई गिल, अब हमें किसी अच्छे-से होटल में पहुँचा दो।

मीना भी उठने लगी तो सुरा ने मीना का हाथ पकड़कर कहा—तुम यहाँ रह जाओ, हमारे पास, मैं तुम्हें बड़ी सैर कराऊँगी।

मीना ने पापा की ओर देखा, वह कह रहे थे—तुम्हारी मर्ज़ी है, मीना!

गिल की पत्नी मीना की बाँह पकड़कर बोली—लो, अपना घर जो है, जवान-जहान लड़की होटलों में क्यों रहे! तुम यहीं रहो जी।

मीना ने फिर पापा की ओर देखा, वह कहने लगे—रह लो दो दिन, मैं कुछ काम-काज खत्म कर लूँ, फिर खाली होकर तुम्हें सैर कराऊँगा...

और मीना कुछ चुप-सी फिर उसी कुर्सी पर बैठ गई जिस पर से उठी थी।

गिल की पत्नी उससे बैठते समय पूछने लगी—सुनाओ, तुम्हारे कितने भाई-बहन हैं?

मीना का मन परेशान हो गया। उसे संदीप याद आया और उसके होते उसके मुँह से यह नहीं निकल सकता था कि उसके कोई भाई-बहन नहीं हैं। इसलिए कुछ परेशान-सी हाथ में लिए हुए पर्स को खोलकर उसमें ऐसे देखने लगी जैसे कुछ ढूँढ़ रही हो।

गिल से परिचय कराते समय पापा ने कहा था—मेरी इकलौती बेटी।—उनके मुँह से यह ठीक था, पर मीना सोच रही थी, मेरे मुँह से यह नहीं निकल सकता कि मेरे कोई भाई नहीं...

गिल, मलिक साहब से कह रहा था—ज़रा देर बैठिए, मैं फ़ोन से पता कर

लूँ कि किस होटल में अच्छा कमरा मिल सकता है—पर उसने शायद अपनी पत्नी की बात भी सुन ली थी, कहने लगा—अभी तुम्हें बताया जो था कि यह मलिक साहब की इकलौती लड़की है...

मीना जवाब देने से बच गई। गिल बराबर के कमरे में फ़ोन करने चला गया तो मीना को पर्स में टटोलने से दवा की वह शीशी मिल गई जो उसे याद से पापा को दिन में तीन बार एक-एक गोली खिलानी थी। शीशी को पर्स से निकालकर उसने पापा को देते हुए कहा—पापा, यह आपकी दवा।

पापा को भी कुछ याद आ गया, उन्होंने जेब में से बटुआ निकालकर तीस पाउंड मीना को दिए। कहा—यह अभी रखो, फिर बैंक से निकलवाकर तुम्हें और दे दूँगा।

मीना ने नोट ले लिए, पर उन्हें पर्स में रखते हुए सोचने लगी—मैं क्या खरीदूँगी? जो कुछ भी खरीदूँगी, उसे घर किस तरह ले जाऊँगी...

11

उस दिन दोपहर बाद सुरा मीना को शहर ले गई—आक्सफ़ोर्ड स्ट्रीट की दुकानें मीना को चकाचौंध करती रहीं। सुरा ने 'मार्क एण्ड स्पेन्सर' के अन्दर जाकर कुछ नई तरह के स्वेटर और स्लैक्स मीना को दिखाए, पर मीना ने खरीदा कुछ नहीं। उसे एक अजीब बेबसी का एहसास हो रहा था—ज़िन्दगी में पहली बार यूरोप आई हूँ, शायद आखिरी बार—पर किसी के लिए एक छोटी-सी निशानी तक भी नहीं ले जा सकती...

एक दुकान में अजीबोगरीब तस्वीरें थीं। और उनमें एक कैलेंडर था, जिसमें एक सुन्दर स्त्री इस तरह बैठी हुई थी—घुटनों के बल—कि उसके एक पैर का तलवा भी सामने की ओर था, और सारी पीठ नंगी थी। तलवे पर साल लिखा हुआ था, और सारी पीठ पर साल की तारीखें। मीना से रहा न गया, उसने दलीप के लिए एक पाउंड का वह कैलेंडर खरीद लिया।

सोचा—चाहे यही कहना पड़े कि यह कैलेंडर उसने बम्बई में खरीदा था, पर वह इसे खरीदेगी अवश्य। और साथ ही उसे ख़याल आया कि इसी तरह मैं संदीप के लिए, अपने लिए, माँ के लिए कुछ तो खरीद ही सकती हूँ। कह दूँगी, सब कुछ बम्बई से खरीदा है। सुना हुआ है कि बम्बई में स्मलिंग की इतनी चीज़ें मिलती हैं कि दुनिया का कुछ भी खरीद लो...

और मीना ने सुरा के साथ लौटकर कुछ दुकानों में जाकर कुछ स्वेटर, स्लैक्स और मफ़लर खरीदे।

दूसरे दिन गिल चाचा से पापा के होटल का नम्बर लेकर फ़ोन किया। वह कह रहे थे कि दो दिन वह बहुत व्यस्त रहेंगे। पर मीना अब सुरा के साथ खुश थी, इसलिए वह ब्रिटिश म्यूज़ियम देखने चली गई।

उस दिन ब्रिटिश म्यूज़ियम भी देखा, और शाम को सुरा के साथ एक फ़िल्म भी देखी, अगले दिन आर्ट गैलरी देखी, चार्ल्स डिफ़ेन्स का म्यूज़ियम देखा, और शाम को पापा को फ़ोन किया। वह कह रहे थे कल वह ज़रूर आएँगे और उसे वह जगह दिखाएँगे जहाँ शेर खुले रखे जाते हैं।

अगले दिन पापा आए। उस दिन गिल ने काम पर से छुट्टी ले ली थी। वह मीना, सुरा और छोटी दोनों लड़कियों को लेकर वह जगह देखने के लिए गए जहाँ शेर खुले फिरते थे।

मीना के लिए वह सबसे अजीब अनुभव था—ऊँचे लोहे के तारों की जालियाँ अवश्य थीं, पर अन्दर एक पूरा जंगल फैला हुआ था, जिसमें कई शेर खुले फिर रहे थे।

यहाँ केवल एक आदेश था कि कार किसी जगह खड़ी न की जाएँ, धीमी भले ही कर ली जाएँ, और कार के सारे शीशे बिलकुल बन्द रखे जाएँ।

मीना को हँसी-सी आ गई—शेर खुले फिर रहे हैं, सिर्फ़ मनुष्य कारों के पिंजरों में बन्द हैं...

एक शेर धीरे-धीरे चलता हुआ जब धीमी गति से चल रही कार के शीशे के पास आ गया—शीशा चाहे बन्द था, पर शेर की दहशत, शेर की दहशत होती है—मीना ने, जो पिछली सीट पर बैठी हुई थी, अगली सीट पर बैठे हुए पापा के कन्धे को कसकर पकड़ लिया।

पापा हँस पड़े। दाहिने कन्धे पर पड़े मीना के हाथ को उन्होंने अपने बाएँ हाथ से दुलारते हुए कहा—माई इन्नोसेंट बर्ड।

मीना ने कुछ चौंककर अपना हाथ पापा के कन्धे पर से उठा लिया।

कानों में एक खड़का-सा हुआ—वहाँ दिल्ली में, पापा के होटल में जब एक फ़ोन आया था, गलत नम्बर था, पर उस फ़ोन करने वाले ने फ़ोन बन्द करने से पहले कहा था—न्यू बर्ड...

न्यू बर्ड...इन्नोसेंट बर्ड...

मीना को किसी अपरिचित व्यक्ति से सुने हुए ये शब्द इतने बुरे नहीं लगे थे, जितने पापा के मुँह से।

वापसी पर सारे रास्ते मीना कुछ चुप-सी रही। पर गिल के घर जब गिल और पापा, मीना, सुरा और छोटी लड़कियों को उतारने लगे तो मीना ने एक ओर को होकर पापा से कहा—मैं यहाँ बहुत दिन नहीं रहूँगी, मेरा जी घबराता है।

—तुम्हें होटल में कमरा ले दूँ?—पापा ने पूछा।

—नहीं, मैं वापस जाऊँगी...

—अभी तो मुझे तुमको पेरिस दिखाना है...

—नहीं, मैं वापस जाऊँगी...

पापा कुछ देर सोचते रहे, फिर कहने लगे—अच्छा, जैसा तुम चाहो।—और बटुए में से बीस पाउंड निकालकर मीना के पर्स में डाल दिए। कहा—कुछ शॉपिंग कर लेना।

मीना कुछ आश्वस्त-सी, अन्दर, सुरा के कमरे में चली गई। गिल के इस मकान में नीचे दो कमरे थे—एक बैठक, एक सोने का कमरा, और लकड़ी की छोटी-सी सीढ़ियाँ चढ़कर दो कमरे ऊपर की मंज़िल पर थे, एक सुरा का, एक दोनों छोटी लड़कियों का। मीना सुरा के कमरे में रहती थी।

सुरा शायद गुसलखाने में थी। मीना अकेली कमरे में खड़ी, कमरे की पिछली खिड़की में से, मकानों के पिछवाड़े के बगीचे देखने लगी।

बराबर के मकान के बगीचे में एक छोटा-सा बच्चा फूलों से खेल रहा था, पर शाम की ठण्ड उतर आयी थी, और उसकी माँ उसे एक स्वेटर पहनाते हुए, ज़बरदस्ती उठाकर अन्दर कमरे में ले जा रही थी।

न जाने क्यों, मीना को कमरे में खड़े हुए भी बड़ी ठण्ड लगने लगी...

12

आर्ट गैलरी बहुत बड़ी थी, पिछली बार मीना पूरी नहीं देख सकी थी। आज उसके कहने से सुरा उसे फिर वहाँ ले गई।

बाहर वह चौक था जहाँ लोग कबूतरों को हथेली पर चुग्गा चुगवाते हैं। मीना और सुरा भी कितनी ही देर तक इस चौक में खड़ी रहीं। देखा—एक छोटी-सी दुकान से लोग बाजरे के दाने जैसा कुछ खरीद रहे हैं और फिर उसके कुछ दाने हथेलियों पर रखकर खड़े हो जाते हैं। कबूतर उड़ते हुए आते हैं, हथेलियों पर पंजे टिकाकर हथेलियों पर से दाने चुगते हैं, और कई कबूतर उड़ते-उड़ते लोगों के सिर पर भी बैठ जाते हैं।

वहाँ फ़ोटो खींचने के लिए कुछ फ़ोटोग्राफ़र भी खड़े हुए थे, जिनसे लोग कबूतरों को हथेलियों पर चुग्गा चुगवाते हुए अपनी तस्वीरें खिंचवा रहे थे। मीना का जी किया कि वह ये दाने खरीदे, कबूतरों को चुग्गा चुगवाए और एक यादगारी तस्वीर भी खिंचवाए।

एक विचार हमेशा उसके सामने रहता था—क्या फ़ायदा? किसे दिखाऊँगी?

इस समय भी आया, पर जी नहीं माना। उसने दाने खरीदे, सुरा को भी दिए, अपनी हथेलियों पर भी रखे और जब कबूतरों के झुरमुट ने घेर लिया, उसने अपनी तस्वीर खिंचवाई।

कबूतरों के पंजों का कुछ खुरदरा-सा स्पर्श और उनके पंखों का कोमल-सा स्पर्श उसकी हथेलियों में अभी भी एक झनझनाहट की तरह अनुभव हो रहा था—उस समय भी, जब उसने तस्वीर में अपनी हथेलियों को देखा।

इन्हें इस तरह हथेलियों पर बैठते हुए डर नहीं लगता—मीना हँसते हुए और तस्वीर को देखते हुए सुरा से बोली।

—इन्हें पकड़ना मना है, इसलिए कोई नहीं पकड़ता। इसीलिए अब इन्हें डर नहीं लगता—वेरी इन्नोसेंट बर्ड्ज़।—सुरा ने जवाब दिया तो मीना का ध्यान उसके जवाब से हटकर केवल अन्तिम शब्दों पर टिक गया—इन्नोसेट बर्ड्ज़...

अर्थों की तरह शब्द भी मासूम-से थे, पर मीना की समझ में नहीं आ रहा था कि ये शब्द उसके अन्दर कुछ घबराहट क्यों पैदा कर रहे थे...

वह अपने-आपको समझाती रही—कल सिर्फ़ पापा के मुँह से यह बात निकली होती तो कोई बात नहीं थी, यह केवल इसलिए...खामखाह...अजीब लग रही, है, क्योंकि उस दिन किसी शरारती आदमी ने उसे फ़ोन पर 'न्यू बर्ड' कहा था...

पर कहीं कुछ था, जो पकड़ में नहीं आ रहा था। ये दोनों आवाज़ें—एक 'न्यू बर्ड' कहने वाली, और एक 'इन्नोसेंट बर्ड' कहने वाली, किसी तरह जुड़ती हुई-सी थीं...

पर मीना को वह जगह कहीं दिखाई नहीं दे रही थी। जहाँ वे आवज़ें जुड़ती थीं...

उस शाम मीना ने घर जाकर पापा के होटल में फ़ोन किया, पर पापा होटल में नहीं थे।

सुरा की माँ नीचे रसोई में रात का खाना पका रही थी, छोटी लड़कियाँ ऊपर अपने कमरे में स्कूल की किताबें पढ़ रही थीं, बैठक में सुरा आराम से बैठी हुई टेलीविज़न देख रही थी, उसके पापा का अभी-अभी फ़ोन आया था कि वह रात को कुछ देर से आएँगे, पर आते समय फल और मछली लेते आएँगे...और उस छोटे-से घर में वह छोटा-सा परिवार बड़ा खुश दिखाई दे रहा था...

मीना को लगा, जैसे अपने घर से आए हुए बरसों हो गए हों...

सुरा ने उसे कुछ उदास-सा देखा, कहा—चलो, एक फ़िल्म देख आएँ, साथ ही मैं तुम्हें ट्यूब में नहीं लेकर गई हूँ, चलो, तुम्हें वह भी दिखाऊँ।

—ट्यूब?

—ज़मीन के नीचे चलने वाली रेल। कार में या बस में जाना और बात होती है, पर ज़मीन के नीचे चलने वाली रेल में सफ़र करना और बात होती है...

और सुरा माँ से कहकर, जब मीना को लेकर पास के स्टेशन गई, मीना ने कहा—सुरा, फ़िल्म बाद में देखेंगे, पहले तुम मुझे पापा के होटल ले चलो।

—चलो, होटल भी पिकैडिली में है, बाद में वहीं फ़िल्म भी देख लेंगे—सुरा ने कहा, और पिकैडिली के टिकट लेकर दोनों ज़मीन के नीचे चलने वाली रेल में बैठ गयीं।

पिकैडिली की रौनक ने मीना का कुछ ध्यान अपनी तरफ़ लगाए रखा, पर सिर्फ़ थोड़ी देर के लिए, जितनी देर होटल ढूँढ़ने में लगी।

अन्दर रिसेप्शन से पता किया, पर पता लगा, कमरे की चाभी वहाँ रिसेप्शन में ही टँगी हुई है। रिसेप्शनिस्ट कह रहा था—मैसेज लिखकर रख दीजिए। राणाजी आज सवेरे से बाहर गए हुए हैं।

'राणाजी'...शब्दों के साथ ही मीना के सिर में चक्कर-सा आ गया।

सुरा कह रही थी—चलो, पहले फ़िल्म देखें। शायद उतनी देर में अंकल आ जाएँगे...

पर मीना का ध्यान न फ़िल्म की ओर था, न और किसी चीज़ की तरफ़। उसे दिल्ली में होटल के कमरे में आया हुआ रॉन्ग नम्बर याद आ गया था—दिस इज़ अर्जेण्ट, गेट मी राणाजी।

सुरा उसकी बाँह को खींचते हुए होटल के बाहर आ गई। मीना ने कुछ सँभलकर सोचा—मैं भी पागल हूँ, उस फ़ोन की बात तो मैंने पापा से की ही नहीं, क्या मालूम उन्हें कुछ लोग मलिक साहब की जगह राणाजी कहते हों—और मैंने ऐसे ही 'रॉन्ग नम्बर' कहकर फ़ोन बन्द कर दिया था...

पर साथ ही मीना को ख़याल आया—अगर वह फ़ोन पापा के किसी दोस्त का था तो उसने उसे 'न्यू बर्ड' क्यों कहा था!

मीना का फ़िल्म देखने को जी नहीं किया। दोनों कुछ समय वैसे ही पिकैडिली में घूमती रहीं। फिर होटल में आकर पता किया, पर पापा अभी नहीं आए थे। सो, दोनों वापस साउथाल चली गयीं।

रात को कोई दस बजे के बाद पापा का फ़ोन आया—मीना, तुम यहाँ आई थीं? क्या बात है बेटी?

—कुछ नहीं—पहले मीना के मुँह से निकला। फिर वह अपनी खामोशी तोड़ते हुए कहने लगी—हम वापस कब जाएँगे?

पापा ज़रा-सा चुप रहे, फिर कहने लगे—तुम वापस जाना चाहती हो?

—हाँ, जितनी जल्दी हो सके।

पापा कहने लगे—पर, मैंने सोचा था, यहाँ डॉक्टर बहुत अच्छे हैं, मैं अपना चेक-अप भी करवा लूँ।

मीना को यह कहना भी, और सोचना भी, बुरा लगा कि पापा उसकी खातिर

अपना इलाज भी न करवाएँ और वापस चलें, इसलिए कुछ देर सोचती-सी रही, फिर कहने लगी—आप चेक-अप करवा लीजिए, शायद बहुत दिन लगेंगे, पर मैं...मैं चली जाऊँ?

मीना ने यह बात कह दी, पर लगा, ठीक नहीं कहा। मन में आया—पापा क्या सोचेंगे, उन्होंने मुझे लंदन दिखाने के लिए इतना खर्च किया, और मैं उन्हें अकेला बीमार छोड़कर वापस जाना चाहती हूँ...

पर फ़ोन में से पापा की जो आवाज़ सुनाई दी, वह इस तरह सोचती हुई नहीं लगती थी। वह कह रहे थे—अगर तुम माइंड न करो, अकेली चली जाओ; तो मैं परसों के लिए सीट की बुकिंग करा दूँ?

मीना के मन को एक चैन-सा आ गया। आवाज़ खुश-सी हो गई—हाँ, पापा, परसों की सीट करवा दीजिए।—और फिर हँसते हुए कहने लगी—पापा! लोग आपको राणाजी भी कहते हैं, आपने मुझे बताया क्यों नहीं?

उधर से पापा की भी हँसती हुई-सी आवाज़ आई—लोग मुझे कई नामों से पुकारते हैं—हुज़ूर, सर, राणाजी...इसमें खास बात क्या है?

और उस रात सोने से पहले मीना सुरा से कितनी ही देर तक दलीप की बातें करती रही। आज उसका मन चैन से और दलीप से भरा हुआ था।

दूसरे दिन मीना खुश थी, इसलिए सुरा उसे एक फ़िल्म दिखाने ले गई।

रास्ते में सुरा पूछने लगी—यहाँ एक फ्रेंच फ़िल्म चल रही है, जिसमें वह...। और सुरा ने हँसते-हँसते मीना के कान में कुछ कहा।

मीना हँस पड़ी, पर कहने लगी—मैं वैसी फ़िल्म नहीं देखूँगी, देखते हुए मुझे शरम आएगी—और सुरा से पूछने लगी—तुमने पहले देखी है?

सुरा हँसने लगी—एक बार एक लड़की के साथ चोरी से देखने गई थी, घर पर माँ को नहीं बताया था—और सुरा का मुँह गुलाबी-सा हो गया। कहने लगी—पहले तो आदमियों को नंगे देखकर मेरी चीख निकलने को हो गई थी...सचमुच वह... ।—और सुरा ने फिर मीना के कान में कुछ कहा।

मीना का जी घिनिया-सा गया। कहने लगी—नहीं, मैं वह नहीं देखूँगी। पर मैंने सुना है कि स्कैंडिनेविया की फ़िल्में बहुत अच्छी होती हैं। अगर कोई चल रही हो तो देखें।

—पर हमारी समझ में वह फ़िल्म कैसे आएगी, वह ज़बान तो हम नहीं समझते।

—अगर उसके टाइटिल अंग्रेज़ी में लिखे हों, या वह अंग्रेज़ी में डब हो, तो समझ में आ जाएगी।

दोनों लड़कियों ने पूछताछ कर एक स्वीडिश फ़िल्म का पता चला लिया और फ़िल्म देखने लगीं।

ये फ़िल्में, कई जगहों पर, लगातार चलती रहती हैं। जब किसी की मर्ज़ी हो हॉल से उठकर चला जाए, और जब मर्ज़ी हो फिर आ जाए। फ़िल्म खत्म होने पर फिर शुरू हो जाती है, इसलिए कोई चाहे तो कई घंटे उस फिल्म को बार-बार देख सकता है।

यह फ़िल्म अखबार में छपी एक घटना पर बनाई गई थी। खबर थी एक फ़ौजी और एक सरकस में काम करने वाली लड़की, दोनों भाग गए हैं, और पुलिस उनका पीछा कर रही है।

फ़ौजी किसी और देश का है और विवाहित है। इसलिए न फ़ौज की नौकरी छोड़ सकता है और न घर की बीवी को छोड़कर कहीं जा सकता है। जब वह सरकस की उस लड़की को लेकर भाग जाता है जिसे वह प्यार करता है, तो पुलिस उसका पीछा करने लगती है। बस जितने दिन वे दोनों दुनिया से भागे हुए इस दुनिया में जीते हैं, फ़िल्म सिर्फ़ उन्हीं दिनों के विवरण की थी।

मीना की आँखें भर-भर आईं, जिस समय फ़ौजी के एक दोस्त ने उन दोनों को ढूँढ़ लिया, और लड़की को समझाया कि तुम्हारी खातिर इसने अपने देश के साथ गद्दारी की है, तुम इसे वापस इसके देश जाने दो, तो लड़की ने अपनी हथेली उसके आगे रखकर कहा—देखो, मेरी हथेली पर सारी दुनिया का नक्शा है। मेरी माँ जर्मन थी, पिता डेनिश, माँ की माँ अमरीकन, और पिता का पिता बरतानवी। और मेरे दोस्त-मित्र इतालवी भी, फ्रांसीसी भी। सारी सरहदें मेरी हथेली पर बिछी हुई हैं। और मुझे सारी हथेली की ज़रूरत है, सारे हाथ की। मैं उसे कहाँ जाने दूँ?

मीना को लगा—सारी दुनिया उस लड़की की हथेली के नीचे आ गई थी...

और मीना को यह फ़िल्म देखते हुए फ़िल्म वाले जवान फ़ौजी की जगह सारे समय दलीप का मुँह दिखाई देता रहा। सोचती रही—मेरी हथेली में भी दिल्ली की, बम्बई की, और लन्दन की सारी हदें-सरहदें, लकीरों की तरह पड़ी हुई हैं...ये सारे शहर और सारे देश मेरे हैं—अगर पापा लन्दन हैं तो लन्दन मेरा है, अगर दलीप दिल्ली है तो दिल्ली मेरी है...

दूर देशों की घटनाएँ भी कब किसी जगह पर और कैसे रिल-मिल जाती हैं! मीना ज़िन्दगी की हैरानी को सामने पर्दे पर भी देखती रही और भीतर अपने मन में भी। लगा—वे दोनों भी आगे-आगे दौड़ रहे हैं, और कानून पीछे-पीछे। मैं भी दिल्ली से कितनी दूर यहाँ लन्दन आ गई हूँ, और एक कानून मेरे पीछे लगा हुआ है...जिसे पापा कह रही हूँ, कानून उसे पापा नहीं कहने देता...

और मीना को जो यकीन आज तक नहीं आया था, वह आ गया—अगर दलीप सचमुच मुझे प्यार करता है तो मेरे मन की हालत ज़रूर समझ जाएगा। मैंने उससे जितना भी झूठ बोला है, उसे वह झूठ नहीं समझेगा।

13

और उसके अगले दिन मुँह अंधेरे पापा आए। उनके हाथ में मीना का वापसी का टिकट था।

—सीट बुक हो गई?—मीना हैरान भी थी, खुश भी।

—मेरी बेटी ने चाहा और सीट न मिले, यह किस तरह हो सकता है!

मीना को अपना-आप पापा के सामने अनजान-सी बच्ची की तरह लगा। पापा को इस तरह भगदड़ में डालने के कारण वह कुछ शरमिन्दा-सी भी हुई। धीरे से मुँह से निकला—सॉरी पापा!

पापा ने उसके कंधे पर हाथ रखकर तसल्ली-सी दी—आई अंडरस्टैंड...

मीना को लगा, जैसे उसका अपना-आप और छोटा हो गया हो।

पापा कह रहे थे—मैं आज किसी समय रॉबर्ट को फ़ोन कर दूँगा, वह तुम्हें दिल्ली एयरपोर्ट से ले जाएगा। बाहर जहाँ गाड़ियों की पार्किंग है, वहाँ उसे ढूँढ़ लेना।

—अच्छा।—मीना ने धीरे से कहा। पापा उसका कितना ख़याल रख रहे हैं, इस बात के नीचे उसकी आवाज़ कुछ दबती-सी जा रही थी।

—हाँ, सच!—पापा ने कुछ याद करते हुए कहा—अगर पासपोर्ट अपने पास रखने में तुम्हें परेशानी हो, तो वहाँ रॉबर्ट को दे देना, वह सँभालकर रख लेगा।

—अच्छा!

—फिर उठो, जल्दी तैयार हो जाओ, एयरपोर्ट जाने का समय हो गया है।

मीना के पास दो सूटकेस थे, एक जो घर से लेकर आई थी, और दूसरा जो वहाँ पापा ने खरीदकर और सब गर्म कपड़े उसमें डालकर उसके लिए लाकर दिया था। मीना ने जल्दी से, जो थोड़ा कुछ बिखरा हुआ था, वह पैक किया।

पापा ने दोनों सूटकेस गिल की कार में रखवाते हुए और घड़ी की ओर देखते हुए मीना से कहा—सॉरी! मेरा डॉक्टर से एपायण्टमेण्ट है, मैं एयरपोर्ट नहीं जा सकूँगा...गिल तुम्हें छोड़ आएगा, और यह तुम्हारी सहेली तुम्हारे साथ जाएगी।

सुरा रूठी हुई-सी खड़ी थी, कहने लगी—अंकल, मैं आपसे नहीं बोलती, आपने इतनी जल्दी क्यों मीना की सीट बुक करवाई है?

मीना प्यार से सुरा के गले से लिपट गई, और उसकी बाँह खींचते हुए उसे कार में बिठाते हुए कहने लगी—अब तुम जब दिल्ली आओगी, मेरे पास बहुत सारे दिन रहना।

साथ ही मीना के मन में आया—अगर कभी सुरा सचमुच दिल्ली आ गई तो

फिर क्या होगा? पर वह अभी दूर की चिन्ता थी, पास की नहीं। सो मीना सुरा को हँसाते हुए आप भी हँसने लगी। साथ ही ख़याल आया—मेरा एड्रेस तो सुरा को मालूम नहीं है, वह आएगी किस तरह...

गिल चाचा गाड़ी चलाने लगे तो मीना ने कार से उतरकर पापा के कंधे के पास सिर रखकर कहा—आप जल्दी आ जाएँगे न?

—हाँ, जल्दी ही।—और पापा ने मीना के कान में धीरे से कहा—फिर तुम मेरे पास बम्बई आना, तुमने वहाँ का अपना घर तो देखा ही नहीं।

मीना हँसते हुए जब गाड़ी में बैठने लगी तो पापा ने कहा—हाँ, सच तुम्हारे सूटकेस तो बड़े हल्के-से होंगे, मुश्किल से पन्द्रह-सोलह किलो...मेरे पास आते समय बहुत सामान हो जाएगा, यह एक किताब बड़ी भारी है—साइकॉलॉजी की, इसे तुम ले जाओ, वहाँ जाकर रॉबर्ट को दे देना। वह सँभालकर रख लेगा।

मीना ने किताब ले ली और पापा को चलती हुई कार में से हाथ हिलाकर, क्षमा-सी माँगती हुई विदा कही।

14

लन्दन एयरपोर्ट से मीना ने कुछ किताबें खरीदीं।

इनमें सबसे बड़ी किताब *वर्ल्ड माइथॉलॉजी* थी, पर दो छोटी किताबें एरिक हाफर की *ट्रू बिलीवर* और हेनरी मिलर की *विज़्डम ऑफ़ हार्ट* ऐसी किताबें थीं जो दलीप मुद्दत से खोज रहा था और उसे दिल्ली में कहीं भी नहीं मिल रही थीं।

कल जब से उसने स्वीडिश फ़िल्म 'ऐलवरा' देखी थी, उसका अपने में और दलीप में गहरा विश्वास हो गया था। अब अपना सब कुछ दलीप को बता देना उसे कठिन नहीं लग रहा था। लग रहा था—वह माँ की ज़िन्दगी का भेद भी उसे आसानी से बता सकती थी, और अपना यह लन्दन का सफ़र भी...

ज़िन्दगी की घटनाओं को देखने की एक नज़र थी जो मीना को लग रहा था कि सचमुच बहुत विस्तृत हो गई थी।

हवाई जहाज़ में खिड़की वाली सीट पर बैठते हुए मीना को किसी किताब में पढ़ा हुआ यह वाक्य याद आ गया—कोई भी मनुष्य इस काबिल नहीं है कि उसके लिए रोया जाएँ। अगर आपका महबूब अच्छा है तो वह आपको कभी रुलाएगा नहीं, और अगर वह रुलाता है, तो वह अच्छा नहीं है, इसलिए रोने के काबिल नहीं है। और मीना को लगा—इस वाक्य को उसने जैसे आज समझा है, पहले वह इसे ऐसे नहीं समझी थी। दलीप बहुत अच्छा है, वह मुझे कभी नहीं रुलाएगा। और

अगर रुलाएगा तो मैं रोऊँगी नहीं, क्योंकि वह रोने के काबिल नहीं होगा।

और मीना खुश-सी, अपने साथ एक फ़ैसला-सा करती हुई, खिड़की से बाहर बादलों के दृश्य देखने लगी।

लगा—आते हुए, ये बादल मेरे मन में घिरते हुए मालूम होते थे, पर अब जाते हुए, ये मेरे मन की तरह हवा में तैरते हुए मालूम होते हैं।

माँ से अचानक उसे सहानुभूति हो आई। पहले जब भी उसने माँ के जीवन की इस घटना के बारे में सोचा था, उसे माँ पर गुस्सा आया था। उसने सोचा था—एक दिन माँ से खूब लड़ूँगी। पर आज मीना माँ के दर्द से भीग-सी गई।—एक बिचारी औरत, जो सारी उम्र मुँह से नहीं बोल सकी...कौन जाने रात के अंधेरे में उसे क्या-क्या याद आता होगा और उसके दिल को क्या-क्या होता होगा...

देसराज पापा से भी अधिक उसे हरबंसलाल पापा के लिए अचानक एक मोह-सा हो आया—जिसे मालूम हो कि यह लड़की मेरी नहीं है, पर सारी उम्र उसे बेटी की तरह प्यार करता रहा हो...मीना का मन, मोह में भीगा हुआ, अपने शहर की और अपने घर की दहलीज़ों को देखने के लिए व्याकुल हो उठा...

पहले भी उसे लौटने की जल्दी थी, पर एक भय-सा भी उसके भीतर घिर रहा था, इस समय एक मोह उसके भीतर घिर आया था।

जब लंच दिया गया, मीना ने खिड़की की तरफ़ से ध्यान हटाया, तो पास की सीट पर बैठी हुई एक पंजाबी औरत उससे बातें करने लगी—बेटी, अकेली हिन्दुस्तान जा रही हो?

मीना ने हँसकर 'हाँ' में सिर हिलाया।

—क्या नाम है तुम्हारा?

—मिस मलिक।

मीना को आप ही अपने ऊपर आश्चर्य हुआ कि उसके स्वर में इस समय कोई झिझक नहीं थी। भले ही सामने उसके पर्स में पड़े हुए उसके पासपोर्ट में मिस शर्मा लिखा हुआ था, तो भी उसने अपना नाम बताते हुए मिस मलिक कहा था। इस समय जिस पापा ने उसे प्यार से इस तरह दुनिया दिखाई थी, उसकी जात से जुड़े रहना उसे अपना फ़र्ज़ जान पड़ा था।

पास की सीट पर बैठी हुई वह औरत पूछ रही थी—तुम्हारे पिता विलायत में होंगे न, और माँ वहाँ हिन्दुस्तान में?

मीना ने हँसकर 'हाँ' में सिर हिला दिया।

औरत कह रही थी—और हिन्दुस्तान ब्याह कराने जा रही हो?

मीना ने फिर हँसकर 'हाँ' में सिर हिलाया।

वह कह रही थी—लड़का क्या करता है?

—कॉलिज में लेक्चरर है—मीना ने कहा।

उसने फिर पूछा—बहन-भाई कितने हैं?

—एक भाई—मीना ने कहा, और उसकी बातों से आकुल-सी होते हुए मन में सोचने लगी—लोग गिनती के रिश्तों को ही पूछकर सोचते हैं, बस इन्सान को जान लिया...उम्र देख ली, शक्ल देख ली, तनख्वाह पूछ ली, और कुछ रिश्तेदार गिन लिए...बस...

और मीना लंच के बाद *वर्ल्ड माइथॉलॉजी* पढ़ने लगी।

15

—हवाई जहाज़ दिल्ली उतरने वाला है—जब एनाउन्स हुआ तो लोग सेफ़्टी-बेल्ट बाँधने लगे।

फिर एक रस्मी धन्यवाद-सा भी हुआ, आगे भी कभी इस प्रकार यात्रा करने की आशा-सी भी व्यक्त की गई, पर मीना सब कुछ इस तरह अचरज से देख रही थी मानो उसे यह अचरज पहली और अन्तिम बार देखना हो।

हवाई जहाज़ से उतरकर कस्टम में रुकना था। मीना खड़ी रही, पर इस समय वह केवल यह सोच रही थी कि यह समय बम्बई से किसी गाड़ी के आने का है या नहीं...

एक बात उसने ध्यान से सोच ली कि बाहर जाकर सबसे पहले काम यह करूँगी कि सूटकेस से बँधे हुए वह टैग उतार दूँगी जिन पर 'लन्दन-दिल्ली' लिखा हुआ है, और साथ ही बाहर जाकर अपना स्वेटर भी उतार दूँगी।

कस्टम वाले मुसाफ़िरों के सूटकेस खोल-खोलकर देख रहे थे, इसलिए बहुत देर लग रही थी। पर मीना ने दोनों की चाभियाँ हाथ में लेकर इस तरह तैयार रखी हुई थीं कि जब उसकी बारी आए, उसकी तरफ़ से देर न हो।

बारी आई, मीना ने दोनों सूटकेस खोले, कस्टम वालों ने दो नये स्वेटर, एक स्लैक्स और दो मफलर देखकर पूछा—इन कपड़ों और इन किताबों के अलावा कोई कैमरा, ट्रान्ज़िस्टर, टेपरिकॉर्डर या टेलीविज़न... ?

मीना के पास ऐसी कोई चीज़ नहीं थी, इसलिए जल्दी ही उसके सूटकेसों पर मार्किंग हो गई, और वह दोनों हाथों में सूटकेस लिए हुए बाहर आकर रॉबर्ट को ढूँढ़ने लगी।

रॉबर्ट कहीं दिखाई नहीं दे रहा था। वह टैक्सी लेने ही वाली थी कि ख़याल आया—पापा ने कहा था, जहाँ कारों की पार्किंग होती है वहाँ रॉबर्ट को ढूँढ़ लेना।

मीना दोनों सूटकेस उठाकर उधर चल दी जहाँ कारों की पार्किंग थी। वहाँ सचमुच उसका इन्तज़ार करते हुए रॉबर्ट मिल गया, और मीना ने अपने सूटकेस कार में रखते हुए, याद से, उन पर से दोनों टैग उतार लिए।

कार जब बाहर सड़क पर आ गई तो मीना ने पूछा—सोफ़िया कहाँ है?

—वह तो उसी दिन बम्बई चली गई थी, जिस दिन सवेरे आप लन्दन गई थीं। साहब उससे उसी दिन डीलक्स से बम्बई जाने के लिए कह गए थे—रॉबर्ट ने बताया और साथ ही यह भी बताया—कल साहब का फ़ोन आया था कि मैं एयरपोर्ट से आपको ले जाऊँ।

—हाँ, मुझे मालूम है।

—पर आज सवेरे साहब का फ़ोन आया है कि वह भी वापस आ रहे हैं। दिल्ली नहीं उतरेंगे, सीधे बम्बई जाएँगे। और उन्होंने कहा है कि आप यह कार लेकर सीधे बम्बई आ जाइए।

—कौन, मैं?—मीना ने हैरान होकर पूछा।

—मुझे उन्होंने अभी दिल्ली रहने के लिए कहा है, यहाँ कुछ काम हैं, पर आप चली जाइए, कार ले जाइए।

मीना को यह सब बात अजीब-सी लगी, कहने लगी—पर, कल तो उनका चेक-अप था, उनको अभी और कुछ दिन वहाँ रहना है...

रॉबर्ट बताने लगा—वह कह रहे थे, चेक-अप हो गया है। वह शायद आज ही वहाँ से चल देंगे, कल सवेरे बम्बई पहुँच जाएँगे। आप आज ही दिल्ली से चलें तो परसों बम्बई पहुँचेंगी।

—मैं! मैं कैसे जा सकती हूँ?—मीना परेशान-सी हो गई।

—क्यों? आपको ड्राइविंग आती है, आपका ड्राइविग लाइसेंस भी मैं ले आया हूँ, यहीं मेरे पास है—और रॉबर्ट ने मीना का ड्राइविंग लाइसेंस उसे दे दिया।

—पर मैं अकेली?—मीना के गले में उसका साँस सूखने लगा...

—आप कहें तो मैं अपने छोटे भाई को आपके साथ भेज देता हूँ। रास्ते में एक ही रात आती है। पर बहुत आहिस्ता जाएँ तो दो आ जाएँगी, एक ग्वालियर और एक इन्दौर...

मीना घबराई हुई-सी कहने लगी—पापा को गाड़ी की ज़रूरत है तो उसे, अपने भाई से, कहो कि बम्बई जाकर गाड़ी छोड़ आए।

पर रॉबर्ट कहने लगा—उसे ड्राइविंग नहीं आती।

—नहीं, मैं नहीं जाऊँगी—मीना ने फ़ैसले की तरह कहा।

—अगर आज थकी हुई हैं तो कल सही—रॉबर्ट ने पहले यह कहा, फिर आप ही कहने लगा—कल बहुत मुश्किल हो जाएगा। एक बार घर चली जाएँगी

तो फिर घर से जाना मुश्किल हो जाएगा।

इस समय अकबर होटल के पास आकर रॉबर्ट ने कार रोक ली थी। कह रहा था—अगर आज आराम करना चाहें तो एक रात यहीं रह लें। साहब ने यहाँ आपके लिए कमरा बुक करने के लिए कहा हुआ है...

मीना कार से उतरी। डिक्की में रखे हुए दोनों सूटकेस निकाले। फिर एक सूटकेस को खोलकर वह किताब निकाली जो पापा ने रॉबर्ट को देने के लिए कहा था! और पास खड़ी हुई टैक्सी में दोनों सूटकेस रखते हुए, रॉबर्ट से कहने लगी—मैं बम्बई नहीं जा सकती, किसी और आदमी के हाथ गाड़ी भेज दो या खुद जाकर छोड़ आओ।

मीना टैक्सी में बैठी ही थी कि रॉबर्ट ने खिड़की के बन्द शीशे को खटखटाकर इल्तिज़ा की तरह कहा—पर साहब का हुक्म है...

मीना ने टैक्सीवाले से चलने के लिए कहा। उसने गाड़ी स्टार्ट कर दी, तो गाड़ी की आवाज़ में मीना को रॉबर्ट के आगे के शब्द सुनाई नहीं दिए। केवल उसके अपने शब्द उसे और टैक्सीवाले को सुनाई दिए—निज़ामुद्दीन चलो।

लन्दन की ठंड के बाद दिल्ली की धूप से शायद दिल घबरा रहा था। कुछ दूर जाकर, मीना ने गाड़ी का शीशा कुछ नीचा किया, और साथ ही अपनी बाँह की ओर उसकी नज़र पड़ी, वह अभी भी पूरी बाँहों वाला स्वेटर पहने हुए थी।

मीना ने जल्दी से स्वेटर उतारा, पर सूटकेस पीछे गाड़ी की डिक्की में रखे हुए थे। मीना ने हाथ के पर्स की तरफ़ देखा, पर्स काफ़ी बड़ा था, पर उसमें स्वेटर नहीं आ सकता था। उसने स्वेटर को अपने बराबर सीट पर रख दिया कि गाड़ी से सामान उतारते वक्त वह इसे सूटकेस में रख लेगी। पर स्वेटर उतारकर भी मीना का दिल इस तरह घबरा रहा था जैसे वह किसी रेगिस्तान में आ गई हो।

वह हैरान थी—सफ़र वाला, हवाई जहाज़ के सफ़र वाला वह चैन और विश्वास न जाने कहाँ चला गया था!

टैक्सी निज़ामुद्दीन के पास पहुँचने वाली थी, पर मीना का जी किया कि वह सीधी घर न जाएँ, वह पहले दलीप के घर चली जाएँ। शायद दलीप से मिलकर उसकी घबराहट कम हो जाएँ, पर उसने दुविधा में पड़े हुए टैक्सीवाले से कुछ भी नहीं कहा। टैक्सी बिलकुल उसके घर के बाहर वाली सड़क पर पहुँच गई थी, मीना ने ड्राइवर से रुकने के लिए कहा।

साथ ही ख़याल आया, इस समय तो दलीप कॉलिज गया होगा, मैं वहाँ किस तरह जा सकती हूँ?

मीना ने ड्राइवर को पैसे दिए, एक सूटकेस खोलकर स्वेटर उसके अन्दर रखा, और फिर दोनों सूटकेस हाथों में लेकर घर की ओर चल दी।

घर अपना था—पर उसके पाँवों में कुछ चोरों की सी झिझक थी, सोच रही थी, पापा अभी घर में ही होंगे कि चले गए होंगे?

और घर का दरवाज़ा पार करते हुए जान लिया कि पापा दफ़्तर और संदीप स्कूल जा चुके थे।

मीना को कुछ साँस-सा आया। इस समय घर में केवल माँ थीं और दादी, और उनकी उसे चिन्ता नहीं थी।

16

मीना की कच्ची उम्र, मीना को लगा, ज़िन्दगी की कच्ची राहों पर चलती जा रही थी। चारों ओर धूल दिखाई देती थी।

—वह जो सूरज की चौंध के सामने मुझमें विश्वास आया था, वह कहाँ गया?—मीना चुपचाप चारपाई पर लेटे हुए सोचती रही।

घर में सब कुछ ठीक था। माँ ने स्वाभाविक तौर पर बम्बई की बातें पूछी थीं; दादी ने भी, और किसी को कोई शक-शुबहा नहीं हुआ था, ऐसा लगता था। मीना ने रात को एक स्वेटर छोटे संदीप को बम्बई के तोहफ़े के तौर पर दिया था और एक दलीप के लिए अलमारी में रख दिया था। पापा को भी एक स्कार्फ़ दिया था और साधारण बातों के सिवा कोई बात नहीं हुई थी। बातों-बातों में यह भी मालूम कर लिया था कि उसके पीछे दलीप उसके घर नहीं आया था, इसलिए रेल पर सवार करवाने वाली बात वैसे ही ठीक थी जैसे वह कहकर गई थी। पर न कल उससे फ्रेंच की क्लास के लिए जाया गया था, न आज जाया जा रहा था।

क्लास की कोई बात नहीं थी, लेकिन वहाँ दलीप से मिलना था, और अभी उससे दलीप का सामना नहीं किया जा रहा था।

रात को दादी कह रही थीं—हैं री, कहते हैं, बम्बई में साड़ियाँ बड़ी सुन्दर मिलती हैं, तू अपने ब्याह के लिए दो-चार साड़ियाँ ही ले आती...

और माँ उसे अपने-आप ही जवाब दे रही थी—इतने पैसे कहाँ ले गई थी, आप ब्याह की तारीख पक्की कीजिए, साड़ियाँ बहुतेरी...

और मीना के मन का झूठ उसके मन में चुभने लगा था...

आज सवेरे से ही दादी कहे जा रही थीं—और अब बुलाओ लड़के को, कहो कि अपने बाप को बुलाए और बात पक्की करे। मैं भी आँखों से यह दिन देख जाऊँ।

और पापा दफ़्तर जाते समय हँसते हुए कह गए थे—अपनी लड़की को वह रोज़ मिलता है, कहना उससे कि आज बुला लाए।

पर आज...आज भी उससे दलीप का सामना नहीं हो रहा था...

सोच में पड़े-पड़े अगला दिन चढ़ आया। पर आज उसने मन पक्का कर लिया था कि शाम को दलीप से भी ज़रूर मिलूँगी और फ्रेंच की क्लास के लिए भी ज़रूर जाऊँगी।

उसने तड़के ही नहाकर, चाय पीकर, अपने कितने ही दिनों से बेतरतीब पड़े हुए अलमारी के कपड़े ठीक किए, फिर दलीप के लिए लाए हुए कैलेंडर को खोलकर देखते हुए मन में कुछ हिम्मत महसूस करने लगी। कैलेंडर वाली औरत के तलवे पर लिखे हुए साल को देखकर उसे लगा—अगर इन्सान मज़बूत हो तो वक्त को पाँव के तलवे के नीचे रखकर आगे बढ़ सकता है...

पर साथ ही कैलेंडर वाली औरत की पीठ की ओर देखते हुए सोचने लगी—पर कुछ दिन, वार और तारीखें ऐसी होती हैं जो हमेशा के लिए आदमी की पीठ पर लिख जाती हैं—

पर आज उसे एक अजीब चेतना का एहसास हुआ—आजकल मुझे क्या हो गया है, जैसे मेरा कुछ भी मेरा न रह गया हो...न मन की खुशी मेरी, न उदासी मेरी... जैसी चीज़ देखती हूँ वैसे ही सोचने लगती हूँ...

और मीना ने अपने ऊपर खीझकर, पहले कुछ पढ़ने के लिए एक किताब निकाली, फिर उसे भी रखकर, अखबार लेकर चारपाई पर लेट गई।

उसने सरसरी नज़र से अखबार पढ़ते हुए, जब पहले के बाद दूसरा, और दूसरे के बाद तीसर पन्ना पलटा, तो मोटे अक्षरों में छपा हुआ एक शीर्षक सामने आया—'किताब की जिल्द से पचास लाख के हीरे बरामद।'

नीचे खबर थी—आज बम्बई में दाखिल होने वाली एक कार पर पुलिस ने छापा मारकर एक किताब पकड़ी, जिसकी पुश्त में से पचास लाख के हीरे निकले। पुलिस का ख़याल है, उन्होंने स्मगलिंग के बहुत बड़े रैकेट का पता लगा लिया है। पर अभी तक कार के ड्राइवर रॉबर्ट के सिवा कोई गिरफ़्तार नहीं किया गया है।

मीना को अपनी चारपाई, कमरे के फ़र्श समेत, ज़मीन के नीचे किसी पाताल में गिरती हुई लगी—

लगा, उसका दिल कुछ बार बहुत ज़ोर-ज़ोर से धड़का, और फिर शायद धड़कना भूल गया—

वह कितनी ही देर तक एक लाश की तरह चारपाई पर पड़ी रही...

वक्त एक जगह पर आकर, उसकी आँखों में ठहर गया मालूम होता था...

और वह पत्थर जैसी आँखों से वक्त को देखती रही—न आँखें हिलती थीं, न वक्त...

कुछ देर बाद, न जाने कितनी देर बाद, एक बड़ा भयानक दृश्य उसके सामने आया कि वह कार को चला रही है, दिल्ली से बम्बई जा रही है, कार में वही

किताब पड़ी हुई है जो दो दिन पहले—उसके सूटकेस में रखी हुई थी, और फिर एक जगह पहुँचने पर पुलिस ने उसकी कार को चारों तरफ़ से घेर लिया है...

और उसे लगा, अखबार में रॉबर्ट की जगह मीना शर्मा लिखा हुआ था...

मीना ने काँपकर इस भयानक दृश्य की ओर से आँखें मीच लीं—

—ओ भगवान! तुम कहीं नहीं... ?—उसके होंठों से कई बार सिसकी की तरह निकला, और फिर वह काँपते हुए चारपाई से उठ गई।

पता नहीं दिन का कौन-सा समय था! कितना दिन गुज़र गया था और कितना बाकी था, मीना को कुछ खबर नहीं थी।

वह काँपती हुई-सी बराबर के घर में गई, होंठों में दलीप के कॉलिज के फ़ोन का नम्बर घुमा-घुमाकर देखा, पर कुछ याद नहीं आ रहा था...फिर शायद उँगलियाँ ही पुरानी याद के सहारे कुछ नम्बरों पर घूम गईं, क्योंकि उधर से जो आवाज़ आ रही थी, वह दलीप के कॉलिज का नाम ले रही थी।

—कालकाजी कॉलिज ?—उसने विश्वास पक्का करने के लिए पूछा।

उधर से पुष्टि हुई तो कहा—ज़रा दलीपराजजी को बुलवा दीजिए।

उसे लग रहा था—अब दलीप की आवाज़ शायद कभी भी उसके कानों को सुनाई नहीं देगी...कानों में न जाने कौन-सी, और कहाँ से, भयानक आवाज़ें आ रही थीं...

—मैं दलीप बोल रहा हूँ...मैं दलीप बोल रहा हूँ—और शायद दूसरी ओर दलीप को कुछ सिसकियों की-सी आवाज़ सुनाई दी थी। वह घबराकर कहे जा रहा था—कौन ? मीना ? बोलतीं क्यों नहीं, मैं दलीप बोल रहा हूँ...सुनो ! मैं दलीप बोल रहा हूँ...

मीना के कान में लौट-लौटकर आवाज़ आई, तो लगा—यह सचमुच दलीप की आवाज़ थी। उसके मुँह से मुश्किल से सिर्फ़ इतना निकला—मैं, मीना...तुम जल्दी आओ...क्या ?...बाहर सड़क पर...घर ?...नहीं...सड़क पर...

उधर से फ़ोन बन्द हो गया, तो एक बार मीना का विश्वास फिर टूट गया कि दलीप कहीं भी नहीं था...

और वह स्वयं, उसे कुछ पता नहीं लग रहा था कि वह स्वयं कहाँ थी...

न जाने कितनी देर तक वह फ़ोन के पास फ़ोन के तार की तरह पड़ी रही...तार में शायद कहीं करेंट थी, पर आवाज़ नहीं थी...

जिन लोगों के यहाँ फ़ोन था, उन्होंने ही काफ़ी देर बाद देखा कि मीना चुपचाप फ़ोन के पास बैठी हुई है। वे कुछ देर तक देखते रहे कि शायद वह किसी के फ़ोन का इन्तज़ार कर रही है, पर जब काफ़ी समय बीत गया, उन्होंने पास आकर देखा—तो मीना ने इस तरह हैरान होकर उनकी ओर देखा जैसे उन लोगों को पहचानती न हो। उन लोगों ने सोचा कि शायद उसने फ़ोन पर कोई बुरी खबर

सुनी थी, पूछा कुछ नहीं, पर पानी का गिलास लाकर उसे पीने के लिए दिया।

मीना को कुछ होश-सा आया, उसने फ़ोन की तरफ़ देखा—याद आया कि उसने दलीप को उसके कॉलिज फ़ोन किया था...

मीना वहाँ से धीरे-धीरे चलते हुए बाहर सड़क पर आ गई और एक पेड़ से लगकर खड़ी हो गई...

उसके पाँव काँप रहे थे और सामने सड़क पर गुज़रने वाली हर चीज़ उसे उलटती हुई लगती थी...

दलीप की मोटरसाइकल जब उसके पास आकर खड़ी हो गई, उसे लगा, वह ज़ोर से पेड़ से टकरा गया था...

और वह पेड़ के नीचे से ऐसे जल्दी से अलग हुई जैसे पेड़ उस पर गिरने वाला हो...

—तुम्हें क्या हुआ है मीनू? तुम कहाँ चली गईं फ़ोन करके? मैं कितनी देर से सड़क पर घूमता फिर रहा हूँ—दलीप ने जल्दी से मीना की बाँह पकड़ ली—लगा, वह पेड़ से परे हटते हुए गिरने लगी थी।

मीना ने वहाँ सड़क पर ही दलीप की बाँह को कसकर पकड़ लिया और अपना सिर उसके कन्धे पर रख दिया।

दलीप ने घबराकर मीना के मुँह की ओर देखा—लगा, कोई खास बात हो गई थी, नहीं तो मीना सड़क पर इस तरह करने वाली नहीं थी...

—घर चलें?—दलीप ने पूछा, तो मीना ने अपने घर की अन्दर वाली सड़क की ओर देखते हुए 'नहीं' में सिर हिलाया।

—यहाँ नहीं, मेरे घर!—दलीप ने फिर कहा तो मीना ने 'हाँ' में सिर हिलाया।

मीना काँप रही थी। दलीप को लगा, वह मोटरसाइकल पर नहीं बैठ सकेगी। उसने टैक्सी स्टैण्ड पर अपनी मोटरसाइकल उन लोगों को सौंप दी और वहाँ से एक टैक्सी ले ली।

रास्ते में दलीप ने एक बार पूछा—तुम बम्बई से कब आईं?—पर मीना उसके कंधे से सिर लगाकर ऐसे चुप निढाल पड़ी हुई थी कि दलीप ने फिर कुछ नहीं पूछा।

मीना को अपने कमरे में ले जाकर और उसे पलंग पर लिटाकर दलीप ने पूछा—चाय बनाऊँ? पियोगी?

—पानी—मीना के मुँह से मुश्किल से निकला।

दलीप ने उसे पानी पिलाया, फिर उसका सिर तकिए पर रखकर धीरे-धीरे उसका माथा सहलाने लगा।

—आज का अखबार...मीना ने फटी हुई आँखों से दलीप की ओर देखा।

मीना की बात दलीप की समझ में नहीं आई, पर उसने पास रखी हुई मेज़ पर से आज का अखबार उठाकर मीना के सामने कर दिया, पूछा—क्या है आज के अखबार में ?

मीना ने काँपते हुए हाथ से पहला पन्ना अलग किया, और अन्दर के तीसरे पन्ने पर पचास लाख के हीरों की खबर पर उँगली रखकर सारी की सारी काँपने लगी...

दलीप ने खबर पढ़ी, पर हैरान होकर पूछा—इसमें क्या बात है ? ऐसी बातें तो होती रहती हैं...

—यह किताब...

—किताब की जिल्द में हीरे छिपाने का तरीका नया है, और क्या बात है ?

मीना की आवाज़ काँप रही थी, पर वह पूरे होश में थी। वह आज दलीप को सब कुछ बता देना चाहती थी। तकिए पर से सिर उठाकर उसने पलंग के ढासने से पीठ को सहारा दिया और कहने लगी—यह किताब मैं लाई थी।

—यह किताब ? हीरों वाली ? कहाँ से ?

—लन्दन से...

दलीप ने मीना की ओर ऐसे देखा जैसे वह होश में न हो।

—मैं होश में हूँ...

—नहीं, तुम होश में नहीं हो...

—सच, मैं होश में हूँ, मैं बम्बई नहीं गई थी, मैं लन्दन गई थी...

दलीप को फिर ख़याल आया कि मीना होश में नहीं है। पूछने लगा—अच्छा, तुम लन्दन गई थीं तो तुम्हारा पासपोर्ट कहाँ है ?

—मेरे पर्स में...

—मुझे दिखाओ, पर्स कहाँ है ?

—वहाँ, घर...अलमारी में...

पर्स पास नहीं था, इसलिए पासपोर्ट नहीं दिखाया जा सकता था। दलीप ने सिर्फ़ इतना कहा—नहीं, मैं नहीं मान सकता...

मीना अपने ही ध्यान में थी। दलीप की बाँह पकड़कर काँपते हुए कह रही थी—परसों एयरपोर्ट पर कस्टम वालों ने मेरे सूटकेस देखे थे...यह किताब मेरे सूटकेस में थी...उन्होंने देखी थी...पर उस समय उन्हें मालूम नहीं था...

दलीप की समझ में कुछ नहीं आ रहा था, तो भी उसने पूछा—पर तुम्हें मालूम था ?

—नहीं, मुझे मालूम नहीं था...

—यह किताब तुम्हें किसने दी थी ?

—पापा ने...

—तुम लन्दन किसके साथ गई थीं ?

—पापा के साथ मीना ने कहा, और दलीप के हाथ को अपनी ओर करके अपने दोनों हाथों में कसकर पकड़ते हुए कहने लगी—इन पापा के साथ नहीं दलीप!

—फिर और किन पापा के साथ ?—दलीप ने पूछा, तो जवाब में मीना की आवाज़ का कंपन कम हो गया। लगा, वह केवल हीरों की बात से इतनी घबराई हुई थी, अपने या अपनी माँ के रहस्य की बात से नहीं...

एक व्यंग्य-सा उसके होंठों पर आया, पर अब उसकी आवाज़ सँभली हुई थी, कहने लगी—असल में मैं इन पापा की लड़की नहीं हूँ...इन पापा के एक दोस्त थे...मैं उनकी लड़की हूँ...

अब दलीप कुछ घबराकर मीना की ओर देखने लगा। देखा कि मीना की आँखों में पानी आ गया है। कहने लगी—मैंने इसीलिए तुम्हें पहले नहीं बताया था। मैं जानती थी, यह बात सुनकर तुम मुझे छोड़ दोगे...मैं गैरकानूनी...मीना की आवाज़ उसके गले में डूब गई।

—नहीं मीना! यह बात नहीं...दलीप कुछ घबराता हुआ-सा इस बार पलंग की पट्टी से उठकर खड़ा हो गया, पर कोई मिनट-भर के लिए खिड़की के पास खड़े होकर इधर को आ गया और मीना के पलंग की पट्टी पर चुपचाप बैठ गया।

—मेरे असली पिता का नाम देसराज मलिक है...मीना ने दलीप के आगे, और किस्मत के आगे, मन में जो कुछ था, सबका सब रख दिया।

दलीप फिर घबराकर पलंग की पट्टी पर से उठ गया, पर परे खिड़की की ओर जाने लगा तो अचानक उसके पाँव रुक गए, जल्दी से पीछे मीना की ओर मुड़ते हुए कहा—तुमने क्या कहा था ? तुम किसके साथ लन्दन गई थीं ?

—देसराज मलिक पापाजी के साथ...

दलीप को हँसी आ गई, कहने लगा—एक बार तो तुमने मुझे भी चक्कर में डाल दिया—फिर पूछने लगा—तुमने देसराज मलिक को देखा है ?

मीना की समझ में न दलीप की हँसी आई, न सवाल। कहने लगी—वह तुम्हें याद है न, एक काली कार मेरा पीछा करती थी, वह पापा ने ही मुझे बुलाने के लिए भेजी थी। वह यहाँ अशोका होटल में आए हुए थे...

—ओ, गॉड!—मीना के माथे को छूते हुए दलीप के हाथ काँपने लगे। वह कहे जा रहा था—तुम सचमुच ज़िन्दा हो न ? तुम सही-सलामत लन्दन से आ गई हो ?... तुम कहाँ चली गई थीं...

मीना को लगा कि दलीप को अभी भी पूरी बात का पता नहीं लग रहा है। कहने लगी—पापा बीमार रहते हैं। उनका मन करता था, मुझे एक बार अपने साथ लन्दन ले जाएँ...मैं चली गई...पर अब मुझे यह अखबार देखकर लगा है कि वह कोई बहुत गलत काम करते हैं...शायद तभी उनके पास इतना पैसा है...

दलीप ने लम्बा साँस लिया, कहा—मीना! तुम्हें ऐसा नहीं करना चाहिए था। जब उस कार वाले ने तुमसे कुछ कहा था, तुम्हें चाहिए था, मुझे बता देतीं।

—यही रॉबर्ट था कार का ड्राइवर...

—और जिस आदमी ने तुम्हें बुलाया था, वह था कार का मालिक?

—हाँ...

—तुमने मुझे तब बताया क्यों नहीं?

—दलीप!—मीना कुछ देर चुप रही, फिर कहने लगी—बता तो दिया है, तब सोचती थी, तुम्हें पता लगेगा तो तुम मुझे छोड़ दोगे...

दलीन पे मीना के होंठों के पास झुककर ज़िन्दगी में पहली बार उसके होंठ चूमे। कहा—तुम पागल हो। जिस दुनिया पर तुम्हें विश्वास नहीं करना चाहिए था, उस पर तुमने विश्वास कर लिया; पर जिस कम्बख्त दलीप पर तुम्हें विश्वास करना चाहिए था, उस पर नहीं किया...

—क्या मतलब?—मीना उसकी ओर देखने लगी।

—पहली बात तो यह कि यह बात ही गलत है। और दूसरी बात यह है कि अगर ठीक भी होती तो तुम्हारा दलीप ऐसा घटिया आदमी नहीं कि वह इस बात की वजह से तुमसे रिश्ता तोड़ देता।

—पर दलीप...

—ठहरो, मेरी बात सुनो। देसराज मलिक तुम्हारे पापा के दोस्त थे, पर वह तुम्हारी माँ को बहन समान समझते थे। पर ठहरो, यह शब्द भी क्यों बरता जाएँ, क्या पुरुषों और स्त्रियों में दोस्ती जैसी चीज़ नहीं हो सकती? वह थी, पर उस दोस्ती में ज़रा भी झूठ शामिल नहीं था। पर तुम्हारे पापा की समझ में यह बात नहीं आई। इसलिए वह गलतफ़हमी के डर से तुम्हारे पापा की ज़िन्दगी से दूर चले गए...

—दलीप! तुम मेरी बात तो सुनो।

—क्या सुनूँ? तुम्हें कुछ मालूम ही नहीं है। यह देसराजजी ने मुझे खुद बताया था। तुम नहीं जानतीं, किसने क्या कहा है—दलीप ने मीना के दोनों कंधों को झंझोड़कर गुस्से से कहा—तुम मुझे उस समय ज़रा भी बता देतीं, तो मैं तुम्हें उसी समय होशियार कर देता। वह न जाने कौन था, जिसके साथ तुम लन्दन गई थीं।

—पर वह मुझे बेटी कहता था...

—हाँ, तुम्हें बेटी-बेटी कहता रहा होगा, क्योंकि वैसे तो वह तुम्हें लन्दन नहीं ले जा सकता था...

—पर वह...

—उसे तुमसे सिर्फ़ एक मतलब था मीना! उसे तुम्हारे ज़रिए वे हीरे यहाँ मँगवाने थे...

मीना को बात का तार सुलझता हुआ लगा। अब उसे दिखाई देने लगा कि उस आदमी को पुलिस ज़रूर पहचानती होगी। वह कस्टम से किसी तरह भी नहीं गुज़र सकता था। उसका कोई आदमी भी नहीं गुज़र सकता था। उन लोगों को किसी ऐसे आदमी की ज़रूरत थी जिसे कुछ पता न हो और जिस पर पुलिस की नज़र न हो...

एक-एक बात स्पष्ट हो रही थी। उसे कार की ड्राइविंग भी इसीलिए सिखाई थी कि वह जब कार को बम्बई ले जाएगी तो किसी को उस कार पर शक नहीं होगा। रॉबर्ट किस तरह उसकी मिन्नतें करता रहा था कि वह कार चलाकर बम्बई छोड़ आए।

मीना ने दलीप को सब कुछ विस्तार से बताया। यह भी कहा—अब मुझे लगता है, अगर मैं उसकी लड़की होती तो वह इस तरह खतरे में न डालता—और मीना ने दलीप से पूछा—पर तुम्हें किस तरह मालूम है कि वह देसराज मलिक नहीं था?

दलीप हँस दिया—वह नहीं था मीना, वह नहीं था। पता नहीं कौन था। देसराज मलिक मेरे अपने पिताजी का नाम है।

—तुम्हारे पिताजी...

—तुमने उस दिन फ़ार्म पर उन्हें देखा था...

—उस दिन...

—तुम्हें याद नहीं? तुम जब चाय पीकर गेहूँ के खेत की ओर गई थीं, तो मैं पीछे रह गया था। उन्होंने मुझसे यही कहा था कि अगर मैं तुम्हारे साथ ब्याह करना चाहता हूँ, तो अभी तुम्हारे पापाजी को उनका नाम न बताऊँ। वह किसी दिन खुद जाकर उनसे मिल लेंगे...

—ओ गॉड!—मीना को यकीन नहीं आ रहा था कि वह कौन-कौन-सी जगहों से गुज़रकर आई थी, और अभी तक ज़िन्दा थी...

—पर, दलीप, उस आदमी ने मुझे वह तस्वीर भी दिखाई थी जो मेरे पहले जन्मदिन की थी, और जिस दिन...मीना ने चौंककर कहा—पर वह तस्वीर उसने कहाँ से ली?

—मैंने वह तस्वीर नहीं देखी है, पर यह बात पिताजी से सुनी है...उस आदमी को यह बात ज़रूर कहीं से पता चल गई होगी...तस्वीर उसने कहाँ से ली, किस तरह ली, उसकी खोज करनी पड़ेगी...

—पर, दलीप, अब वे लोग पकड़े जाएंगे, तो इसमें मेरा नाम भी आएगा?

—शायद नहीं, क्योंकि इसमें उन लोगों को कोई फ़ायदा नहीं...पर अगर आए भी तो इसमें तुम्हारा क्या कसूर है...अब हम सब सँभाल लेंगे...

—आप सब...? पर यह बात मैं पापा को किस तरह बताऊँगी?

—मैं खुद धीरे-धीरे बता दूँगा, तुम कुछ मत कहना—दलीप ने कहा, और मीना ने कई दिनों का थका हुआ सर दलीप के घुटने पर रख दिया...

दिन कब का ढल गया था। बाहर रात उतरने को थी। दलीप जाकर एक टैक्सी ले आया और मीना को उसके घर छोड़ने चला गया।

घर पहुँचकर मीना अन्दर चली गई, पर दलीप दहलीज़ में ही खड़ा रहा। सामने मीना के पापाजी बैठे हुए थे। दलीप वहीं खड़ा हुआ कहने लगा—अगर इजाज़त दें तो अन्दर आ जाऊँ? दादीजी कहती थीं न कि मत आना।

पापा हँसने लगे, और ज़रा दूर बैठी हुई अपनी माँ की ओर देखते हुए कहने लगे—अरे ओ लड़की की दीदी! लड़का अन्दर नहीं आ रहा है, दरवाज़े पर तेल देकर अन्दर लंघाओ...

दलीप अन्दर आते हुए बोला—पापाजी, मेरी तो कोई बात नहीं, पर आपका बीसों बरस का रूठा हुआ दोस्त जब आएगा, उसे तेल चुआकर अन्दर लंघाइएगा...

—कौन?—पापा कुछ हैरान-से दलीप की ओर देखने लगे।

—आपका दोस्त—देसराज मलिक। मैं उनका लड़का हूँ।

मीना की माँ दलीप के बैठने के लिए कुर्सी आगे रख रही थीं, पर कुर्सी उसके हाथ से जैसे छिटक गई। मुँह से निकला—सच रे!—और उसने कसकर दलीप का माथा चूम लिया।

मीना के पापाजी ज़ोर-ज़ोर से हँसने लगे। कहने लगे—रब भी अजीब चीज़ है। मैं तमाम उम्र सोचता रहा कि मैं उस मलिकजादे को पहले नहीं बुलाऊँगा, वह आप आकर पहले मुझे बुलाए, और वह भी ससुरी का यही सोचता होगा। सो, रब ने कहा कि तुम दोनों जने रूठकर बैठे रहो, मैं तुम्हें ऐसे लड़कियाँ-लड़के दूँगा कि...

—हाय, यह मेरे देसे का बेटा है!—कहते हुए दादी जब इधर दलीप के पास आकर उसका सिर चूमने लगी तो दलीप ने परे अपने कमरे के दरवाज़े में खड़ी हुई मीना की ओर देखा और हँस दिया।

—आज तो मैं बावली हो जाऊँगी।—कहते हुए मीना की माँ ने अन्दर चूल्हे पर चाय का पानी रखा और फिर बाहर दलीप के पास आकर बैठते हुए कहा—वह निगोड़ा है कहाँ?

दादी हँसने लगी—अरी, अब तो तेरा समधी लगता है, ज़रा आदर-भाव से बोल।

मीना अन्दर रसोई से चाय बनाकर ले आई, तो मेज़ पर प्याले रखते हुए कहने लगी—अन्दर सब प्याले धुलने वाले थे, राधा कहाँ चली गई?

माँ प्यालों में चाय डालते हुए बोली—उस बिचारी के कर्मों में सुख नहीं। लड़की का ब्याह करके फ़ारिग हुई थी, पर लड़की घर आकर बैठ गई। जंवाई

खराब निकला। पहले कहीं जाकर ईसाई बन गया, आज सुना है कि उसने कोई हीरे चुराए हैं, और उसे पुलिस ने पकड़ लिया है...

—क्या ?—मीना ने चौंककर पहले माँ की ओर देखा, फिर दलीप की ओर।

—और, बुरे कामों के बुरे नतीजे—माँ कह रही थी। तभी दलीप ने पूछा—उसका नाम क्या था ? वही खबर होगी जो आज अखबार में थी ?

—अरे, नाम तो उसका अच्छा-भला था, रामचन्द्र। बाद में किसी लड़की के चक्कर में आकर रॉबर्ट बन गया—माँ ने बताया और चाय का प्याला दलीप को देते हुए कहने लगी—फिर अब उससे पूछना, अभी उसका गुस्सा उतरा है कि नहीं।

बात का रुख फिर दलीप के पिताजी की तरफ़ मुड़ गया था। दलीप ने चाय के एक-दो घूँट भरकर कहा—अच्छा माँ, वह तस्वीर तो दिखाओ, मीना के जन्मदिन वाली, जब पिताजी ने उसके लिए सितारों वाला फ्रॉक बनवाया था।

माँ अन्दर से जाकर तस्वीर ले आई और दिखाते हुए पूछने लगी—हैं रे, कभी पुरानी बातें करता है ? मैंने तो सोचा था कि उसे कुछ ध्यान ही नहीं होगा।

दलीप हँसने लगा, कहने लगा—अगर वह बातें न करते तो मुझे इस सितारों वाले फ्रॉक का क्या पता होता!—और तस्वीर को देखते हुए कहने लगा—पर यह तस्वीर मैंने पहले भी कहीं देखी है, न जाने कहाँ, शायद पिताजी के पास देखी थी... या शायद बात सुनकर ही लगने लगा कि तस्वीर देखी थी...

माँ कहने लगी—अरे कैसे ? वह तो तस्वीर खिंचने से पहले ही रूठकर चला गया था...नहीं, सच, तस्वीर खिंचवाने लगे थे तो रूठकर चला गया...उसके पास कहाँ से आ सकती थी ? यह तो बस दो कॉपियाँ थीं; एक यह, मैंने सँभालकर रखी हुई है, दूसरी राधा ने ले ली थी। सब लोगों के बीच में वह भी तो खड़ी हुई है...

मीना ने हैरान होकर दलीप की ओर देखा—मानो वह ज़िन्दगी के गहरे अर्थों की ओर देख रही हो।

दलीप ने सब अर्थों को खोलने वाली नज़र से एक बार मीना की ओर देखा, फिर उठते हुए कहने लगा—पापाजी! परसों आपकी इतवार की छुट्टी है, चलिए, सब पिताजी से मिलने फ़ार्म पर चलेंगे...

❑❑❑